LA INVENCIÓN DEL AMOR

José Ovejero nació en Madrid en 1958. Desde que ganara el Premio Ciudad de Irún 1993 con su poemario *Biografía del explorador,* ha cultivado todos los géneros, siendo especialmente reseñable su libro de viajes *China para hipocondríacos,* merecedor del Premio Grandes Viajeros 1998, y su novela *Las vidas ajenas,* ganadora del Premio Primavera 2005. Desde su primer galardón hasta el último, el autor ha continuado cultivando el género narrativo con novelas como *Añoranza del héroe, Huir de Palermo, Un mal año para Miki, Nunca pasa nada* (2007, Punto de Lectura 2009) y *La comedia salvaje* (Alfaguara, 2009) —que obtuvo el Premio Ramón Gómez de la Serna 2010—, con libros de relatos como *Cuentos para salvarnos a todos, Qué raros son los hombres* y *Mujeres que viajan solas,* y con ensayos como *Escritores delincuentes* (Alfaguara, 2011) y *La ética de la crueldad* (Premio Anagrama de Ensayo 2012).

www.ovejero.info

José Ovejero

LA INVENCIÓN DEL AMOR

punto de lectura

2014, Santillana Ediciones Generales, S.L.
Avenida de los Artesanos, 6. 28760 Tres Cantos. Madrid (España)
Teléfono 91 744 90 60
www.puntodelectura.com
www.facebook.com/puntodelectura
@epuntodelectura
puntodelectura@santillana.es

ISBN: 978-84-663-2794-7
Depósito legal: M-9.042-2014
Impreso en España – Printed in Spain

Cubierta: Jesús Acevedo

Primera edición: mayo 2014

Impreso en BLACK PRINT CPI (Barcelona)

La invención del amor

Y ahora subo las escaleras, salgo a la terraza y siento el aire seco de la madrugada que limpia mi cara del entresueño producido por el alcohol y la hora tardía. Un murciélago zigzaguea por encima de las cabezas de mis amigos, como si los inspeccionase inquieto desde lo alto, y vuelve a desaparecer en las sombras. Es de noche, en Madrid, en mi terraza, estamos bebidos, en ese momento que tanto me gusta en el que la gente discute sin mucho tino, en el que todos están más alegres o más tristes de lo que se permiten a diario, sin llegar a ser violentos ni a romper a llorar ni a cantar. La noche (más bien el amanecer, porque hay un filo rosado que bordea el cielo allí, al otro lado de Madrid, más allá de la estación de Atocha, de Vallecas, de los paralelepípedos alineados sobre lo que, desde aquí, parecen los confines de la ciudad) se ha vuelto lenta, como nuestras lenguas, como nuestros párpados, todos los movimientos ligeramente ralentizados; la mano de Fran atusando sus propios cabellos mientras dice: «No sé, tío, no sé», probablemente porque ya incluso se le ha olvidado de qué estaban hablando y sólo le queda esa pesadumbre que arrastra de un día al siguiente, y que se le escapa en cada broma o que a veces, cuando se pone melancólico, pretende que es pesar por el estado del mundo y no el luto por sí mismo, por las propias ilusiones difuntas, que lleva desde hace tanto tiempo.

—No, otra vez no —Javier arroja la servilleta sobre la mesa, empuja la silla y su propio cuerpo hacia atrás, hace ademán de levantarse, pero aguarda, porque los discursos de Fran le exasperan y al mismo tiempo le permiten responder con su propia rabia; la suya, al contrario que la de Fran, no es una rabia dirigida contra el mundo, sino individual, contra cada una de las personas que lo componen. Por eso, mientras que Fran suele expresarla lentamente, sin aspavientos, casi volviéndola hacia sí mismo, porque el mundo no está allí para recibirla, Javier, que vive su malestar como una afrenta personal, da voces, resopla, insulta, ataca al contrincante; para él cada discusión es un combate de boxeo—. Otra vez no, ya nos lo sabemos.

—Es que todo es una mierda, puro capitalismo. Tenemos un rey fascista, un Gobierno fascista...

—Así no se puede discutir. Si empiezas con esas gilipolleces mejor no seguir.

—Nuestra economía es fascista.

—Y lo dices tú que trabajas para el Banco de Santander. Olé tus huevos.

—Por eso, conozco el sistema desde dentro. Todos delincuentes.

—Pues salte, nadie te obliga a trabajar para el Santander.

—Ya...

—Y no me vengas con el colegio de tus niños o la universidad. Porque eso ya lo oigo desde que te conozco. Viva la revolución, pero colegio privado para los chicos, y el inglés en Londres y el máster en...

—El inglés en Nueva York, prefieren la capital del imperio. Mis hijos saben lo que quieren.

—Pues Nueva York. Mejor me lo pones. Vete a la mierda. Y cuando puedas decir algo coherente, vuelve.

Fran se asoma con una media sonrisa al fondo del vaso. ¿Qué haría si dejase su empleo en el banco? ¿Cuál sería su estrategia para continuar siendo pasivamente infeliz?

Me encantan nuestras discusiones inútiles, el gusto por la repetición, que nos recuerda quiénes somos. No conversamos para llegar a una conclusión, sino para escuchar al otro rebatir cualquier argumento nuestro, saber que podemos contar con él, que no nos va a dejar solos con nuestras contradicciones.

Hemos superado los cuarenta, los seis, asomados ya a ese caer, hundirse desde lo alto si es que alguno llegó a lo alto, asomados también a las posibilidades, a una promesa de cambio. Cuarenta, bien mirado, no es tanto; a veces aún levantamos la cabeza y nos preguntamos: «¿Por qué no?, todavía estoy a tiempo», y husmeamos como perdigueros un rastro entre los matojos que han ido creciendo en los caminos abandonados, porque hace años que transitamos la misma carretera, sin atrevernos a meternos en un desvío. Y después de atisbar esa posibilidad continuamos rumiando con placidez nuestras vidas, ni muy felices ni muy infelices: moderadamente satisfechos, hacemos la digestión de nuestros sueños.

Cuarenta es la edad maldita, no la adolescencia, como se supone, tampoco la vejez. En la adolescencia sientes una rabia creativa que no te ata a la silla ni al recuerdo de tiempos supuestamente mejores e incluso el miedo que sientes es un combustible que te mantiene vivo, que te hace buscar la puerta de salida o de entrada, y si te deprimes piensas que no eres tú el responsable de ese desaguisado que es el mundo: cuando eres adolescente son siempre otros los culpables. Mientras que un anciano ha tenido el tiempo de irse cargando de culpas y de ir asumiéndolas, de conformarse con las propias limitaciones... Ahora, justo cuando estaba pensando esto, Javier ha insultado a Fran porque lo que dice no tiene sentido, y no hay nadie más convencido del sentido de las cosas que Javier, y le echa en cara que es tan radical porque así no tiene que actuar: «Como todo es una mierda, ¿para qué vas a mover un dedo?», le dice, y horada el aire con el suyo. Me dan ganas de abrazarlos a todos, de consolarlos, de quererlos por encontrarse tan perdidos. A esta hora las luces de los edificios cercanos se han apagado, también el campanario de San Cayetano, y la única luz cercana es la que emana de mi terraza: somos la balsa de la Medusa en el oscuro océano de nuestra embriaguez.

Me acerco a Alicia por la espalda. Ella no suele intervenir en las discusiones salvo para decir que le recordamos a su familia, que da igual el tiempo que transcurra, parecen haberse quedado estancados en la misma pelea. Fuma demasiado, se mordisquea los padrastros, chasquea a veces la lengua. Es una mujer que parece siempre a punto de marcharse a algún lugar, como si la esperasen en otro sitio donde en realidad se sentiría más a gusto. Pero suele ser la última en irse, apura la noche, la compañía, el sonido de nuestras voces. Le pongo una mano en el hombro y me inclino para poder susurrarle al oído: «¿Te quedas esta noche?». Y ella, sin volverse y levantando el vaso como para brindar, responde en voz alta: «Ni loca».

Qué pena. Me gustaría que Alicia se quedase esta noche, abrazada a mí junto al antepecho de la terraza que, como el palco de un teatro, nos permite asomarnos a un decorado que se despliega para que proyectemos en él nuestras fantasías. Siempre me ha gustado vivir en áticos y buhardillas, porque desde sus ventanas o terrazas se ve un mundo que, sin pertenecerte, te permite disfrutar de él. No es necesario que lo cuides, nadie te pide que repares las tejas o reorientes la antena. Está ahí, para que lo mires, y cuando te asomas a ese vasto espacio te sientes como un terrateniente que va el domingo al campo y fuma recorriendo con la vista esas posesiones que no tiene que regar, ni labrar, ni cosechar.

Y también me han gustado siempre las mujeres que me permiten disfrutar su compañía sin obligarme a realizar el trabajo arduo, constante, ingrato a veces, que exige cualquier larga convivencia, una relación que se supone debe crecer y prosperar, pero para que lo haga también es necesario regar y labrar, e incluso la cosecha puede resultar agotadora aunque sea abundante. Soy uno de esos hombres de los que algunas mujeres dirían que tienen miedo al compromiso. No digo que no experimente miedo, la sana reacción de cualquier ser vivo ante el peligro. El miedo nos protege y nos salva. Lo que no tiene miedo se extingue estúpidamente. El arrojo es alabado cuando quien lo posee se sacrifica por nosotros. Pero yo no tengo vocación de mártir ni de héroe. A mí tan sólo me gusta ver las ciudades desde lo alto y abrazar a mujeres que no pronuncian la palabra siempre. O que lo hicieron una vez y se arrepienten de ello: me gustan mucho las mujeres casadas.

Alicia, ahí sentada, con la cabeza ligeramente inclinada, sonriendo no sé si por lo que oye o por algún recuerdo, agita con el dedo índice, muy despacio, la bebida que sujeta en la otra mano. Después saca el dedo y lo lame distraída. Una imagen como de principio de película porno; ella ni siquiera se da cuenta de que la estoy mirando. Y ahora se ríe abiertamente de algo que se ha dicho en la mesa y yo no he escuchado, es la mujer de Javier la que habla, la única que a esas horas parece conservar la energía, el ánimo, y no me extrañaría que propusiese, como otras veces, la última en algún local que nunca cierra. La última, esa necesidad de alargar un poquito más el fragmento de tiempo suspendido en el que olvidamos tareas y problemas personales, porque, a pesar de todos los años que hace que nos conocemos, cuando uno le pregunta a otro «¿qué tal?», seguimos respondiendo obstinadamente: «Bien».

Ya es tarde. Ya es temprano. Fran se levanta, se gira en derredor con movimientos lentos, saca un paquete de cigarrillos del bolsillo de la camisa, contempla su interior como quien constata una desgracia largamente sabida, la estruja y la vuelve a guardar en el bolsillo. «Vamos a irnos yendo», dice, convirtiendo con enorme habilidad la indecisión en sintaxis, y consulta a su mujer mirándola por encima de las gafas. Es la de Javier la que se incorpora y lo toma del brazo en un gesto protector; suele ser afectuosa con él, como para consolarlo de los ataques de Javier, o porque sabe que Fran necesita las invectivas de Javier como castigo, como penitencia por llevar una vida inconsecuente, y lo acaricia y mima como haría con un animal herido.

Los abrazos, algo más largos que a la llegada, cuando aún los movimientos eran rápidos y las frases ligeras; el abrazo de Alicia igualmente largo, dos besos cuyo impreciso detenerse en mis mejillas no significa nada, ese aliento que no promete, ese pecho que se aproxima asexuado, insensible.

Dentro de un rato no recordaré quién ha sido el último en irse ni qué palabras hemos intercambiado. Mi cerebro es de algodón. Iba a decir de estropajo, pero sería una imagen demasiado áspera; y yo sí estoy bien. Me encuentro bien. Subo a la terraza, ya solitaria, particularmente silenciosa, como si la marcha de mis amigos no sólo se hubiese llevado sus voces sino que también hubiera absorbido otros sonidos, como si el vacío que dejan a sus espaldas hubiera succionado la consistencia de las cosas. Me tambaleo sin la impresión de estar completamente borracho. Las copas, los platos, las botellas, los ceniceros, servilletas arrugadas, restos de gambas y de pan y pieles de embutidos, los residuos que ahora parecen míseros, viejos, y que anuncian un despertar de resaca y mal sabor de boca. Me apoyo contra el antepecho y vuelvo la vista hacia el sur de la ciudad, al otro lado del río, allí donde en la luz mate del amanecer se adivina el fin de los edificios y el inicio del páramo.

Suena el teléfono fijo. Ya nadie me llama al fijo. Decido no hacerle caso, pero el hecho de no hacer caso es un fastidio, porque en ese momento la mañana, en lugar de anunciarse, revienta, una explosión anaranjada que incendia las nubes como si fuesen el telón en llamas de un teatro. Y la llamada me impide seguir ensimismado, con esa sonrisa de bienestar entumecido en los labios que supongo que desde fuera podría parecer algo simple, pero que no es más que una manifestación de placidez: desde esta terraza que me permite ver Madrid, del cerro de los Ángeles por un lado hasta la sierra de Guadarrama por el otro, Vallecas hacia el este, sólo el noreste oculto por algunos edificios más altos, y ver también los distintos planos inclinados de teja que, por el día, cuando cae el sol a plomo, recuerdan vagamente un cuadro de Cézanne, y también torres y campanarios, antenas, y ese amanecer que sólo puede culminar, para ser coherente consigo mismo, con un anuncio particularmente significativo de Jehová o de Zeus o de cualquier deidad con voz de trueno.

Pero suena el teléfono. Una y otra vez, en intervalos de no más de un minuto, rompiendo el momento, desenfocando la imagen. Ya no miro como antes, satisfecho, tranquilo, casi conmovido, sino tenso, aguardando el siguiente timbrazo, un estridente rinrín de otros tiempos, el que venía por defecto con el aparato y no he tenido la paciencia de cambiar por una melodía más amable.

Bajo a buscar el teléfono. Alguno de mis amigos habrá olvidado cualquier cosa, un bolso o quizá las llaves del coche, y ahora regresará a buscarlas, quienquiera que sea, y se sentará a lo mejor un rato y tomará un último vaso de bourbon, o quizá es Alicia, que se lo ha pensado y viene a compartir mi cama y a quitarme este escalofrío que provoca el relente matinal, y no es que tenga ganas de sexo a estas horas y con la cabeza esponjosa, pero me resulta agradable la idea de dormir abrazado a ella, quizá con mi rostro contra su nuca y mis manos ancladas a su vientre desnudo. Subo otra vez sin prisa la escalera, con el inalámbrico aún en la mano, convencido de que dejará de sonar antes de que llegue a la terraza y no tendré que contestar. Y así es, pero tras una breve pausa se reanuda el timbrazo que allí arriba, al aire libre, en el silencio general del amanecer, suena aún más estridente e inoportuno.

—Sí.

—¿Samuel?

—Sí, soy yo.

—Soy Luis.

Se hace un silencio en el que me da tiempo a pensar que no es uno de mis amigos y una alarma se abre paso en mi cerebro, como cuando oyes una sirena de policía o de ambulancia acercándose en medio de la noche y te das cuenta de que podría ser un repentino aviso de que el orden de las cosas se va a trastocar en cualquier momento. Antes todo era como siempre, estaba acoplado a la humilde monotonía de los días en los que todos los desayunos son iguales y se va uno a acostar sin que haya ocurrido nada reseñable, pero la llamada de un desconocido a las cinco o las seis de la mañana sólo puede anunciar un cambio importante, una transformación que quizá haga que todo lo que era deje de ser, y que el libro que estábamos leyendo se convierta de repente en una historia totalmente distinta de lo que habíamos esperado. Aunque quiero creer que no, que es una falsa alarma, no reconozco el número que aparece en la pantalla y tampoco he reconocido la voz ni tengo amigos cercanos que se llamen Luis, y no tiene sentido alguno ese largo silencio primero y después el sollozo, ni ese sonarse los mocos, de alguien cuya desgracia no llegaré a conocer porque se deshará enseguida el malentendido y ese hombre se disculpará y colgará y marcará otra vez para mantener una conversación de la que ya no seré testigo.

—¿Qué sucede?

—Lo siento, lo siento mucho, Samuel.

—Me parece que se ha equivocado —digo, pero me falla la convicción al darme cuenta de que me está llamando por mi nombre.

—Clara. Esta tarde. Hace un rato. Joder, no sabes cómo lo siento.

—Clara —digo, y escarbo en la memoria pensando que no quiero que cuelgue aún. Antes de irme a dormir necesitaría escuchar esa historia que no es la mía, precisamente para que también sea la mía, igual que leemos una novela para añadir historias a nuestra vida, historias que por dramáticas que sean resultan inocuas, pensamos, porque no pueden afectarnos en la realidad. Quiero saber quién es Clara, y qué ha hecho, qué relación me unía con ella y por qué voy a sentirlo.

—No nos hemos encontrado nunca, pero Clara me habló un montón de veces de ti. Un montón. Joder. Y ahora, mira.

—Sí, Clara. ¿Y?

—Llegando a Madrid, en la carretera de La Coruña. Por sortear a un peatón al que no se le había ocurrido cosa mejor, la gente está loca, que cruzar la carretera de La Coruña, y ella lo quiso esquivar, perdió el control.

—¿Está bien?

—Que se ha matado, te digo. Que está muerta. Es acojonante. No me lo puedo creer. Clara muerta.

Ahora callamos los dos. No sé si mi interlocutor se ha quedado en silencio porque está llorando o porque lucha por contener el llanto, pero no se oyen ni sollozos ni respiración entrecortada. En el cielo dos vencejos se persiguen vertiginosamente; me gustaría saber si esas persecuciones son un juego, rivalidad o cortejo amoroso. ¿Qué pasaría si el perseguidor atrapase al perseguido? Pero eso parece no suceder nunca. Como si una regla no escrita de la vida de los vencejos fuese no alcanzar jamás al otro, aunque a veces el segundo será más rápido que el primero: la liebre que por mucho que corra no rebasará a la tortuga.

—¿Estás ahí?

Emito un sonido de asentimiento mientras giro la cabeza en pos de esos dos primeros vencejos de la mañana, cuyas evoluciones sigo con un ligero malestar en el estómago.

—Ya imagino que no irás, pero para que lo sepas, la incineración es pasado mañana, a las once.

—Sábado.

—Sí..., sábado. ¿Tienes dónde apuntar? Te doy la dirección del tanatorio.

—Dime —digo, y tomo nota mentalmente de la dirección.

—Yo no creo que vaya. No conozco a casi nadie yo tampoco, bueno, te habrá dicho cómo era mi relación con ella, muy distante ya, aunque seguíamos hablando por teléfono, a veces, algo menos los últimos tiempos...

—Pero antes estabas llorando.

—Claro, o no sé si claro, pero joder, tenía treinta años, y yo la había querido mucho. Y además por ti, por vosotros, me imagino lo que será...

—No sé qué decir.

—Ya me lo imagino. Qué va a decir uno en un caso así. Salvo que debería haber atropellado a ese hijo de puta. Haberle pasado por encima del cráneo y aplastado los sesos. ¿No?

—No sé, la verdad.

—Bueno, sólo quería decírtelo, y suponía que nadie más..., en fin, llámame cuando quieras. Ya sé que no nos hemos visto nunca, pero da igual, te vienes a casa y hablamos, o nos fumamos unos porros. O averiguamos dónde vive ese imbécil y al menos le partimos la cara.

—¿Qué imbécil?

—Pues ése, el que cruzó la carretera. Vale, era sólo una idea. Es broma, bueno, broma no, es la rabia. En fin, que lo siento, lo siento de verdad. ¿Se lo vas a decir a tu mujer?

—¿A mi mujer?

—Disculpa, estoy diciendo idioteces. Tienes mi número en la pantalla, ¿verdad? Llámame, en serio. Y hablamos. Lo siento mucho. Joder, qué cosas, así de repente.

Dejo el teléfono sobre la mesa, entre vasos y platos sucios. En apenas unos minutos el cielo ha cambiado. Ahora es una extensión de rescoldos mortecinos ocultos tras nubarrones de ceniza. Vuelvo a hacer memoria, a pasar revista a los rostros que han ido desapareciendo de mi vida: la amiga de siempre que se mudó primero a otra ciudad y luego a otro país; aquella que se casó con un hombre al que yo no soportaba; la que se enfadó estúpidamente conmigo por un mero plantón y no volvió a dirigirme la palabra. Repaso las caras y los nombres de amigas y amantes, ese álbum de fotografías algo amarillentas que me hace sentir más viejo de lo que soy. Busco también las páginas arrancadas, aquellas de las que estoy seguro de que contenían alguna imagen que he olvidado; hubo otras mujeres, episodios que no dejaron huella ni cicatriz, breves aventuras o amistades, ¿cómo se llamaban?, ¿cómo era su voz?, ¿cómo su risa? Pero aunque me demoro en el pasatiempo de intentar reconstruir mi historia sentimental, ese rompecabezas desordenado, hecho de piezas que no encajan, sé que el esfuerzo es inútil: estoy seguro de no haber conocido nunca a ninguna Clara.

Hay gente que aborrece los lunes. Yo odio los viernes. Mi trabajo no me disgusta, al menos no tanto como para buscar otro. Pero al llegar el viernes siempre tengo la impresión de haber rendido lo suficiente, de haber sacrificado más tiempo del que nadie podría exigirme en justicia. Y sin embargo es frecuente que los encargos de última hora se acumulen precisamente ese día y que tenga que prolongar mi presencia en la oficina más allá de las ocho, la hora habitual de salida.

Hoy es viernes, y cuando un viernes lo primero que descubres sobre tu escritorio es una nota de la secretaria pidiéndote que vayas a ver a José Manuel en cuanto llegues, puedes estar seguro de que va a ser un día muy largo. Una urgencia de último momento, un error que subsanar, alguna reclamación que no puede esperar hasta el lunes.

Toco con los nudillos a la puerta de José Manuel y entro sin esperar respuesta. Está de pie, frente a la puerta, con los brazos cruzados, como si llevase largo rato esperándome en esa postura impaciente.

—¿Estás tonto o qué?

—Buenos días, yo también me alegro de verte.

—No me jorobes, Samuel.

José Manuel es incapaz de decir palabrotas y usa en su lugar ese tipo de palabras que las recuerdan sin serlo: fastidiar, caramba, caray, jorobar, ostras, vocablos que en boca de alguien nacido en el extrarradio del sur de Madrid sólo pueden responder a un esfuerzo por ocultar el origen y la clase social de procedencia. A fuerza de ocultar lo que es, José Manuel podría acabar como el protagonista de aquella película de Woody Allen, cuyo rostro se iba desenfocando. Si no temiese ofenderle —José Manuel se ofende con facilidad—, le diría que debería haberse dedicado a la delincuencia, asaltar bancos o joyerías; los testigos no se pondrían de acuerdo en si era rubio o moreno, si tenía la nariz aguileña o recta, los ojos grandes o pequeños. No lo habrían reconocido un par de días después ni habrían sido capaces de ayudar a dibujar su retrato robot.

—¿Qué ha pasado? ¿He hecho algo malo? Venga, quítate esa cara de confesor estricto y dime lo que hay.

—Lo que hay. Lo que no va a haber, al menos si sigues tirando el dinero por la ventana. Es la segunda vez. ¿Qué te ocurre?

—¿El último presupuesto?

—Pues sí. No has utilizado los precios actuales, ni de la grifería ni de los aparatos; de los azulejos sí, mira qué suerte. No sonrías, de verdad que no tiene gracia. Es el encargo más importante de este año; y gracias a ti todos los beneficios se van a hacer gárgaras.

—Todos no.

—Pero parte. Y no estamos como para tirar el dinero.

—Se puede corregir.

—Ya, pero seguro que se han apresurado a aceptar el presupuesto, y eso es un documento mercantil. Si quieren pueden llevarnos a juicio por incumplimiento de contrato.

—Es un error, joder, no exageres.

—Pues corrígelo. Hoy, tienes el día de hoy para corregirlo; llámales primero disculpándote y les envías el nuevo por fax. Esto no puede seguir así. ¿Te sucede algo? De verdad que estoy pensando en comprar tu parte; has perdido el interés. Si sólo fueses un empleado entendería que la empresa te dé igual, pero también eres el dueño, caray.

Es entonces cuando noto lo cansado que estoy. Y no sólo por la noche en vela ni por la resaca, ni porque es viernes;

cansado de desempeñar un papel, el de empleado y a la vez accionista, ese papel de hombre serio y responsable que nunca deseé ser; igual que mis amigos, que de pronto han empezado a parecerse sospechosamente a sus padres, como si éstos fuesen aquellos alienígenas ladrones de cuerpos que se instalaban en un pueblo norteamericano y se introducían en sus víctimas, y éstas continuaban pareciendo ser ellas mismas pero en realidad habían sido poseídas por la voluntad perversa de otros.

He pasado junto a José Manuel sin responder y me he sentado en ese sofá de cuero demasiado ajado para una oficina de empresa próspera. No siento el menor deseo de enzarzarme con él en una nueva discusión sobre el empeño necesario para sacar un negocio adelante, las virtudes de la confianza y el espíritu positivo que José Manuel ha aprendido en libros de autoayuda para emprendedores.

—Mañana voy a un funeral —le digo, rascando las escamas del sofá con la uña.

—¿A un funeral? ¿Alguien cercano?

—Sí, mucho.

José Manuel da dos pasos hacia el sofá, impulsado quizá a buscar una cercanía física adecuada a la revelación, pero se arrepiente de camino y va a sentarse detrás del escritorio.

—Hombre, ¿por qué no me lo has dicho? Somos socios, pero también amigos. ¿Tú madre, o...?

—No, una amiga. Una muy buena amiga.

—Aquella con la que salías el año pasado.

—¿Julia? No, hace mucho que no sé nada de ella. Otra. No la conoces. Se llamaba Clara.

—Pues nunca la has mencionado. Ya me decía mi mujer que no se creía que estuvieses siempre solo.

—Ya ves, tenía razón.

—Nunca cuentas nada. Y se ha muerto. ¿Era muy joven? Bueno, qué bobada, tenía que ser joven.

—Un accidente. Por esquivar a un peatón. Cuando íbamos en coche conducía ella siempre, y discutíamos cada vez que daba un frenazo para no atropellar a una paloma o a un gato. Yo le decía que ponía en peligro nuestras vidas por la de un bicho cualquiera. Pero ella respondía que no podía pasar por encima de un animal sin intentar esquivarlo. Esta vez fue un hombre. Le esquivó, y se salió de la carretera. Él sí se salvó.

—Vaya. Anda, vete a casa, ya me encargo del presupuesto. Ahora entiendo tus despistes. Podías habérmelo dicho, haberte tomado el día libre.

—Habíamos roto. Y creía que no me afectaría tanto. Pero ahora me doy cuenta de cómo la he echado de menos. Ahora que de verdad no está.

La frase me ha salido así de melodramática y se me hace un nudo en la garganta. Estoy tan conmovido como perplejo. Nunca había urdido una historia tan idiota para librarme de trabajar. Y más idiota aún es esa congoja por una pérdida irreparable que acabo de inventarme.

—¿A qué hora es el funeral?

—A las once.

—Si quieres te acompaño.

—No sé si ir. La van a incinerar. La idea me parece insoportable.

—Tienes que ir. Hazme caso. Será aún peor si no estás allí, para despedirte, para cerrar el capítulo. Las cosas hay que concluirlas, darles una forma definitiva. Te llamo a mediodía y me cuentas, ¿vale?

—Te llamo yo. Me voy a casa. Y lo siento, lo del presupuesto, digo.

—No te preocupes. Lo arreglamos. Le pido a Genoveva que haga las correcciones, no es difícil.

Al salir del despacho, bajo al almacén sin motivo alguno. Atravieso las naves con azulejos, mamparas, inodoros, bañeras, pero no me quedo mucho tiempo entre las enormes estanterías. Prefiero los materiales apilados en el exterior: grava, cemento, vigas de hormigón armado, bloques, arena. A menudo paseo entre los montones de esos materiales que una vez usados desaparecen de la vista. Las ciudades se levantan sobre ellos pero luego casi nadie es consciente de su existencia. Y a mí me gusta perderme entre los palés de ladrillos y los montículos de arena, no sólo porque es una manera como cualquier otra de escapar al trabajo pero dando la impresión de que estoy haciendo algo útil. También porque los materiales me acercan al trabajo en sí, carecen de la volatilidad de los números, que, aunque se refieran a objetos concretos, a acumulaciones de ellos, se desligan, durante las operaciones de cálculo, de lo real, alcanzan la perfección de lo imaginario. Los materiales tienen fallas, esquinas saltadas, superficies rugosas en las que se acumula el polvo, y yo paso la mano por encima de ladrillos y bloques, meto los dedos en la grava o en la arena como cuando de niño introducía las manos en el saco de legumbres o las desparramaba sobre la mesa; el tacto me devolvía a la solidez de las cosas, y me alejaba de una escuela en la que sólo me hablaban de lo remoto, de aquello con lo que no es posible tropezar ni tiene olor o sabor o consistencia. De niño quería ser agricultor, y me imaginaba montado en un tractor, sacudido mi cuerpo por las vibraciones del motor, el reverbero del sol en el capó obligándome a entrecerrar los ojos, disfrutando del olor a gasoil y a cereal. No puedo recordar cómo el adolescente que fui decidió estudiar Administración de Empresas, y si pudiera regresaría en el tiempo para sacarlo de aquel estupor en el que navegaba a través de los días, somnoliento y desapegado, como un náufrago que ha perdido la ilusión por descubrir tierra o ser rescatado por un barco, y le sacudiría suavemente para decirle «eh, no cometas ese error; te aseguro que lo vas a lamentar». Pero seguro que se habría encogido de hombros, echando hacia atrás el flequillo lacio con un movimiento brusco de la cabeza, sonriendo como quien no entiende el chiste que acaba de escuchar.

—¿Puedo ayudarle?

El encargado del almacén vela por sus territorios, un cancerbero que en lugar de tres cabezas tiene una tan grande que hace pensar inmediatamente en alguna enfermedad infantil, en una secreta minusvalía. Siempre lleva una gorra de béisbol con iniciales de algún equipo o de una empresa. No le gusta que esté por allí. Quizá por una marcada conciencia de clase, responde siempre con tono malhumorado cuando alguno de los de arriba, o sea, de los pertenecientes a esa otra clase que no conoce el esfuerzo físico más que como deporte o forma de mantener la línea, y cuyas manos están exentas de callos, grietas, grasa y polvo, le hace una pregunta por algún material o por algún plazo de entrega, y con su respuesta displicente siempre parece querer señalar que es él quien mejor sabe cómo administrar las existencias, cómo planificar los repartos y las entradas de material, y que lo sabe porque él lo ha ido aprendiendo en la obra y no, como nosotros, en un aula. Los demás somos intrusos, los señoritos absentistas a los que sólo mantiene la laboriosidad de los jornaleros.

—No, no puede ayudarme. Estoy sólo mirando.

—Mirando.

A mí me gustaría hacerme amigo suyo, caminar junto a él entre las enormes estanterías y comentar la calidad de tal o cual producto, la informalidad de los proveedores, la difícil logística de la flota de camiones. Me gustaría también fumar con él un cigarrillo en silencio, contemplando el almacén como un albañil que acaba de levantar un muro, con el orgullo que provocan las cosas bien hechas, con la sencillez de lo que no requiere explicación ni comentario. Porque en realidad es un hombre afable, aunque tenga esa habilidad para hacerme sentir como un turista que saca fotos de un niño harapiento y luego le da unas monedas para quitarse la mala conciencia de hurgar en la miseria de los demás; lo veo a veces de lejos, bromeando con el conductor de una carretilla elevadora, un rumano que apenas habla español, o con el grupo de polacos, a quienes es fácil imaginar de estibadores en un puerto brumoso y frío, y que aquí acarrean materiales de un lado a otro con una lógica que a mí se me escapa —quizá, como yo, sólo fingen estar atareados—, y en una ocasión le vi rodeado de los ecuatorianos, mientras portaba a hombros a uno de ellos como un San Cristóbal con las manos agrietadas por el contacto con el cemento, seguido en procesión por fieles bulliciosos. Él habla todas las lenguas salvo la mía, con todos convive salvo con el enemigo de clase.

Hago un gesto de despedida con la mano y, a pesar de que otras tardes un encuentro así podría haberme estropeado el humor, me marcho a casa satisfecho, como un colegial a quien el profesor acaba de creer la excusa inventada para no tener que ir a la escuela. He cometido un acto culpable, no un delito, pero sí un engaño de esos que te pueden costar una amistad o una relación de pareja. Y sin embargo, en lugar de pesarme aligera mis pasos, me lleva a silbar para mis adentros una melodía que hace años estuvo de moda y que recuerdo haber bailado alguna vez. Tampoco la tormenta que acaba de desatarse y que empapa mis ropas en pocos segundos me estropea el humor. Está bien, estoy bien, todo está bien. Me he librado de este viernes insoportable, me he librado de tener que poner mi expresión más seria, de decidir cosas serias, de seguir la corriente a José Manuel, o más bien, de seguírmela a mí mismo. Y hacía tiempo que no infringía tan claramente ninguna regla. Nunca he sido un infractor, alguien despreocupado por los códigos morales —no, no era tanto el miedo a ser descubierto como la conciencia de lo que se debe hacer y lo que no—, que sustrae en los grandes almacenes algo que no necesita o que podría pagar sin esfuerzo, como hacían mis amigos. Cuando cumplí veinticinco años entré en un IKEA y salí con una pequeña alfombra bajo el brazo que no me detuve a pagar en caja.

Me parecía que haber cumplido veinticinco años y no haber robado nunca nada era reconocer una sumisión que a mí mismo me parecía excesiva y a la que debía poner remedio con urgencia. Y unos meses más tarde, como resultado de una apuesta con amigos a los que he perdido la pista, me presenté a una entrevista de trabajo para un puesto administrativo en una compañía eléctrica que en realidad no me interesaba mucho, con traje gris, zapatos relucientes y el pelo impecablemente engominado, y también con un cencerro de vaca en lugar de corbata. Ésas son mis dos únicas rebeliones abiertas, dos actos estériles, un magro historial para un hombre de cuarenta años.

Ahora, más que entonces, tengo la impresión de haber cometido una infracción liberadora, de haber hecho algo para no seguir enterrándome en la aceptación de los días como si no hubiese otras opciones, otras maneras diferentes de ser yo.

Clara ha muerto, una chica con una familia, amigos de los que no sé nada, que también mentiría de vez en cuando, que tendría cosas que ocultar y que ya nadie sabrá. O sí, porque después de muertos dejamos trazas de quiénes somos, aunque muchas serán malinterpretadas: ¿por qué guarda píldoras anticonceptivas en un cajón si estábamos intentando tener un hijo? Esa fotografía de un joven desconocido en un sobre, ¿de quién es? ¿Por qué tenía una segunda cuenta de correo de la que yo no sabía nada? ¿De quién son esas llamadas insistentes en su móvil que no dejan mensaje? ¿Por qué en las últimas semanas ha visitado tantas páginas relacionadas con el cáncer de estómago? Quizá esas preguntas tendrían una respuesta banal e inocua. Pero ya nada podrá ser aclarado ni explicado. Ni sabremos de las cosas que no dejan huella, de los deseos no expresados, de planes que no habían llegado a concretarse. Clara ha muerto. Y yo ni siquiera llegaré a conocer esas huellas, esos rastros, esos indicios equívocos. Y a mí me gustaría saber si era feliz, si llevaba la vida que había elegido o si estaba deseando salirse del camino trazado para lanzarse a una aventura que le hiciese sentir vértigo o pasión. Pero de pronto me doy cuenta de que quizá era una mujer de por sí vertiginosa y apasionada y no necesitaba cambiar nada. Me gustaría ver una foto suya, descubrir si en alguno de sus rasgos se podrían adivinar sus ansias, sus miedos, su historia.

Al abrir ahora el armario y buscar algo adecuado para la ceremonia, se pone de manifiesto lo reacio que soy a ponerme ropa oscura. Me encuentro con diferentes gamas de colores pálidos: beiges, tostados, grises, verdes suaves, azules claros; mis camisas recuerdan un muestrario de pinturas en el que se encuentran tonos tan similares que resulta difícil apreciar la diferencia. A pesar de que algún naranja más atrevido rompe la monotonía del armario, me asalta el temor de que esta predilección por los colores suaves delate alguna debilidad de mi carácter. Yo no me fiaría de alguien que sólo se pone ropa de colores apagados, como un camuflaje con el que pasar desapercibido en el gris de la vida cotidiana. Lo más oscuro que encuentro es el azul marino de los vaqueros. Nada de color negro salvo algunos pares de calcetines y de calzoncillos.

No he estado en un funeral desde que murió una tía mía, hermana mayor de mi madre, cuando yo era aún adolescente. Supongo que no he llegado a esa edad en la que la generación anterior empieza a morirse. Mis abuelos sí murieron cuando yo era tan niño —de hecho, uno ya antes de que yo naciera— que ni recuerdo su muerte ni haber ido a ceremonia funeraria alguna. Mi madre vive, si se puede llamar vida a ese avanzar tanteando el camino con la sensación de haberse extraviado hace mucho tiempo, y mi padre creo que también, o al menos nunca he recibido noticia de su defunción. Pero es cierto que otra gente de mi edad pierde a sus hermanos, a sus cónyuges, a sus hijos. La muerte me ha rondado poco, anda distraída por otros lugares, así que es para mí una desconocida, más una referencia literaria o cinematográfica que personal. Por eso ni siquiera estoy seguro de si todavía se respeta la costumbre de ir de oscuro o incluso de negro a las ceremonias funerarias. Al final me decido por los vaqueros, una camisa gris claro y una americana de lino pardo que ni siquiera recuerdo haber comprado y que ha colgado inadvertida desde hace años en el interior de una funda para trajes.

Miro en Google cómo llegar al tanatorio y descubro que tengo que tomar varios medios de transporte: metro, cercanías, taxi. La lluvia me convence de ir en taxi ya desde mi casa. Además, esta mañana he salido a comprar un ramo de flores para llevarlo al funeral y me sentiría ridículo en el metro con un ramo en la mano. También me parece más digno y más solemne ir a un tanatorio en taxi que en metro.

En la recepción, un empleado me pregunta a qué ceremonia asisto con la despegada eficiencia de un conserje de hotel preguntando si deseo una habitación con o sin desayuno incluido. De hecho, el tanatorio parece un hotel especializado en congresos y conferencias: tonos suaves color melocotón, muebles de tienda de decoración, demasiado impersonales para resultar acogedores, y dorados y flores y maderas que parecen de calidad sin serlo. El empleado aguarda pluma en alto —Montblanc— mi respuesta.

—¿Hay varias?

—¿Perdone?

—Varias ceremonias al mismo tiempo.

—Tenemos diecisiete salas perfectamente equipadas.

Para no tener que confesar que sólo conozco el nombre de pila de la difunta, lo que acaso le habría hecho desconfiar de mí, alzo la mano como para pedirle unos segundos de tiempo, saco el móvil con la urgencia de quien acaba de recibir una llamada y finjo una conversación en las cercanías del mostrador. Al poco tiempo se acerca una pareja de unos sesenta años, ambos de luto, y el hombre responde a la misma pregunta diciendo «Clara Álvarez». Dejo que se alejen unos pasos, esbozo una sonrisa de disculpa para el empleado mientras señalo con el móvil a la pareja de luto. Camino hasta ponerme a su altura. La mujer tiene los ojos enrojecidos. El hombre se mordisquea el labio inferior como para arrancarse un pellejo molesto. Se detiene y rebusca en los bolsillos. La mujer va a decirle algo, levanta una mano, se arrepiente y apoya la cabeza en el hombro de quien supongo su marido; él saca un pañuelo, con el que se limpia las comisuras de los ojos, que a mí me parecen secas. He tenido que pararme yo también; finjo mirar la galería enorme en la que nos encontramos, de arquitectura moderna algo grandilocuente, y nada mortuoria: grandes cristaleras que dan a un patio ajardinado, suelos de terrazo pulido tan brillante que parece mármol, inmensos sofás de polipiel. El hombre sigue pasando una y otra vez los incisivos por el labio inferior con una fascinante constancia de roedor, lo que me hace pensar que se trata de un tic y no de la expresión de un sentimiento.

Se me quedan mirando. Estoy parado a tres o cuatro pasos de ellos, con el ramo en la mano. Esperan quizá una indicación mía, pero nadie dice una palabra. Se ponen a discutir en voz baja mirando alrededor como si estuviesen perdidos en un bosque. La mujer señala a mis espaldas y se van hacia allá dando un pequeño rodeo para no pasar junto a mí. Los sigo.

Entran —y yo detrás— en una sala en la que hay veinte o treinta personas, de pie en grupos pequeños, sentados en sillas y sofás. Se dirigen a otra pareja, más o menos de su edad, los dos hombres se dan la mano y las dos mujeres se quedan abrazadas, inmóviles, silenciosas; podrían ser hermanas, no sólo porque comparten algunos rasgos —la nariz demasiado corta, la frente ancha y más combada de lo habitual—, también porque su estatura y su delgadez se asemejan. Los dos hombres se quedan frente a frente, confundidos o incómodos por el abrazo interminable de sus mujeres. A un lado de la sala hay una puerta que da a otra más pequeña, a la que llego con la impresión de que todo el mundo sigue mis pasos con la mirada. Una pared de cristal permite ver el ataúd.

Me quedo discretamente cerca de la puerta, intimidado por mi condición de intruso en un duelo al que nada me une más que el deseo de sentir yo también esa emoción intensa que sin duda provoca una pérdida. Para no tener que cruzar la mirada con las de los otros, vuelvo a fingir que examino la sala, detalles de la decoración, las sillas, en una actitud similar a la que adoptaba cuando era adolescente y me encontraba en una fiesta sin osar dirigirme a alguien, atenazado por una timidez de la que fui desprendiéndome con el paso de los años.

Lo que más me molesta de mi situación es tener que seguir empuñando el ramo de flores, pero para depositarlas junto a los ramos y coronas que rodean el féretro me vería obligado a pedirle a un empleado que lo hiciese por mí —no sé cómo se accede a la sala del féretro—, quizá a saludar o presentarme, soportar miradas inquisitivas; no he conseguido imaginar una historia, una excusa, que justifique mi presencia allí. Confío en la suerte de que nadie intente entablar conversación conmigo.

Aprovecho que un grupo que estaba parado frente al cristal se aleja y entra en la sala grande para acercarme yo también al vidrio. Suena una música solemne e insípida, elegida por alguien sin imaginación. Podría ser la música para cualquier muerto anónimo, la que elegiría un funcionario para un cadáver desconocido. Hay una foto, de pie a un costado del féretro: es una foto de una mujer joven, al menos más joven que yo, de pelo largo y liso, con un flequillo cortado como de un tijeretazo; ese corte de pelo, que la foto sea en blanco y negro y que los labios y las mejillas hayan sido retocados torpemente para darles algo de color me hacen pensar en el retrato de alguien que murió hace décadas. Clara tenía los ojos muy grandes y la boca pequeña y me imagino con los labios cerca de sus orejas musitándole tiernamente «mi murciélago» e imagino también su risa: para reírse se ponía la mano delante de la boca quizá porque pensaba que tenía los dientes feos; en la foto tiene la boca cerrada y no se ven sus dientes. Por lo demás, no hay nada que llame la atención en esa imagen, que tiene un fondo gris neutro y no aporta ningún indicio de dónde ha sido hecha, ni paisajes ni interiores ni un espacio en el que situar a esa joven que mira confiada al objetivo.

De pronto caigo en la cuenta de que el hecho de que el ataúd esté cerrado y la foto junto a él podrían significar que el cadáver quedó muy estropeado por el accidente; la cabeza quizá aplastada o desfigurada por cortes profundos, trozos de carne quemados o con tales abrasiones que es imposible maquillarlos. Pobre Clara.

Junto a la puerta que separa las dos salas, dos hombres cuchichean y se vuelven hacia mí de vez en cuando, lo que hace que otras personas giren la cabeza buscando la razón de la inquietud que empieza a recorrer las dos estancias; una mujer sentada en uno de los sofás, que se protege del aire acondicionado con una chaqueta de punto, también me clava una mirada de desaprobación, aunque dudo que sepa qué es lo que los demás podrían reprocharme.

Quizá debería marcharme en este momento, ya no de forma discreta, porque es difícil la discreción cuando tanta gente está pendiente de ti, pero sí en silencio. Una retirada a tiempo. Eludir un conflicto que aún no puedo intuir pero que sin duda tiene que ver con mi intrusión en el dolor ajeno, con mi entrada en una comunidad que no me ha reconocido como suyo. Pero aguanto aparentemente impasible el interés cada vez más evidente de los asistentes al funeral. Lo más probable es que ese interés sólo se deba a que no hablo con nadie, a que parezco desconectado por completo de los demás.

Entre el cabello negro o castaño oscuro de Clara se distingue un pendiente, un arco de lo que probablemente era un aro de metal. Tiene un rostro algo ancho, que hace pensar en alguien de Europa del Este y me recuerda a una chica polaca que conocí en la universidad y con la que compartí piso y cama durante un par de meses. La melena le cae recta a los lados casi hasta los hombros; quizá ha elegido ese corte de pelo de una manera consciente, para corregir algo que podría considerarse un defecto, aunque el flequillo más bien lo acentúa. Lo que más me gusta de ella es la amable sorna con la que parece enfrentarse a la cámara o al mundo —¿quién le ha hecho la foto, un familiar, un amigo, un amante?—, quizá producida por la combinación de una mirada chispeante, casi alegre, con un gesto que hace con los labios, difícil de describir, como si empezase a sonreír con una mitad de la boca mientras la otra mitad se mantiene en su sitio. Y me pregunto si a mí me miraría de la misma manera o tendría otra expresión para los desconocidos. Y ¿cómo me miraría si no fuésemos desconocidos, si fuese su hermano, o su amigo, o su amante?

No se entonan himnos ni rezos como había esperado, nadie pronuncia un discurso. Aguardo con interés la continuación: no veo trampilla alguna por la que pueda desaparecer el ataúd para su cremación, no distingo a ningún sacerdote, nadie hace un elogio de Clara. Sólo conozco los funerales de las películas y en ellos los parientes y los amigos suelen pronunciar discursos, sentidos pero con algún rasgo de humor como para destacar la complicidad que los une a todos entre sí y con el muerto. Así lo había esperado, pero nadie habla salvo, empiezo a convencerme de ello, para comentar mi presencia.

Se me ocurre que la ausencia de ritos se debe a que no estoy asistiendo al último acto, sino a uno previo; de aquí nos iremos todos a la sala donde se realiza la cremación y habrá discursos, y cantos, y misas y qué sé yo qué en honor de la difunta.

La difunta. Eso suena a muerte de mujer mayor; a luto, a arrugas, a piel ligeramente escamosa, a defectos de pigmentación en las manos y la cara, a venas abultadas, a pesar callado, a habitaciones con las persianas bajadas, a olor a medicamentos y desinfectantes.

Un empleado se acerca a las dos parejas mayores que había observado al llegar, ligeramente encorvado, como si en realidad quisiera susurrarles al oído. El hombre y la mujer a los que seguí hasta la sala se separan unos pasos, dejan solos con el empleado a los que empiezo a suponer que son los padres de Clara. La madre rompe a llorar; su marido, más bajo que ella, de pelo ralo y rojizo y una expresión entre indecisa y atemorizada, se balancea inquieto sobre las piernas, carraspea, busca una postura más cómoda, asiente como si escuchase instrucciones.

El chirrido que producen las patas de una silla al desplazarse rompe el relativo silencio. Uno de los dos hombres que habían estado antes cuchicheando junto a la puerta se dirige hacia mí. Lleva un traje de chaqueta gris oscuro, corbata negra, barba recortada pulcramente, las mandíbulas apretadas. Es bastante más bajo que yo, menudo y, quizá por su manera de caminar, que no diría afectada, pero que da la impresión de hacerlo con las piernas muy juntas, como si intentase que sus dos pies pisaran siempre una línea trazada delante de él, pienso que podría ser homosexual. Cuando se encuentra a un par de pasos de mí, demasiado pronto, le tiendo la mano.

—Le acompaño en el sentimiento.

Desde niño no había vuelto a participar en una pelea. Nunca he tomado parte en algaradas políticas ni he sido hincha de fútbol ni la casualidad me ha puesto en una situación en la que me haya visto obligado a defenderme a golpes. Por eso el puñetazo me causa perplejidad antes que dolor. No ha sido uno de esos puñetazos de película que hacen que el golpeado caiga hacia atrás con estrépito, derribando sillas, chocando con la espalda contra la pared o contra algún vidrio. Ha sido un puñetazo sin impulso, sin recorrido, un mero levantar el puño y lanzarlo desde muy cerca contra mi boca, un puñetazo torpe y apresurado, quizá casi involuntario, como un hipo o un tic. No se me pasa por la cabeza devolver el golpe o cubrirme de una nueva agresión. Me toco el labio, que ahora sí empieza a dolerme, y la sangre que mancha mis dedos me parece irreal, perteneciente a otra persona, una imagen que has visto mil veces en el cine, siempre con otro de protagonista, y de pronto estás tú allí, mirándote el índice y el corazón manchados de sangre.

Mi extraño contrincante me da un nuevo puñetazo, esta vez en el hombro y aún más flojo, casi un mero empujón con los nudillos, como si me estuviese provocando en una pelea de patio de colegio. Me gustaría saber quién es y si su comportamiento está justificado, qué le habrá hecho ese Samuel que yo no soy para despertar su enfado impotente; sigo sin sentir miedo, no me parece necesario defenderme ni huir; más bien siento una cierta solidaridad, casi complicidad, con ese hombre de tan escasa envergadura que quiere castigar un acto inapropiado, alguna mezquindad que ignoro, pero cuyo castigo intuyo merecido.

—Lo siento —digo para rellenar el silencio y ofrecer algo al coro callado que nos contempla con atención, y el hombre parado frente a mí, que quizá había esperado una reacción violenta que le diese una razón para continuar la pelea, aunque fuese para perderla y tener un argumento más, éste evidente y con testigos, para odiar a Samuel, sacude la cabeza incrédulo, frota contra el pantalón el puño con el que acaba de golpearme y se marcha seguido con rapidez indignada por el resto de asistentes. ¿Conocerán todos el motivo de la agresión o tan sólo se solidarizan con este pariente o amigo de Clara frente a un intruso?

Todo el mundo se va. Me quedo solo, frente al ataúd de Clara, a través del cristal, muerta, al otro lado. No sé qué hacer, adónde ir. Aún con el ramo de flores en la mano, decido entregárselo a ella. Salgo de la salita y busco la puerta de la cámara donde está Clara, lo que queda de Clara. Hace un frío considerable en el interior. Detrás de mí entran varios empleados. No hablan conmigo y hasta evitan dar la impresión de que son conscientes de mi presencia; alguien debe de haberles advertido de que hay un extraño en la ceremonia. Imagino que a veces es así, que en el duelo de una familia se cuela un desconocido que quiere sentir de cerca la muerte o el pesar de los otros. Levantan el ataúd y lo sacan de allí, dejando atrás la foto y los ramos y las coronas. No tiene sentido depositar mis flores en esa sala desierta, para nadie, para un recuerdo que no tengo. Cojo la fotografía y me dirijo a la salida. Paseo un rato por los jardines, con la foto y el ramo en las manos. Hace un día agradable, ni caluroso ni frío. Me siento un rato al sol. Cierro los ojos. Se está bien allí. Me amodorro con una sensación que no sé si es placentera o de tristeza. Cuando abro los ojos veo que de uno de los edificios sale una columna de humo.

«Clara», digo. Y, otra vez, «pobre Clara». Aunque el humo podría estar producido por los huesos y la carne de cualquier otra persona. Diecisiete salas perfectamente equipadas.

Me quedo aún un rato sentado en el banco. Cuando me voy a levantar, una mujer a la que creo que he visto en el funeral se me acerca con decisión atravesando el jardín y se detiene ante mí. Algo en ella me hace levantarme deprisa y dar un paso atrás, precaverme ante un nuevo ataque que en ella intuyo podría ser más doloroso, más radical, que el que he sufrido hace un rato.

—¿No tienes un pañuelo?

Me palpo los bolsillos de la americana, aunque sé de sobra que no llevo.

—No, lo siento.

Ella abre el bolso y me da uno de papel.

—El labio —dice.

Lo aplico sobre los labios y lo inspecciono. Queda sobre el papel algo de sangre reseca.

—Es un corte por fuera, con el anillo, creo. Eres Samuel, ¿verdad?

—Sí. ¿Tú?

—Carina. Tienes un par de huevos.

—¿Tú crees?

—No sólo lo digo yo. Ella lo decía también.

No sé qué responder. Secretamente me halaga lo que pueda pensar de mí esa desconocida y sobre todo lo que pensaba Clara.

—¿Clara decía eso de mí?

La joven señala la fotografía que he dejado sobre el banco.

—Pues sí que tienes huevos. Bueno, ya has conocido a Alejandro. Seguro que tenías ganas.

—¿El que me ha dado el puñetazo?

—¿Cómo has venido?

—En taxi.

—Ven, te llevo a casa.

Camina deprisa, tac tac tacatacatac, haciendo restallar los talones de aguja contra el suelo del aparcamiento, y yo me afano por no quedarme muy rezagado. ¿Camina tan rápido para que pueda ver su silueta por detrás, la figura de una mujer que hace deporte y que bebe refrescos *light* y desayuna con cereales? Lleva un traje de chaqueta entallada color perla y con falda de tubo. Sin duda sabe que su figura hace que se vuelvan muchas cabezas. Desprende la energía de una persona habituada a dar codazos para ascender en alguna empresa o bufete o ministerio, un gesto de estar continuamente dispuesta a responder a un ataque. Ella no se habría dejado dar el segundo puñetazo. Carina se gira sobre los talones, da un par de vueltas sobre sí misma extendiendo el control remoto frente a sí hasta que un auto emite un sonido de reconocimiento mientras se encienden brevemente los intermitentes.

—Siempre se me olvida dónde lo dejo. En los de varios pisos intento quedarme con el color o con el símbolo, pero no hay manera. Los números ni lo intento. Tú no tienes coche, ¿verdad?

—¿Cómo lo sabes?

—Clara.

—Erais muy amigas.

Lo he afirmado más que preguntado, para evitar que una entonación demasiado interrogante revele mi ignorancia.

—¿Tú estás tonto?

No le da más importancia, arranca y salimos del aparcamiento a mucha más velocidad de la permitida, provocando que algunos deudos se vuelvan a seguirnos con la mirada.

—¿Dónde vives?

—¿Eso no lo sabes?

—Pues no, eso no. Pero sé otras cosas más importantes.

Hablamos poco durante el trayecto: me limito a darle instrucciones sobre la ruta. Me siento bajo vigilancia y finjo abstraerme en mis pensamientos, temiendo preguntas a las que no sabría responder.

—Pues Clara decía que eras muy hablador —dice cuando estamos llegando a mi casa, como si continuase una conversación que no hemos empezado.

—A veces sí, a veces no.

—Oye, que no fue cosa mía, ¿vale? Ella vino a preguntarme y yo le dije lo que pensaba. Lo digo por si sigues enfadado.

—No, no sigo enfadado.

—Pero al principio lo estabas.

—Al principio sí. Pero supongo que querías ayudarla —aventuro. Ella asiente y contrae las mandíbulas, lo que le da un aspecto de decisión y firmeza que antes me disgustaba y ahora no estoy seguro, quizá porque mientras aprieta las mandíbulas tengo la impresión de que sus ojos se enrojecen. Pero no rompe a llorar.

—Lo que le decía es que si tú no te habías decidido ya a vivir con ella es que no te ibas a decidir. Esas cosas se hacen a la primera o no se hacen. Aquí es, ¿no?

—Sí, aquí es.

—¿De verdad que no lo estás?

—¿Enfadado? En absoluto.

—¿Dónde le has dicho a tu mujer que ibas?

Nada más preguntarlo se gira a coger su bolso del asiento trasero, hurga apresuradamente en su interior y saca un pañuelo con el que se limpia las comisuras de los ojos, con golpecitos suaves, como para que no se corra el rímel.

—No le he dicho nada.

—Ya. Mira, te dejo mi tarjeta. Por si quieres algo. Me llamas, me envías un mail. Lo que te dé la gana.

—Gracias.

Leo el nombre en la tarjeta, Carina Álvarez, y de repente me siento incómodo, con la sensación de haber llevado las cosas demasiado lejos, aunque también con el alivio de haber salido bien parado de una situación difícil. Por hacer algo, saco yo también una tarjeta de la cartera, y se la doy, como si nos encontrásemos en una cita de negocios, aunque en la tarjeta sólo pone mi nombre, mi teléfono y mi correo electrónico; nunca he querido hacerme tarjetas de empresa. Ella la toma, la lee, la deja en el salpicadero.

—Me alegro de haberte conocido al fin, aunque el momento..., quiero decir, qué desastre.

Y sólo entonces abandona ese aire decidido, su tono tajante, su manera de hacer las cosas como si vivir fuera un engorro al que hay que enfrentarse antes de pasar a asuntos importantes. Se queda con las manos sobre el volante, la cabeza inclinada hacia él, los ojos cerrados. Recuerdos, nostalgias, dolor; no sé qué siente, pero por primera vez estoy seguro de que siente, algo se ha roto en su coraza de actividad y ahora parece tan sólo una mujer desamparada.

Le habría regalado las flores, pero en la cercanía y el encierro del coche me parece un gesto demasiado íntimo. Así que tomo el ramo y la fotografía y, con las dos manos ocupadas, peleo un rato para abrir la puerta sintiéndome algo ridículo por mi torpeza. «Adiós», dice a mis espaldas. Antes de que se marche, golpeo con un nudillo la ventanilla como despedida. Al instante arranca, acelera ruidosamente y gira a toda velocidad en la siguiente bocacalle. En casa, pongo las flores en un jarrón, la fotografía de pie sobre la mesa del comedor. En la tarjeta que me ha dado Carina, una dirección desconocida, un número de teléfono, una profesión: osteópata. Había imaginado que sería agente de ventas o que trabajaría en una compañía de seguros. Quizá me ha causado esa impresión por el traje de chaqueta que ha elegido para el funeral y que acaso no forma parte de su habitual manera de vestir. Dejo sobre la mesa la tarjeta de la hermana de Clara, aunque no tengo la menor intención de llamarla.

Hace ya tres meses que se me estropeó el televisor. ¿Es un signo de salud mental o de desidia no haberme molestado en llamar para que lo arreglen? Llevo casi cuatro años viviendo solo. Un hombre que vive solo acaba convirtiéndose en una versión desmejorada de sí mismo: pequeñas manías se van instalando en la vida cotidiana, como cenar en bata o dejar los cacharros sucios apilados en el fregadero y únicamente ir fregando los que se necesitan, ver la televisión hasta la madrugada, no quitarse el pijama durante el fin de semana, perder el tiempo con juegos de ordenador. Los hombres que viven solos, a partir de cierta edad, cuando han dejado de creer que la vida en pareja podría ser placentera o excitante, a menudo tienen poca vida social; las mujeres, incluso las resignadas o decididas a permanecer solteras, como aquella amiga que me dijo: «Mi mitad inferior ha dejado de interesarme», mantienen contactos, salen, hablan de sí mismas y de otras amigas, necesitan piel, voz, intensidad, igual que los hombres necesitan distancia, silencio, indiferencia. Quizá yo no he alcanzado esa edad o esa resignación y por eso aún procuro combatir la tentación de no ducharme si no voy a salir, de no afeitarme o no cambiarme de calzoncillos, de dejar los platos sucios sobre la mesa, de no llamar a nadie durante días. Aunque no tenga muchos amigos y tampoco eche de menos una vida social más intensa, procuro evitar esa sensación de encierro, de relación enfermiza con pantallas y artilugios, con los espacios cerrados, con el monótono rumiar de mi conciencia, con la embarazosa existencia de quien no siente más que cuando se lo impone un drama televisado.

La terraza es mi salvación, porque al estar ahí, comiendo o leyendo, o pensando en mis cosas, tengo la impresión de no estar sólo matando el tiempo, sino disfrutándolo. Estás muerto cuando deja de atraerte el placer, cuando ya no piensas más que en evitar el aburrimiento y no te importa que tu vida sea más ausencia —de dolor, de pasión, de entusiasmo— que contenido. El mayor enemigo de la felicidad no es el dolor, es el miedo. Para estar realmente vivo tienes que estar dispuesto a pagar un precio por lo que obtienes. Y ahí es donde yo fallo. Me estoy volviendo perezoso; me cuesta pagar para obtener y tiendo a conformarme con lo que me sale gratis, es decir, con poca cosa.

Sin pensarlo, he tomado la foto de la mesa del salón y he subido a la terraza. Me estoy acostumbrando a llevarla allí donde me encuentro, a tenerla cerca, a contemplarla una y otra vez, como si quisiera constantemente adentrarme en el recuerdo de algo que nunca sucedió. Si cierro los ojos, veo el rostro de Clara con mayor precisión que el de cualquiera de mis ex novias. Ellas se han ido difuminando, quizá porque es más difícil recordar un rostro en movimiento que el fijado en una fotografía. A ratos me da rabia no haber podido conocerla; ignorar el sonido de su voz, si me gustarían o no sus opiniones, la mímica, los gestos que definen cómo nos sentimos en el mundo. Tiene una constelación de pecas sobre el puente de la nariz, lo que parece un defecto de pigmentación en el mentón izquierdo —pero podría también ser un fallo del revelado—, una barbilla de curva suave, un brillo en la mirada que debe de estar creado por el reflejo de una fuente luminosa, quizá una ventana, porque la foto ha sido hecha de día. Sentado en la terraza, tomando un bourbon, quizá algo borracho, bajo una sombrilla que apenas me protege de un sol ya tan cerca del horizonte que me da de frente en los ojos, tomo la fotografía entre mis manos, la contemplo una vez más e, inclinándome sobre ella, la beso como si fuese la imagen de una novia ausente, de una amante que me abandonó, de una mujer que aún deseo sentir a mi lado. La retiro unos centímetros. «Hola, Clara», digo, y se me escapa una sonrisa.

Dos vencejos atraviesan la terraza a toda velocidad emitiendo un pitido, a menos de un metro de mi cabeza. Uno de ellos choca contra la malla metálica tendida sobre el antepecho por el lado que da a un patio cinco pisos más abajo. Primero me sobresalta la rápida pasada de los dos pájaros, después el choque violento de ese cuerpo diminuto contra el alambre. El animal se queda aturdido o asustado en el suelo de la terraza, junto a los tiestos con los cactos y las suculentas. Al principio no me muevo de mi sitio para evitar asustarle. Al cabo de un rato el vencejo parece recuperarse ligeramente y hace varios intentos de remontar el vuelo. Siempre me ha parecido trágico que las alas de los vencejos sean tan largas que les resulta imposible tomar altura desde el suelo; y aunque me impresione su capacidad para dormir en pleno vuelo, con la mitad del cerebro activa y la otra mitad en reposo, considero sus alas un error de la naturaleza, un absurdo tropezón de la evolución que da lugar a una hipertrofia absolutamente inútil. Quizá esas alas desproporcionadas les permitan alcanzar mayor velocidad o maniobrar con una agilidad impresionante; pero también las golondrinas sobreviven con alas más cortas.

Bajo a la cocina y regreso a la terraza con un paño de secar cacharros. Lo lanzo sobre el vencejo para inmovilizarlo —como una red de gladiador—, pero no mido bien el impulso y el paño cae a su lado. El ave no se inmuta; tiene el pico muy abierto y parece jadear, si es que un pájaro jadea. Me acerco un poco más, recojo el paño, lo dejo caer desde mucho más cerca, y lo habría atrapado si no hubiese corrido a esconderse entre los tiestos; ahora tengo que cambiar de técnica e intentar atraparlo con la mano; en cuanto me acerco un poco, el vencejo aletea y corre estúpida, ciegamente entre los tiestos y la pared, sin apenas espacio, quizá haciéndose daño, aterrado, enloquecido, entre pequeñas rendijas, en posiciones imposibles. «Te estoy intentando ayudar, ¿no lo ves?» Le hablo en el mismo tono que usaría para calmar la rabieta de un bebé. Aún hace calor y he empezado a sudar, también a sentirme ligeramente irritado por la estupidez del bicho; por un lado me da pena su situación, por otro rabia de que no se deje salvar por mí. La persecución continúa tras una breve pausa para apurar el bourbon; el hielo se ha derretido y está aguado y tibio; tengo que ir retirando los tiestos y las jardineras de la pared para poder meter la mano con holgura detrás de ellos y que el vencejo no se refugie, como hace cada vez, allí donde no alcanzo. ¿Me picará cuando lo coja? Ahora boquea más que antes; las plumas de las alas están desordenadas y húmedas, como los cabellos de quien, febril, ha dado muchas vueltas en la cama. En cuanto le concedo una tregua se queda inmóvil, en posturas que sugieren algún descoyuntamiento, atento al siguiente ataque, porque probablemente interpreta mis esfuerzos por atraparlo como una agresión. Por fin consigo sujetarlo contra el suelo con una mano; el muy imbécil intenta aletear y escabullirse, lo que me obliga a apretarlo contra la baldosa más de lo que quisiera, pero no logro cerrar la mano alrededor del cuerpo tembloroso. «¿Te vas a quedar quieto, idiota?» A riesgo de hacerle daño, cierro el puño y ahora sí, ya lo tengo. Lo levanto en el aire y me lo acerco al rostro; el corazón palpita contra mis dedos a una velocidad increíble, el pico abierto, la mirada asustada, pienso, aunque no sé si se puede ver el miedo en los ojos de un pájaro. De repente noto humedad en la muñeca. El vencejo se me acaba de cagar en la mano. «¡Que no te voy a hacer nada, gilipollas!»

Sacudo el puño en el aire para hacerle entrar en razón. También yo sudo y también mi corazón late deprisa, pero de rabia. Doy unos pasos por la terraza con el animal empuñado, en una y otra dirección, agitándolo ahora como zarandearía a un niño que me impacienta. Poco a poco me tranquilizo; enseño el vencejo al rostro de la fotografía. Mira, no podía volar, pero creo que no está herido. Entonces voy hasta la malla metálica, paso la mano por encima y deposito el animal sobre el borde exterior del antepecho. Si quiere, desde allí puede arrojarse al vacío y emprender el vuelo.

Pero no se mueve. Continúa con las alas extendidas y la cabeza vuelta hacia lo alto. Le empujo con un dedo y él apenas se desplaza unos centímetros hacia un lado, raspando la piedra con la punta de las alas. Querría animarle a dar el salto: venga, seguro que puedes. Le empujo otra vez, él se resiste, sigo empujando, intenta aferrarse a la superficie lisa, llega por fin al mismo borde, se vuelca hacia delante obligado aún por mi dedo y se desploma hacia el fondo del patio como una cosa muerta, asustándome con la velocidad de su caída. Se eleva de repente, trazando contra el cielo una curva finísima, como un corte en un papel. Al cabo de muy poco ya no logro distinguirlo de los demás vencejos.

Si se hubiese estrellado contra el fondo del patio, ¿qué habrías hecho? Nada, qué iba a hacer; salvo confiar en que nadie me hubiera visto.

Esta mañana he tenido que ducharme con agua fría; el calentador ha dejado de funcionar. Después de secarme he buscado la carpeta en la que guardo las instrucciones de uso de los aparatos que voy comprando; he encontrado la carpeta pero no las instrucciones. El calentador se encontraba ya en el piso cuando lo compré hace dos años y, al parecer, entre los papeles que me dieron las antiguas propietarias, dos chicas con los roles tan bien repartidos y ensayados que tenían que ser necesariamente una pareja, no se hallaban las instrucciones, aunque sí del frigorífico, del horno, de la campana extractora y de todos los demás electrodomésticos que funcionan perfectamente. He pasado un buen rato examinando el aparato con la esperanza de descubrir y reparar yo mismo el problema —no soy del todo torpe—, pero no me he atrevido a tocar todas esas ruedas y válvulas cuya función desconozco.

Como todos los pisos del edificio fueron reformados al mismo tiempo y por la misma empresa —al menos eso me dijeron las chicas que me vendieron el piso—, llamo al timbre de la vecina de al lado, con la esperanza de que ella tenga el mismo calentador y no haya extraviado el manual. Es una chica muy joven con la que he coincidido a veces en el ascensor o en el portal, muy seria, reservada; siempre me ha hecho pensar en una mujer con un pasado particularmente duro, aunque no marginal porque no se ve en ella ese poso que dejan la pobreza, el alcohol, la droga, más bien parece alguien que de adolescente dejó de confiar en ser feliz. Y, a lo mejor a causa de su cuello demasiado delgado o demasiado largo, mi vecina tiene aire de fragilidad.

Nunca hemos intercambiado más que unas palabras, corteses, distantes. No sé su nombre; ni ella me lo ha dicho, ni a mí se me ha ocurrido mirarlo en el buzón. Sí recuerdo que apenas me había mudado a este piso cuando, mientras subíamos en el ascensor, me dijo: «Si necesita algo, no dude en llamarme». Probablemente pretendía ser amable, la vecina educada, pero sonó tan distante y además acompañado de ese trato de usted al que aún no me he acostumbrado que me pareció un comentario más bien disuasorio.

Abre la puerta casi inmediatamente después de que yo haya tocado al timbre, como si hubiese estado esperando mi llegada.

—Hola, se me ha estropeado el calentador, y supongo que el tuyo es igual que el mío.

—No sé.

—¿Puedo verlo? Si es el mismo, quería pedirte el manual de instrucciones.

La chica mira hacia el interior del pasillo; está recién arreglada, aunque apenas maquillada; el pelo parece aún algo húmedo, huele a fijador o gel; y lleva una chaquetilla muy fina de cuero que no puede ser una prenda de andar por casa.

—Es sólo un momento.

—Vale, no sé si será el mismo. Yo no lo he cambiado.

Echa a andar por el pasillo; yo cierro la puerta tras de mí y la sigo. Desde un sofá, en el salón, me observan varios peluches sentados muy juntos, de cara a la puerta, como esperando a alguien. La cocina tiene los mismos muebles que la mía. Fotos y postales pegadas al frigorífico. Es el mismo calentador. Ella va a buscar el manual y regresa enseguida con él en la mano; debe de ser una mujer ordenada. Tengo una sensación agradable de intimidad, parados los dos en medio de la cocina minúscula, en ese apartamento cerrado, tan parecido al mío, y al mismo tiempo con detalles que hablan de otra vida, de otra historia, de alguien que ha tenido aventuras, vivido acontecimientos, sufrido heridas, acumulado recuerdos distintos de los míos. Me dan ganas de abrazarla, más bien me dan ganas de haberla abrazado ya muchas veces, de tener con ella una historia común, una complicidad, un afecto compartido.

Le doy las gracias. Camina muy deprisa por el pasillo, abre la puerta y sale del apartamento como si fuera ella quien se marchara y se despidiese de mí. Pero no lleva bolso, y todavía calza zapatillas. Le prometo devolverle el manual cuanto antes; tiene que echarse a un lado para que yo pueda salir del todo de su casa. Sólo al entrar en mi apartamento se me ocurre que ha tenido miedo de mí. Por eso ha salido de su propio piso, para poder escapar corriendo o gritar si yo la agredía. Y entonces me recuerdo cerrando la puerta tras de mí, y también recuerdo algo que en el momento casi ni percibí, uno más de esos miles de pensamientos que nos atraviesan la mente al cabo del día sin que lleguemos a ser del todo conscientes de ellos, nada, ni un segundo, un brevísimo relámpago de conciencia, en el que pensé que no debía cerrar la puerta, porque podía parecer un exceso de familiaridad o una imposición, una exigencia de que confiara en mí, pero cerré. Y también recuerdo que sentí cierto placer al hacerlo.

Hojeo el manual, analizo los croquis de espitas, tuberías y válvulas, giro una que regula la alimentación de agua, reactivo el encendido, abro el grifo del agua caliente. El calentador funciona otra vez. Inmediatamente voy al piso de la vecina. Toco al timbre. Sus pasos se acercan, suaves, cautelosos, la imagino dudando si abrirme o no, si asomarse a la mirilla aunque sabe perfectamente con quién va a encontrarse. Abre veinte o treinta centímetros, y me pregunto si ha fijado el pie firmemente contra la parte baja de la puerta como yo haría si temiese una intrusión violenta.

—Ah, ¿ya lo has resuelto?

—Sí, toma —le sonrío y le entrego el manual con el brazo extendido. Quisiera tranquilizarla, decirle: «No tienes por qué tener miedo de mí, de verdad». El rostro algo temeroso de la chica, esa expresión tan seria, de quien ha vivido algo malo y no quisiera repetirlo, me hace sentir, en una manera difícil de definir, superior, más maduro, más sólido.

Vuelvo a subir a la terraza con la foto de Clara en las manos. Me desnudo, y me tumbo en una hamaca. Beso los labios de la imagen como lo hice con la de alguna de las chicas con las que salí cuando era adolescente. El único sitio desde el que alguien podría verme es precisamente la terraza de mi vecina, pero ella no tiene una subida directa como la que construyeron ilegalmente los antiguos propietarios de mi piso, y casi nunca lo hace. Si subiese ahora podría verme a través de los huecos que deja el seto sintético, ya bastante ajado. Cierro los ojos y me tapo el sexo con una mano, aunque no sabría decir si mi postura es ahora más púdica o más obscena.

Anochece. Estoy aburrido. Me llevo la fotografía de Clara al dormitorio; puedo verla en la penumbra; sus rasgos se vuelven más suaves, su mirada pierde sorna y se hace más tierna, los labios parecen sonreír abiertamente. Cuando ya me estoy quedando dormido, me incorporo, despierto por completo, atento, alarmado: el rostro de Clara me llega desde muy lejos, un rostro más joven, en movimiento, de risa ruidosa que hacía sacudirse todo el cuerpo delgado, nervioso, llevarse las manos a la cara, los antebrazos tan estilizados como los de un potro joven, la delicada tracería de las venas, los tendones de las muñecas (dos paralelas perfectas que se pierden en la carne), y el sonido de una voz algo más ronca de lo probable en mujer tan delicada, ni siquiera mujer, adolescente que sin embargo lleva el mismo peinado que en la foto. Estoy seguro de haberla conocido; años atrás, en algún lugar que no recuerdo, hemos estado cerca el uno del otro y sólo me falta encontrar el escenario, el paisaje, los otros rostros cercanos para acabar de descubrir cuál ha sido mi relación con Clara.

Son las nueve y media. Subo a la terraza. Cielo añil. Dos murciélagos revoloteando, movimientos que no parece posible reducir a un patrón, imposible adivinar hacia dónde el siguiente quiebro. ¿Habrá alguna función matemática que exprese esos trayectos en apariencia aleatorios? Una de las antenas de televisión vibra produciendo un zumbido monótono. Algún día desaparecerán de los tejados esas estructuras de varillas oxidadas, que me hacen pensar en esqueletos de un grácil animal extinto.

Cada vez estoy más convencido de que en algún momento hemos coincidido y probablemente hablado. Su expresión me resulta familiar, aunque pertenece a un rostro más joven aún que el suyo, y creo que estoy a punto de recordar de dónde la conozco, como esos instantes de *déjà vu* en los que la impresión de haber vivido una situación no oculta del todo la seguridad de que no podemos haberla vivido.

Marco el número de Carina. Podría imaginarme a Clara, inventarle enfermedades infantiles, un padre que la maltrata, un amor adolescente, los primeros escarceos con las drogas, la tarde en la que se emborrachó tanto que tuvieron que llevarla al hospital a que le pusieran una inyección de vitamina B12. Etcétera. Pero no me basta. Inventarle la vida sería igual que masturbarme imaginando que estoy con ella. Como todos los sucedáneos, me dejaría con la tristeza de no poseer lo auténtico, la tragedia de no conseguir lo que de verdad deseo. Y lo que deseo es conocer a Clara; nos habríamos llevado bien, estoy convencido; así me lo hace pensar su expresión descarada, segura de sí misma pero no tan rígida como su hermana; el flequillo, me gusta el flequillo de Clara. No veo su cuerpo, pero la imagino ágil, una mujer que corre a veces por el gusto de sentir el movimiento de sus miembros. Buena nadadora, seguro, se puede pasar horas nadando, y sale del agua ya cuando tiene la carne de gallina y los labios azules, sonriendo feliz, y viene a que yo la seque, yo, que la espero en la playa, y la cubro con la toalla y la abrazo, ese animal que vibra por una mezcla de placer y frío. Podríamos haber tenido una relación. La traería a esta terraza, nos besaríamos frente al inmenso paisaje urbano. Y ella conocería el nombre de varias constelaciones, que yo nunca conseguiría aprenderme ni identificar.

No dejo mensaje en el contestador. Decepcionado, enciendo un cigarrillo. Sólo fumo una vez que se ha puesto el sol. Es la condición que me exijo cumplir para no tener que dejarlo. Cielo azul marino. Sin nubes. Sólo las estelas de los aviones, algunas ya casi difuminadas, recortan el cielo en parcelas desiguales.

Suena el móvil, que había dejado sobre la mesa de teca. Lo cojo rápidamente.

—Sí.

—Perdona, pero tengo una llamada perdida tuya. ¿Quién eres?

—Samuel.

—Ah.

¿Decepcionada, fría, temerosa, molesta? ¿Por qué sólo «Ah»?

—Supongo que no esperabas que te llamase.

—Te di yo mi tarjeta.

—Es verdad. Me gustaría verte. Si tienes tiempo. Y te apetece.

Los campanarios de las iglesias cercanas se van iluminando. En uno de los pisos que se ven desde la terraza, un televisor encendido. Bajo esos techos, entre esas paredes, ocultas la mayoría en sus celdas, millones de personas sentadas mirando las imágenes. Tiene algo estremecedor: a pocos metros unas de otras, hileras y columnas de personas en una cuadrícula, inmóviles, atentas, olvidadas. Las estrellas se prenden una a una.

Calla como si estuviese sopesando pros y contras.

—Me parece bien —dice por fin—, cuando quieras. ¿Mañana después del trabajo?

—Vale.

—¿Y qué le vas a decir a tu mujer?

—Se ha marchado.

—¿Quieres decir que os habéis separado?

—Sí, supongo que es eso lo que quiero decir. Ya no vivimos juntos.

—¿Lo sabía Clara?

—Es tan reciente que no le dio tiempo a saberlo.

—Pobre. También es mala suerte.

—No te preocupes, estoy bien.

—Me refería a Clara. ¿Voy entonces a eso de las nueve?

Tendré que hacer algunos cambios en el apartamento para dar la impresión de que aquí ha vivido una mujer hasta hace poco. Aunque se hubiese llevado sus cosas, algún rastro habría dejado: fotos, recuerdos, cosméticos, un cepillo de dientes usado. Pero no es fácil convertir un apartamento de soltero en un apartamento de separado. Por suerte, ya casi nadie tiene álbumes de fotografías, nada en lo que hurgar para encontrar recuerdos de una boda, o la aparición repetitiva del mismo rostro, de la misma sonrisa. Nunca me han gustado los álbumes de fotografías: en ellos la gente tiende a parecer más feliz de lo que es, porque sólo fotografiamos las fiestas, las celebraciones, las ocasiones en las que estamos con amigos, los viajes, e incluso en los momentos en los que no estamos del todo felices, cuando nos ponemos ante la cámara tendemos a sonreír, a estrechar el cuerpo que tenemos al lado con más fuerza o más emoción de la que sentimos. Habría que tomar fotos de los momentos tristes; decir: «Espera, no te muevas», a esa mujer que llora por alguna culpa nuestra o que nos insulta por no darle lo que a ella le parece justo, autorretratarnos en ese momento cuando estamos mintiendo, o apretando las mandíbulas para no decir lo que pensamos, o cuando nos sale ese gesto de desprecio en el que nos costaría tanto reconocernos. Supongo que los álbumes, o las colecciones de fotos que guardamos en nuestro ordenador, tienden a compensar el trabajo injusto de nuestra memoria, pues ella suele quedarse más bien con lo doloroso, con traumas y frustraciones, con lo que no hemos conseguido, con la situación en la que no reaccionamos como habríamos deseado.

Pero mi apartamento es el apartamento de un hombre que vive solo y que lleva mucho tiempo haciéndolo. De un hombre sin hijos, por otro lado, pues en ningún sitio cuelgan dibujos infantiles de coches ni de guerreros ni de esquemáticas familias, ni esos cursis corazones que los niños tienen que hacer en el colegio por el día del padre o de la madre, ni por supuesto fotos de niños que me muestran felices su sonrisa mellada o que se lanzan a la piscina en una competición escolar. Aquí vive un hombre aficionado a la lectura, que ve la televisión —cuando funciona—, con un ordenador portátil en el dormitorio y uno de sobremesa en el despacho, que bebe bourbon y vino y cerveza, un fumador cuya casa no huele a humo porque tiene esa rara disciplina de salir siempre a fumar a la terraza, también cuando llueve o nieva, bajo el paraguas y con guantes, pero feliz de concederse esas pausas nocturnas, contemplar la noche que siempre parece iluminada para él —y le gusta la idea de que todas las luces se apaguen cuando él vuelve a descender al salón— durante el tiempo que fuma un cigarrillo. Una casa sin recuerdos de viajes y sin muchos adornos, salvo una colección de fotografías en blanco y negro —retratos de músicos de jazz— y un par de grabados modernos. ¿No viaja, no abandona nunca esa pequeña torre de marfil para ampliar sus experiencias, su conocimiento del mundo o al menos de sí mismo? Si lo hace, no quedan de ello huellas materiales, y ése será uno de los primeros comentarios que me haga Carina poco después de entrar en el apartamento: «Clara decía que no salías casi nunca». Y me resultará extraño que lo diga mientras mira mis cosas, el lugar en el que vivo, estableciendo esa extraña relación con una persona que no soy yo, pero con la que, como pasaría con cualquier ser humano, comparto algunos rasgos o algunas costumbres.

José Manuel no me pone muchas pegas cuando le llamo la mañana siguiente para pedir dos días libres. Resopla, suspira, me hace notar aun a través del teléfono la dificultad que le supone prescindir de mí y que desde luego dos días es el límite, «pero claro, si lo necesitas, quédate en casa, aunque a lo mejor te haría bien salir, ocupar la cabeza en otras cosas; tú de todas maneras tienes un cerebro rumiante, y ya sabes lo que quiero decir».

No le discuto, le doy la razón en todo pero me aferro a esos dos días, prometiéndole que no me voy a quedar encerrado todo el rato en casa. No es que necesite ese tiempo libre, pero una novia fallecida es una buena excusa para permitirme este lujo, esta travesura, escaparme a comer un helado mientras todos los demás niños están en el colegio.

Carina no es culpable de nada ni tengo razones para irritarme por su manera de saludarme, por ese beso fugaz en la mejilla, por la forma en la que levanta la botella de vino que trae como si hubiese algo que celebrar, por su paso tan rápido al entrar que podría pensarse que el piso le pertenece, y ahora tan lento que tropiezo con sus tacones y me disculpo cuando realmente no quiero disculparme, por cómo examina muebles, cuadros, fotografías, cada detalle de mi casa, según avanza hacia el salón, como si con su beneplácito otorgase el derecho a existir de todos esos objetos que he ido acumulando.

Y sin embargo me irrita su presencia, como me irritan a veces los resultados de algunas de mis decisiones. Soy yo quien la ha llamado, yo quien la ha invitado a venir por un impulso nacido del deseo de saber algo más de Clara; podría haber roto su tarjeta, o haberla guardado en un cajón y olvidado como tantas otras tarjetas, informaciones, medicamentos caducados, agendas antiguas, o como esos recortes de prensa que voy almacenando hasta que, si un día los vuelvo a descubrir, ni siquiera entiendo por qué había decidido conservarlos. Soy yo el responsable de que se encuentre ahora aquí, con ese traje de chaqueta rojo, de corte parecido al que llevó al entierro y que me resulta incongruente, demasiado elegante, demasiado formal, un traje para una cita de trabajo, con el que no parecería adecuado sentarte en el suelo o beber una cerveza directamente de la botella, y en el fondo ya no estoy seguro de querer que me cuente cosas de mi supuesta relación con Clara, porque de alguna manera me doy cuenta de que es infantil pretender introducirme de rondón en una historia sentimental que no es la mía, y siento el mismo pudor con el que antes, es decir, antes de que se me estropease la televisión, asistía unos minutos a esos programas a los que va la gente a contar sus problemas sentimentales, a exhibir sus miserias y sus carencias, a hacer gala de sus odios y rencores, y yo cambiaba rápidamente de canal porque tenía la impresión de ser forzado a presenciar episodios íntimos, valiosos sin duda para sus protagonistas, pero que al mostrarse en público se volvían pornográficos, hombres y mujeres que nos enseñan aquello que deseamos ver pero sabemos que no debiéramos ver, *snuff movies* de nuestras miserias, presentaciones en directo de los cadáveres del alma, las torturas que nos infligimos para hacer significativa nuestra vida: «Ved, me sacrifico ante vuestros ojos para produciros placer, martirizo mi dignidad, me humillo, muestro lo más vergonzoso, *ecce homini*».

Pero la he llamado y está aquí, quizá tan tensa como yo y acaso preguntándose ella también para qué ha venido, si ha sido por curiosidad morbosa, para saber cómo era el amante de su hermana, imaginarla conmigo, lo que hacíamos y lo que no, si soy un hombre cariñoso, peor o mejor de lo que ella imaginó; o también puede que haya aceptado mi invitación como una manera de recuperar partes de Clara que ella desconocía, y ahora tendría la oportunidad de disfrutar de una visión más completa de su hermana, también de cosas que quizá le ocultó en su momento. Somos buitres del pasado, habituados a hurgar en la carroña que han ido dejando nuestros errores e insuficiencias. Y como esas aves que regurgitan el gusano o el insecto que han devorado para alimentar a sus hijos, también nosotros sacamos de nuestro interior todo aquello que quedó a medio digerir, como si comiéndolo una y otra vez pudiéramos acabar de metabolizarlo, de hacerlo definitivamente nuestro.

Ella mira alrededor, se sienta en el sofá y afirma, como para sí misma:

—Clara decía que no salías mucho.

—Exageraba. Tengo amigos, quedo a cenar, voy al cine. Quizás menos que otras personas, pero no soy un ermitaño.

Sonríe bajando los ojos, como si le hiciese gracia un recuerdo que no quisiera compartir. ¿Cuánto tiempo pasará antes de que se desvele mi impostura? Hay mil detalles que sin duda no coinciden en la narración que Clara ha hecho de Samuel y la que se podría hacer de mi vida. No soy un viajero, es cierto, pero tampoco vivo encerrado ni en mí mismo ni en mi apartamento, como al parecer hacía el otro Samuel. Y poco a poco irán volviendo a su memoria detalles a los que hasta ahora no había dado importancia pero que no se ajustan a la persona que tiene delante.

—¿Sabes que no te había visto nunca?

—Lo imagino.

—Quiero decir, que nunca había visto ni siquiera una foto tuya. No quería.

—¿Por qué no querías?

—Ella, Clara, no quería. Decía que eras suyo, por lo menos los fines de semana que le concedías eras suyo, y que empezar a mostrarte habría sido una manera de compartirte con los demás, de entregarles algo de ti, y que tenía demasiado poco como para cometer ese acto de generosidad. Era más tonta...

—¿Y?

—Y nada.

—Quiero decir, que si soy muy distinto de como me habías imaginado.

—Más anguloso, más rígido, también más duro.

—Vaya.

—Te imaginaba un poco escurridizo, supongo que porque nunca me ha gustado cómo tratabas a Clara, de segundo plato, sólo cuando te convenía, sin atreverte de verdad. Por eso le dije que tenía que cortar contigo, bueno, ya lo sabes. Y sin embargo, me has invitado a venir.

—No creo que eso cuente mucho ahora.

—Algo más pequeño, menos musculoso, un poco más desaseado.

—No tenías muy buena opinión de mí.

—La tenía bastante mala. Si te digo la verdad, nada ha cambiado como para corregir esa opinión. ¿Qué iba a cambiar ahora salvo que ya no puedes hacerle daño?

—Te juro que nunca he querido hacerle daño, a Clara no.

—Ya. De todas formas, no he venido a hacerte reproches.

No ha venido a hacerme reproches, no sé a qué ha venido, no sé por qué me dio su tarjeta de visita ni por qué volvió sobre sus pasos en el tanatorio para ofrecerme un pañuelo. Y me pregunto si tiene alguna deuda con Clara, o si la tengo yo, algo que aún queda por saldar y por eso está aquí, con su traje de chaqueta y una cierta rigidez en la espalda —¡ella sí es rígida!—, y con ese ceño que tiende a fruncirse, como el de alguien que se niega a relajarse, a fiarse de los demás, como alguien que sabe que en cualquier momento va a tener que defenderse o atacar.

—No me lo vas a preguntar, ¿verdad?

—¿Quieres comer algo? ¿Algo de picar?

—No es ésa la pregunta.

—¿No te voy a preguntar qué?

—Por qué he venido.

—Me da igual. Me alegro mucho de que estés aquí.

—No te pongas melifluo.

Por primera vez me hace gracia. No recuerdo haber oído nunca la palabra melifluo, la he leído, claro, pero nunca conocí a alguien capaz de utilizarla. Además, me gusta que le desagrade ese tono de hombre amable y seductor que me ha salido sin quererlo, y que me lo haga saber.

Saco a pesar de su negativa unos platitos de queso y jamón. Pasamos las dos horas siguientes conversando; como si nos conociésemos de hace tiempo pero sin haber tenido ocasión de intimar. Desvío las preguntas que no entiendo o las contesto de manera neutra: «¿Qué tal en la televisión?», «bueno, ya sabes, no es más que un trabajo», y espío inquieto la aparición de algún gesto suyo de sorpresa o incredulidad. Prefiero contarle la separación de mi mujer, que presento como un acto civilizado que no nos ha obligado a llegar a los juzgados y a escenificar el habitual y penoso espectáculo que pueden ofrecer dos adultos intentando que el otro pague por cada uno de sus errores, por el tiempo que nos ha hecho perder, por cada herida, por cada desilusión. «La lavadora por la vez que, en público, dijiste lo cansino que soy; los niños por todas las veces que miraste con disgusto mi barriga; la casa, el coche, la televisión por haberme hecho creer que podría siempre contar contigo.» No, mi mujer, a la que llamé Nuria, y Carina aceptó el nombre sin un gesto, se había ido sin reproches, sin venganzas, sin estridencias. Había constatado que ya no éramos felices y que no teníamos por qué aceptar esa blanda cadena perpetua a una moderada satisfacción a la que nos habíamos resignado. Creo que el relato impresionó a Carina y quizá empezó a apreciarme algo más por mi manera de contar la separación, sin hablar despreciativamente de mi mujer, incluso dejando entrever un afecto que aún nos unía.

—Se fue, cogió todas sus cosas, ninguna de las mías, y se fue.

—¿Había otro hombre?

—No creo, pero lo habrá pronto, a ella le gustaba mucho la vida en pareja. Bueno, dependiendo de la pareja.

—¿Y tú, no luchaste?

—¿Para retenerla? Nuria tenía razón, y creo que nos habíamos quedado sin auténticos motivos para seguir juntos, salvo el miedo a estar solos en la vejez. Pero para eso falta mucho tiempo.

Y ahora Carina bebe varios sorbos del vino que ella misma ha traído, absorta, o más bien preparando una pregunta que no intuyo y que me llena de temor, porque aún no he ensayado suficientemente mi papel.

—Al separarte, si Clara no se hubiese matado en el accidente, ¿habrías querido vivir con ella?

—No, no inmediatamente. Habría necesitado un tiempo para estar solo. No habría podido pasar así, sin más, de una cama a otra.

—Pues eso no te planteaba muchos problemas cuando era tu amante.

—Era una situación muy difícil.

—¿La tuya o la de ella?

—También entonces intentaba separarlas, por ejemplo no llamándola cuando mi mujer salía un momento a la compra o de paseo, enviándole correos electrónicos sólo si sabía que después iba a estar horas solo, y si pasaba un fin de semana con Clara, la noche del domingo no regresaba a casa y el lunes iba directamente al trabajo. Dejaba siempre esos amortiguadores de tiempo, esa cámara de descompresión emocional, para no manchar ninguna de las dos relaciones con la presencia de la otra. Por eso tampoco la traje nunca a esta casa.

Carina no me ha interrumpido, parece impresionada o conmovida y yo tengo la sensación de haber conseguido reducir la cuenta de puntos negativos que creo tener en su lista.

—¿Estaba al tanto tu mujer? ¿Tenía alguna sospecha?

—¿Sabes lo que me gustaría? Que me hablases de Clara. Que me contases quién era como lo harías con alguien que no la conoce de nada.

—No me has contestado.

—Porque no me apetece.

Saca del bolsillo dos horquillas. Una se la pone entre los labios y con la otra sujeta un mechón de pelo que le caía por encima de un ojo.

—Vale —dice aún con la segunda horquilla en la boca—. Pero a cambio de algo.

—Claro.

—Que luego hagas tú lo mismo. Que me cuentes tú quién era mi hermana. ¿Hecho?

Es tan agradable la sensación de vértigo, sentir que en cualquier momento vas a caer, pero la amenaza no te produce miedo sino anticipación, el deseo ya de que la adrenalina te recorra de arriba abajo haciendo que se te erice el cabello. Ese instante antes de la aceleración definitiva, antes de estrellarte contra el fondo, ese instante en el que empiezas a estar vivo.

Carina acaba de sujetarse el pelo con la otra horquilla. Asiente. Su mirada asciende por la escalera que lleva a la terraza. Asiente de nuevo.

—De acuerdo —digo—. Luego te cuento yo quién era tu hermana.

Clara, según Carina

—Yo no sé si te habrá contado, supongo que algo te habrá dicho, pero te lo cuento yo ahora desde el otro lado, el lado de la hermana mayor y responsable, porque yo era la responsable, el lado de la hermana que mira con los ojos de los padres, la que se ha convertido en un sucedáneo paterno y dice que no le gusta la Coca-Cola porque sabe que es lo que se espera de ella, o que no quiere una motocicleta porque la bicicleta es más sana y no contamina el medio ambiente, o que prefiere no empezar a fumar porque luego se es un esclavo del tabaco para toda la vida —y ya ves, empecé a fumar a los veinticinco—, pero te quería hablar de mi hermana, no de mí, de la hermana pequeña que empieza a echarse a perder, a hacer cosas peligrosas que quitan a mis padres el sueño y que me llevan a enfrentarme con ella, a decirle: «Pero tú estás tonta, ¿tú te das cuenta de lo que estás haciendo sufrir a papá y a mamá?, te creerás más mayor por hacer esas cosas pero resultas infantil». Con lo que trazo un frente en el que mis padres y yo quedamos a un lado y ella atrincherada del otro y la obligo a adoptar la postura de la adolescente despreciativa, la que dice: «Y tú qué sabrás», la que dice: «Es mi vida, no la tuya», la que dice: «¿Y a ti qué te importa si me quemo?, el dedo es mío».

»Lo que yo no había entendido entonces es que Clara no era autodestructiva. Puede que sobrevalorase su propia resistencia, que fuese demasiado optimista: Clara pensaba que era capaz de atravesar un basurero sin mancharse, que, como un rayo de luz, podía tocar cualquier cosa, estar en cualquier lugar, sin formar verdaderamente parte de lo que la rodeaba. Como un espíritu en una mansión habitada, entraba en todas las estancias, se sentaba a la mesa con los demás, escuchaba sus tragedias y sus peleas, mientras ella llevaba su ingrávida existencia de fantasma. ¿Te contó que se fue a San Petersburgo en autostop con una amiga? ¿Que la detuvieron una vez por resistencia a la autoridad en una casa ocupada que pretendía desalojar la policía? Tenía quince años, quizá ni siquiera los había cumplido, una edad en la que no te abalanzas sobre un policía en traje antidisturbios y le arrancas el escudo y la visera, ya ves, esa chica tan tierna que tú conocías era capaz, a una edad en la que ni siquiera había terminado de crecer, de pelearse con un hombre que pesa casi el doble que ella y que está acostumbrado al uso de la fuerza; se sentía invulnerable.

»Mi padre quiso encerrarla en casa, pero no puedes prohibir a una chica de quince años salir a la calle; no te queda más remedio que permitirle ir al colegio, al médico, a la clase de guitarra, a la de inglés. Así que le quitó las llaves para que tuviese que regresar a una hora en la que hubiera alguien levantado. Clara dejó de venir a casa a dormir. Yo sabía por dónde andaba porque algún amigo común me lo venía a contar; la habían visto en la plaza del Dos de Mayo, sentada en una manta que compartía con tres o cuatro perros y con un punki que probablemente lo era desde los ochenta; una compañera de clase me señaló la casa en Lavapiés donde creía que pasaba Clara las noches, un pequeño edificio de dos pisos, en la esquina de un callejón, encalado, con cubierta de teja, contraventanas de madera y rejas de hierro pintadas de negro, esto es, con aspecto más rural que urbano, al que la cal ya amarillenta y los muchos desconchones imponían un aire de abandono y ruina, cubierto, en la parte baja y alrededor de los balcones, de pintadas que no recuerdo exactamente, pero sí la impresión de violencia y de rabia que me causaron, suficiente como para que no deseara de ninguna manera vivir en aquel lugar; igual que la música preferida por Clara, con la que sólo podía imaginar al cantante llenando de saliva a las primeras filas del público mientras rugía su odio. Nunca me invitó a abrirme a ella, a desear compartir esas emociones que siempre me hablaban de disolución, heridas, del abrazo de lo feo y lo oscuro, canciones que sólo puedes cantar haciendo muecas y poniendo tu cuerpo en posturas antinaturales; hasta los temas de amor que escuchaba Clara iban teñidos de desesperación, de tozuda vocación de infelicidad. Dirás que soy muy conservadora en mis gustos, que me falta atrevimiento o un mínimo de estridencia que me haga parecer original, y supongo que tendrás razón. Yo misma me lo reprocho y en aquella época confieso que, sin que haya querido nunca ser como mi hermana, sí me habría gustado copiar de ella alguna de sus poses.

»Mi madre quería llamar a la policía y denunciar la desaparición de su hija pequeña. Fui yo quien la convencí de que esperase un tiempo a que las incomodidades de la vida en la calle la devolviesen a casa, asegurándole que era preferible que perdiese unas semanas de clase y se convenciese por sí misma de que ésa no era vida para ella a que la forzasen a regresar y fomentasen lo que querían evitar, una rebelión radical; al fin y al cabo, Clara siempre había sido una chica razonable, y seguro que pasada esa fase de inseguridad, una vez que hubiese dejado clara su independencia, volvería a casa y a su vida de chica normal de clase media que había llevado hasta poco antes, una chica incluso particularmente dulce y complaciente, estudiosa, callada. Porque a pesar de todo el tiempo que pasaba con andrajosos, a Clara le gustaba ducharse y lavarse el pelo cada día, cambiarse de ropa, dormir en sábanas limpias. En realidad, yo estaba convencida de que no se acostaba con ninguno de esos chicos y que no pillaría el sida ni la sífilis, ni siquiera un herpes, no la veía en la cama abrazada a un cuerpo maloliente, con la nariz metida entre greñas grasientas, y es entonces cuando me vino esa idea de que Clara atravesaba la vida como un rayo de luz, o más bien debería decir como una sombra, porque en aquella época iba siempre vestida de negro y se había teñido el pelo de ese mismo color; su melena parecía el ala de un cuervo. Pero había truco. No quiero decir que estuviese engañando a nadie; a lo mejor a sí misma, pero sin ser consciente de ello. Llevaba un collar de perro —comprado en una tienda de animales—, se había afeitado las sienes, aunque podía tapar a voluntad la parte rasurada con la melena que crecía más arriba, llevaba cadenas, botas Doc Martens, pendientes aparatosos, enormes anillos de acero o latón. ¿Te das cuenta? Ninguna de las transformaciones a las que se sometía era permanente. Adornos estrafalarios, cortes radicales de pelo, tintes, ropas siniestras, eso era todo. Ni un solo piercing; ni uno de esos imperdibles que sus amigos se clavaban en labios, aletas nasales, cejas, pezones, clítoris, escrotos; en lugar de con tatuajes indelebles se adornaba las manos, a veces también la cara, con jena, no tenía tampoco marcas de agujas hipodérmicas; yo la había espiado más de una vez en el cuarto de baño, y el hecho de que se desnudase ante mí con tanta naturalidad ya indicaba que no tenía nada que ocultar. Y aunque es posible que probase alguna droga —también yo he tomado éxtasis, marihuana y, sólo dos veces, cocaína—, nunca tuvo el comportamiento que una espera de un drogadicto. Y si aquello cambió de repente, fui yo la culpable.

Entretanto se ha hecho de noche. Estamos abajo, en el salón, a oscuras. Yo sentado en el pequeño sofá de cuero anaranjado, un sofá de IKEA que no lo parece hasta que te lo encuentras en casa de un amigo y luego de otro, de color burdeos, o negro, o marrón; ella está sentada en un cojín en el suelo, a veces empuña una de sus esquinas, juega con ella, o ahueca el cojín como si estuviese preparando la cama de una muñeca. Ahora, al transcribir todo esto, probablemente estoy prestando a sus frases una cadencia, un tono y una sintaxis que son los míos. La recuerdo y la recuerdo con mis palabras, porque cuando contamos lo que nos rodea lo hacemos siempre en nuestra lengua, después de filtrarlo con ojos, con entendimiento y emociones que creemos neutrales o los únicos posibles pero que no dejan nunca de ser los nuestros, distintos, limitados. Ella habla en frases más cortas que las mías, duda menos también; adopta a veces un tono sarcástico tan ajeno al mío que soy incapaz de reproducirlo. Y tiene una manera de hablar en la que con frecuencia las frases resultan demasiado tajantes, como anticipándose a que la contradigan.

El volumen de su voz ha ido bajando sin que nos demos cuenta, casi diría que se ha reducido al mismo tiempo que la luminosidad del cuarto, como si la voz se adaptase a la penumbra, y temo que cuando la oscuridad sea completa ella se quedará callada. Hemos alcanzado el volumen de la confidencia, el de la intimidad, y me dan ganas de echar otro cojín al suelo y sentarme al lado de Carina, quizá apoyar la cabeza en su regazo mientras continúo escuchando la historia de su hermana.

—Porque, a pesar de lo que le había dicho a mi madre para tranquilizarla, según pasaba el tiempo sin que Clara regresara —estamos hablando de semanas, más que de meses— yo me iba sintiendo más inquieta. La seguía de lejos, a través de comentarios de conocidos comunes, también acercándome alguna vez a verla sentada sobre la manta sucia, o pidiendo dinero a los transeúntes, sin extender la mano como en las caricaturas de los mendigos, sino sonriendo, punk afable, como si pidiese por broma o juego, pero su amabilidad no solía lograr que alguien le diese dinero, o un cigarrillo, ni siquiera que aminorasen el paso, al contrario, lo aceleraban como temiendo algo de esa chica, casi una niña, de ese ángel oscuro que les obligaba a ver un lado de la existencia que casi nadie quisiera conocer.

»Sobre todo, me gustaba espiarla cuando jugaba con los perros, correteando por la plaza, llamándolos, haciendo cabriolas y retozando con ellos: entonces reencontraba a la Clara que conocía, y que rompía en esos momentos la costra de dureza con la que se había recubierto, para salir a la luz y revelarme a esa hermana divertida, infantil, llena de ilusión, a la que yo quería proteger. Pero luego se sentaba, encendía un cigarrillo, se ponía los auriculares y desaparecía en ese mundo hosco que se estaba construyendo para habitarlo en el futuro.

»Cuando me convencí de que no iba a volver por sí sola, fui un día a la plaza, no a espiarla una vez más sino a hablar con ella; te confieso que no me atrevía a ir a la casa ocupada, donde intuía maleantes, camellos, gente rota e hiriente, y preferí buscarla en campo abierto, allí donde solía sentarse con el punki cincuentón. Clara estaba pidiendo dinero cuando me acerqué, y entonces sí, tendió la mano hacia mí con la palma hacia arriba, como si con ese gesto quisiera señalarme que no nos unía ningún lazo, que yo era una transeúnte más, o a lo mejor tan sólo lo hizo porque de repente se sintió incómoda en su papel, y al exagerarlo se salía de él, lo convertía en una broma, en algo postizo. Yo me salté esa mano que era también una defensa, un límite, y le di un abrazo y un beso. "Ven, te invito a una cerveza", le dije. "Prefiero que me des cien pesetas", contestó sin dureza, pero me acompañó a la terraza de un bar tras hacer un gesto a su compañero, al que él no respondió, señalando adónde íbamos. Contaba con tener que enfrentarme a una Clara a la defensiva y a una conversación tensa, salpicada de reproches mutuos. Me sentía como una embajadora de la unidad familiar que pretendía engatusarla para que regresara a nuestra tibia existencia, en un momento en el que ella prefería el frío y el calor extremos, sin estar yo del todo convencida de que la tibieza fuese mejor que la intemperie. Y hablamos un buen rato, tomando cerveza, de temas que nada tenían que ver con lo que me había llevado a esa plaza ocupada por yonquis, mendigos y madres con niños. Y le conté de mis estudios —ni una palabra sobre el ambiente en nuestra casa, sobre suspiros y reproches, sobre el gesto ausente de nuestro padre—; Clara me escuchaba, hacía comentarios breves y sin mucha atención, contemplaba el ir y venir de la plaza. Y después poco a poco fui introduciendo la necesidad de que tomase una decisión, o más bien de no tomar esa decisión que condicionaba de tal manera su futuro, que podía transformarla en una persona que sin duda no quería ser; le dije que una vez que has vivido ciertas cosas —no especifiqué cuáles— ya no hay marcha atrás, ya no puedes volver a ser quien eras. Ella, cortésmente, no me dijo: "¿Y tú qué sabes?", pero estoy segura de que lo pensaba, de que ella creía que alguien que nunca se ha atrevido a hacer nada arriesgado no está cualificado para dar consejos, ni siquiera para entender a quien sí se arriesga.

»Supongo que porque me fui quedando sin argumentos, porque me daba rabia tener que convencer a mi hermana pequeña de que estaba haciendo una tontería, y sobre todo, porque me hacía sentir como si yo fuese una señora mayor —¡tenía veintiún años!— que hablaba de lo conveniente y lo sensato, que hablaba del futuro y la responsabilidad, del sufrimiento de los padres, me puse a buscar un flanco por el que herirla.

»Ella mantuvo la amabilidad, aunque en ningún momento pareció de verdad interesada en mis argumentos. No diré que no me escuchase, pero lo hacía más bien como quien oye por enésima vez las quejas de una madre lamentándose de haber dejado su trabajo y de lo aburridas e ingratas que son las faenas caseras; entendemos su malestar, pero no es el nuestro, y no nos sentimos responsables de él. Clara, cuando me había quedado ya sin palabras, me tomó una mano, acarició, como solía hacer de niña, mis uñas una por una, y me preguntó afectuosamente: "¿Y tú qué? ¿Vas a ser una buena hija, llegar puntual por las noches, terminar la carrera, encontrar un trabajo hasta que te cases y tengas dos hijos, la parejita? ¿Irás a casa todas las navidades, los cumpleaños, los bautizos?, porque bautizarás a los niños para que no se ofenda la abuela, ¿no?".

»Lo gracioso, si lo pienso ahora, es que no terminé la carrera, no me he casado, no he tenido hijos y al final me distancié yo más de mis padres y del resto de la familia que ella, quizá porque Clara hizo su revolución juvenil a tiempo mientras que yo la pospuse para cuando ya era adulta.

»Pero en aquel momento no me hizo ninguna gracia; mi hermana estaba expresando en voz alta mis temores de entonces; es verdad que me daba miedo no ser capaz de encontrar mi propia vida, haber perdido ya irremediablemente la posibilidad de ser quien yo quería ser —aunque, claro, no tenía la menor idea de quién quería ser—, y envidiaba a Clara la decisión con la que se había lanzado a inventarse su propia biografía, mientras yo me limitaba a interpretar un guión que no había escrito.

»—¿Y tú? —le dije—. ¿Vas a seguir jugando a las muñecas? —no me entendió; levantó la mano para saludar a su amigo, consiguiendo que los perros se incorporasen y, como su dueño los había atado a un aparcabicis, comenzaran a gimotear, a parar las orejas, a dar vueltas sobre sí mismos—. Porque no creas que no me he dado cuenta —le dije, y retiré la mano que aún tenía entre las suyas—. Peinados estrambóticos, colores fúnebres, mucho collar de perro y mucho anillo, pero nada irreversible. Estás jugando, jugando a ser la más mala de la clase. Y jugarás unas semanas, hasta que te aburras, pero tú no estás en esto. Tú no estás en ningún sitio.

»—¿De qué coño hablas?

»—De que tus amigos van en serio. Se pinchan, se hacen daño, rechazan la vida confortable, se hacen cortes, se hacen sangre. Pero tú hueles a champú de melocotón y usas crema de manos. Y no veo ni un pinchazo, nada que deje cicatrices.

»No había entendido que a Clara, a pesar de todo, le importaba mucho mi opinión, que para ella seguía siendo la hermana mayor. Que el hecho de que desvelase esa impostura de la que no creo que hubiese sido consciente hasta ese momento la ponía en una situación embarazosa. No respondió nada.

»No respondió nada y yo no imaginé lo que significaba su silencio, incómoda yo misma con lo que acababa de decirle, como si por maldad hubiese escondido el libro que la ha atrapado o roto su CD favorito.

»Me fui con la sensación de deber cumplido y de derrota a un tiempo. Había hecho lo que había podido por mi hermana, pero te mentiría si no te confesase que me sentía mal, falsa, más como si hubiese ido allí a aguarle la fiesta que a ayudarla, como esas adolescentes que, teniendo poco éxito entre los chicos, si su amiga se echa novio, se dedican a señalar cada uno de sus defectos y a atribuirle todas las malas intenciones imaginables.

»Te digo ahora todo esto, pero entonces no pensaba las cosas de una manera tan clara. Era consciente de mi malestar y echaba la culpa de él a mi hermana, que me hacía desempeñar un papel tan poco agradecido. Y no sé qué habría pasado si, unos días más tarde, quizá una semana, Clara no hubiese venido a casa a una hora en la que, dijo luego, pensaba que yo estaría en la universidad y nuestros padres en el trabajo, pero no se había dado cuenta, ella, con su vida sin obligaciones ni plazos ni horarios, de que era festivo. Entró en casa sin encontrarse con nadie; mis padres habían salido, no recuerdo a qué, y yo estaba en mi habitación. Aunque oí el ruido de la puerta, pensé que eran mis padres que volvían. Al cabo de un rato escuché a mi hermana canturrear en el baño una de sus siniestras melodías, poniendo una voz como uno imagina que podría ser la del diablo o al menos la de un alma en pena. Entré sin llamar y me la encontré desnuda, saliendo de la ducha. Ella se abalanzó sobre la toalla y, sin envolverse en ella, se la puso por delante con cara de susto, tapando su cuerpo como si en lugar de mí estuviese ante ella un hombre desconocido. No me preguntes cómo lo adiviné tan deprisa, supongo que por lo desacostumbrado que me resultaba que se tapase tan púdicamente cuando nos habíamos visto desnudas mil veces, y no sólo cuando éramos niñas. Muy poco antes de que se marchase a su vida callejera nos arreglábamos juntas, juntas nos depilábamos, y nos dábamos crema en las zonas del cuerpo a las que una no llega bien, y también en otras para las que no habríamos necesitado ayuda, sencillamente porque era agradable sentir esa intimidad, esa cercanía. Le arranqué la toalla y su esfuerzo por esconder uno de sus brazos me indicó lo que tenía que buscar. Dijo que había tenido que ir al médico, que no se encontraba bien, y le habían hecho un análisis de sangre.

»—Pero ¿tú te has vuelto loca? ¿Te has vuelto loca de verdad?

»Salí del baño, más que nada porque no se me ocurría qué decir, cómo reaccionar ante la monstruosidad de que mi hermana se estuviese metiendo heroína. Era mi hermana pequeña, y toda la rabia que había sentido las últimas semanas se transformó en miedo, porque Clara ya no estaba jugando a las muñecas, como yo le había dicho, sino que había pasado a las cosas serias, no sé si para impresionarme, para demostrarme que todo aquello no era una pose adolescente. Ella echó el seguro de la puerta y tardó aún unos minutos en salir, ya vestida con sus atuendos más tétricos, con una camiseta con un rótulo en rojo y negro, de letras picudas que me hicieron pensar en algo vagamente nazi y con una repugnante calavera a la que le salían gusanos, no recuerdo ya si por los ojos o la boca; llevaba los brazos cubiertos con unos manguitos negros que tapaban de la muñeca al codo. Justo en ese momento mis padres entraron en casa, se quedaron en el recibidor perplejos, mi padre con una sonrisa como si acabase de recibir una agradable sorpresa que no se cree del todo, mi madre contraída, esperando una nueva decepción o una noticia desagradable.

»—¡Se pincha! —dije—. Clara se está metiendo heroína.

»Mi hermana no lo negó. Entró muy deprisa a su dormitorio y salió al momento con una pequeña mochila que al parecer había llenado antes con ropa que quería llevarse. No sé si llegó a decir algo a mis padres al dirigirse a la puerta o si pretendía ignorarlos por completo. Mi padre, un hombre manso, al que mi hermana y yo siempre habíamos reprochado en secreto que no se atreviese a plantar cara a mi madre, que nunca nos defendiera y que ni siquiera se atreviera a mediar en nuestras riñas, extendió un brazo al frente con la palma abierta, como si quisiese empujar una puerta.

»—Clara —dijo.

»—Mierda, papá —respondió mi hermana. Mi madre se giraba ya, descompuesta, superada por la situación; ella, que tantas veces nos había hecho doblegarnos a sus deseos con un grito o incluso con una bofetada, o sólo con un gesto como sacado de la Biblia, un gesto de profeta antiguo amenazando con alguna plaga, daba la impresión de haberse rendido, de ser incapaz de enfrentarse a la pérdida de su hija. Entonces mi padre, produciendo un extraño sonido que parecía salir del pecho más que de la boca, a medias entre rugido y estertor, dio a mi hermana un puñetazo en la cara que la hizo caer al suelo. Lo recuerdo perfectamente: no el golpe en sí, yo estaba a espaldas de mi hermana y no pude verlo en realidad, porque la golpeó de frente, no en la boca ni en la nariz, por suerte, sino debajo del pómulo; lo que recuerdo es a mi padre con el brazo extendido y la mano cerrada, teniendo que dar dos pasos para conservar el equilibrio, al tiempo que a mi hermana se le doblaban las piernas y se sentaba en una posición parecida a la del loto, llevándose las dos manos a la cara.

»—Tú no sales de aquí —dijo mi padre, y fue a sentarse a un sillón, frente al televisor, donde se dejó caer con gesto de agotamiento. Mi madre y yo quedamos convertidas en estatuas, no sé si perplejas las dos por esa extraña conjunción del estallido de mi padre y de la docilidad de mi hermana, que recogió la mochila que había ido a parar junto al sofá y se fue a su dormitorio.

»Sé que Clara aún vio algunas veces a sus amigos okupas o punks o lo que fuesen, pero empezó a vestirse de otra manera, a dejar en casa el collar de perro y algunos anillos, no se volvió a teñir el pelo de negro. Y tampoco volvió a pincharse; luego me contó que sólo lo había hecho una vez, pero se hizo una escabechina porque el amigo que la ayudó era casi tan inexperto como ella y además con los nervios tuvo que pincharla varias veces y por eso se le formó tamaño cardenal alrededor de la vena. Sé también que mi padre se disculpó varias veces por el puñetazo y, aunque había sido providencial, lo siguió lamentando durante años. Y no sé, pero pronto empecé a pensar que Clara, consciente o inconscientemente, había venido a casa para que alguien le impidiese volver a salir, que quizá no había sido del todo casual que yo viese su brazo: quizá sí sospechaba que nos encontraría en casa y deseaba ser retenida a la fuerza, para no verse obligada continuar ese tonto descenso a los infiernos que había iniciado para demostrarme que su vida no era un juego.

»Pero ella y yo ya no volvimos a llevarnos como antes. Porque Clara de verdad había crecido o porque yo no supe cómo relacionarme con ella, también porque la que poco después entró en crisis fui yo, y dejé la universidad, me fui de casa, empecé a trabajar de secretaria en las oficinas de una empresa de cosmética.

»Clara y yo nos seguimos llevando bien, una y otra vez intentamos recuperar la ternura de la infancia, esa confianza que hacía que su cuerpo casi me resultase tan familiar como el mío —con la excitación de saber sin embargo que era el de mi hermana—, como cuando juegas con una muñeca y por un lado es distinta de ti, y por otro es parte tuya, es tu voz, es tus sensaciones, tus sentimientos, tus deseos, tus miedos; pero dejamos de meternos juntas en la cama para hablarnos casi al oído, y una o dos veces que lo intentamos la confidencia sonaba forzada. Ya no la maquillaba, ni ella a mí, ya no nos probábamos juntas los vestidos de nuestra madre, ya no nos mirábamos en el espejo, orgullosas cada una de la otra, ya no podía decir: "Es mi hermana", o si lo decía era la mera afirmación de un vínculo jurídico, algo que puedes escribir en el libro de familia, pero que ha perdido ese poder que antes tenía, ya no era esa barrera que se interponía entre mí misma y la soledad de la vida adulta.

La oscuridad es casi completa. Aunque las ventanas del salón dan a un pequeño patio, la luz de otras ventanas y la que pueda llegar del reducido rectángulo de cielo que recortan las azoteas de los edificios dispuestos alrededor del patio apenas alcanzan para que pueda distinguir el perfil de Carina, el movimiento de su brazo al llevar el vaso a los labios. Ahora sí echo un cojín al suelo y me siento a su lado; aunque su voz no ha temblado en ningún momento, ni sonido alguno me hace pensar que pueda estar llorando, algo me dice que debería consolarla, no sé si por la muerte de su hermana o por esa frase rotunda con la que ha terminado la historia y que me hace intuir una vida triste, los días y las noches de una mujer que no ha encontrado la manera de ser feliz y que sospecha que no lo va a conseguir. Entonces esa rigidez que tanto me molestaba al principio, ese blindarse tras ropas demasiado formales, sus pasos decididos, esa incómoda energía que desprenden sus movimientos, como si encarase cualquier acción con una decisión que parece excesiva para la nimiedad de su objeto, empiezan a resultarme simpáticos, ya no una prueba de arrogancia o inflexibilidad, más bien el gesto torpe de quien quisiera protegerse y no sabe cómo. Acaricio su cabeza, y ella se vuelve hacia mí. Sonrío inútilmente en esa oscuridad. Aguardo.

Aguardo.

Me dice: «Nunca creí que haría esto» y, después de un mero roce con los labios, de entrechocar suavemente los dientes con los míos, me llena la boca de su lengua y su saliva, y su cuerpo se vuelve insoportablemente presente, como si se acabase de materializar, de hacerse carne un espíritu, de desnudarse ante mis ojos un ser rotundo y tangible; ahora, ya, quisiera estar en la cama con ella, a solas con su cuerpo, olvidado del deseo porque el deseo soy yo. «Nunca», repite, e, incorporándose, tira de mi mano hacia arriba para que yo también me levante, y después hacia el dormitorio, aunque yo no le he dicho que aquella puerta conduce al dormitorio; me lleva de la mano como un adulto llevaría a un niño a acostar, pero de repente se detiene, «dame un minuto», dice, y entra en el cuarto de baño. Mientras me desnudo, escucho los ruidos de ese cuerpo al otro lado de la puerta, imagino sus movimientos; oigo el chirrido que hace la llave del grifo al girar, la vibración de las tuberías, el agua al caer en el lavabo, oigo la tapa del retrete al chocar contra la cisterna, una cremallera, los zapatos que caen contra las baldosas, ahora la imagino en ropa interior —¿cómo es su ropa interior, blanca, negra, con, sin encajes?, cara, seguramente cara, quizá elegida para la ocasión, pero no, nunca, ha dicho, nunca habría creído que haría eso, así que quizá sea una ropa interior que no había pensado mostrar, o quizá a pesar del nunca la ha elegido a conciencia, para saberse hermosa aunque no hubiese ojos que pudiesen corroborarlo—, el chorro de su orina cayendo contra el agua del retrete, y me pregunto si debería poner música para evitarle el embarazo de saber que lo estoy oyendo todo, también el rasgar del papel higiénico, el rollo girando en el portarrollos de metal, y yo estoy entretanto desnudo, sentado en el borde de la cama, un poco incómodo con mi propio cuerpo, no acostumbrado a su desnudez con ella, a mostrarse por primera vez, su excitación y todas sus imperfecciones sumadas, el animal que soy cuando no bebo bourbon o no hago presupuestos o no intento impresionar a nadie o no hablo de mí mismo sin hablar de mí mismo, eso, animal, costillas, barriga, extremidades, el sexo reclamando atención. Y yo esperando a que se abra la puerta o al siguiente sonido que, como un radar, me revele su posición, pero ahora no oigo nada, silencio, así que imagino que sigue sentada en el retrete, pero ¿por qué?, ¿a qué aguarda?, ¿se ha arrepentido?, ¿está diciéndose que no puede acostarse con el ex amante de su hermana, que es una infidelidad acostarse con un recuerdo de ella, como si fuese una manera de robárselo? Aguardo, mi cuerpo cada vez más inquieto, la excitación remitiendo, ahora siento frío y decido meterme en la cama pero no lo hago —ah, mis decisiones—, sigo allí, cada vez más consciente de estar sentado desnudo en una esquina de la cama, en una postura de transición, que sólo se justifica porque hace un momento contaba con verla salir del baño también desnuda y venir a frotar su piel contra la mía, pero no sale, y empiezo a perder la noción del tiempo, no sé si será demasiado indiscreto llamar a la puerta, lo mismo tiene la regla y no encuentra los tampones y está intentando limpiarse con papel higiénico, pero hace mucho que no oigo el rasgarse del papel ni el girar del portarrollos, «¿Carina?».

—¡Carina!

Acerco el oído a la puerta y no sé si oigo o no oigo, si es el silencio o la respiración, o qué. O qué.

«Carina.» Toco con los nudillos, pero no responde y cuando abro cautelosamente ella está sentada en el retrete, con la camisa a medio desabrochar, las piernas desnudas y las bragas alrededor de los tobillos, lo que no me excita ni me parece impúdico sino que me enternece, pero me dice: «Sal». Su voz suena dura aunque sin urgencia, no se asusta de que la vea así, en esa postura que en general sólo se comparte tras cierto tiempo de intimidad, no es ésa la razón de que quiera que me vaya. «Sal de aquí», ordena. «¿Qué sucede?, ¿qué te pasa?», pero cierro la puerta, y cuando es ella la que sale, ya vestida, señala hacia el interior del baño, creo que hacia la bañera.

—¿Por qué coño me has mentido? ¿Para qué?

Yo también ahora con los calzoncillos puestos y una camiseta, una mínima protección para mi desconcierto.

—No sé. ¿Por qué te iba a mentir?

—Eso te estoy preguntando. ¿Te parecía que quedabas peor, que me haría una mala opinión de ti? ¿Querías quedar como un hombre considerado, como un adúltero honesto?

Yo sigo sin entender de qué me habla, miro hacia donde señala la mano de Carina para intentar encontrar allí una clave que me desvele el enigma de su rabia, pero no hay nada, nada que no haya visto mil veces, mi cuarto de baño, y sí, al fondo la bañera, champús, jabones líquidos y en pastilla, una crema corporal, la mampara de plástico transparente, ¿y qué? ¿Y qué? Carina recoge su bolso, que se vaya a la mierda Carina, recoge los zapatos que se había quitado en el cuarto de baño, uno ha ido a parar bajo el lavabo, el otro tiene que sacarlo de detrás del retrete, «pero ¿por qué te iba a mentir, me lo vas a explicar o qué?».

Se va.

Cierra la puerta tras de sí con más cuidado del que habría esperado de una mujer tan enfadada o tan herida o tan yo qué sé qué. Me vuelvo a poner los pantalones. Entro en el cuarto de baño. Me siento en el inodoro, contemplo desde allí lo que me rodea, como si al adoptar la misma postura que Carina, al tener exactamente la misma perspectiva, pudiese ver lo que ella ha visto y descubrir así el motivo de su enfado.

Después de marcharse Carina, todavía sentado en el inodoro, haciendo cábalas, harto de hacerlas, me acuerdo de Araceli, que salía con mi hermano cuando yo todavía estaba en la facultad. Hace muchos años que no pensaba en ella y lo hago ahora por razones comprensibles. Era una chica algo mayor que él, quizá sólo siete u ocho años, pero cuando rondas los veinte, como debía de rondar él entonces —terminé la facultad con veintitrés y él es dos años menor que yo—, siete u ocho años es una diferencia considerable: un tercio de tu vida. Era una mujer muy delgada, algo pálida, ojerosa, de cuya apariencia podía esperarse un carácter depresivo o al menos poco enérgico, y sin embargo era parlanchina, andaba siempre proponiendo tal o cual actividad que además era urgente, más bien, impostergable, y gesticulaba sin cesar con las dos manos, de una forma que no he vuelto a ver nunca: sus manos no se movían en paralelo, sino que una realizaba movimientos distintos de la otra, de forma que si no hubiese hablado al mismo tiempo habría resultado imposible leer en aquellos gestos lo que quería expresar. Hablaba además muy deprisa, como si las palabras se le agolparan en el cerebro y no quisiese dejar sin pronunciar ninguna de ellas. A mí me divertía y a mi hermano le volvía loco. En el sentido literal. Pasó una época de desequilibrio, que llegó a preocuparme, intentando dar la réplica a aquel torbellino cuya estela seguía sin tener las fuerzas para ello. Y ella disfrutaba, estoy seguro, de verlo esforzarse, querer ser más ocurrente o más brillante de lo que era, fingir iniciativa, cuando en realidad intentaba adivinar qué era lo que le podía apetecer a ella, buscar posturas, expresiones, ideas originales con las que impresionarla, o al menos que le quitasen a él la sensación de inferioridad que seguramente le torturaba. Es sabido que queremos que los ojos del otro reflejen no lo que somos, sino aquella persona que nos gustaría ser, aunque tengamos que cargar para ello con la sensación de insuficiencia al intentar adaptarnos a esa imagen ideal, más bien a esa deformación favorecedora de nosotros mismos. Y luego, en general, con el paso del tiempo, acabamos conformándonos con quienes somos, dejamos de fingir, reprochamos al otro que espere de nosotros más de lo que podemos darle, olvidando que justo eso era lo que le habíamos prometido. Sólo las parejas que acaban reconociendo el fraude y deciden renegociar lo que cada uno tiene que ofrecer, llevándolo a un plano más realista, tienen posibilidades de durar con un mínimo de felicidad. Casi nunca me he encontrado con una de esas parejas. Como mucho conozco a algunas que en lugar de empezar una guerra de reproches se acostumbran a usar un tono irónico con el que dan a entender que, aunque finjan creer las imposturas del otro, saben quién vive detrás de la máscara, y se comprometen a no arrancársela.

Mi hermano y Araceli no habían llegado a esa fase. Más bien, creo que Araceli sí sabía quién vivía detrás de la máscara de mi hermano, pero le divertía hacerle creer que no era así. También le divertía despertar sus celos conmigo, por ejemplo dándome besos excesivamente cariñosos cuando me encontraba con ellos, proponiendo, sin venir a cuento, jugar al *strip poker* si por casualidad nos reuníamos los tres en el piso de uno de nosotros, o cambiándose de ropa delante de los dos si por cualquier cosa los visitaba antes de salir a tomar algo o al cine —en aquella época creo que yo era el único amigo de mi hermano— y ella no había terminado de vestirse. Ya al final de su relación, aunque dudo que fuese el motivo de su ruptura, vinieron los dos a buscarme una tarde a mi casa; yo vivía entonces en un piso diminuto, con un salón-cocina-dormitorio en el que la cama hacía de sofá y las cuatro sillas eran plegables para que al menos dos de ellas sólo se abriesen si era estrictamente necesario, lo que dificultaba el acceso a la cocina, que mi casero llamaba americana, como para dar prestigio a la miseria. Llegaron los dos a media tarde, quizá porque hacía mal tiempo y se habían cansado de pasear su aburrimiento por los bares cercanos, y se sentaron en la cama. Yo cometí el error de sentarme con ellos, los tres con una copa de no recuerdo qué en la mano. Araceli empezó a hablar de la posibilidad de hacerse implantes en los pechos, cosa que entonces no era frecuente y parecía reservada a las actrices de las peores series norteamericanas. Mi hermano debió de sentir enseguida que se acercaba uno de esos momentos en los que Araceli lo ponía a prueba, porque empezó a hablar más de lo normal en él, dando vueltas alrededor del tema al mismo tiempo que lo generalizaba, como si quisiera que Araceli acabase aburriéndose y hablase de otras cosas.

—Imaginad —dijo— si dentro de cien años ocurriese una catástrofe que borrase las huellas de nuestra civilización.

Araceli chasqueó la lengua, disgustada con que mi hermano le quitase el papel estelar y eso justo cuando señalaba sus propios pechos como para que viésemos la necesidad de la operación.

—Imaginad que un tiempo después —continuó mi hermano— seres venidos de otro planeta deciden investigar esa civilización desaparecida, como hacemos nosotros con la sumeria o la minoica. Y sólo tienen para guiarse lo que encuentran en las tumbas. El tipo de ataúdes, el ajuar funerario, la postura, la orientación de las fosas...

Yo le interrumpí diciendo que cada vez la incineración era más frecuente y que probablemente, por falta de espacio, en pocos años sería obligatoria. Araceli dijo que ella lo que quería cuando se muriese era que sus cenizas se convirtiesen en un pequeño brillante.

—Hay empresas que están empezando a hacerlo, en Estados Unidos, claro —dijo—, y a mí me gustaría que mi último amante llevase ese brillante en un pendiente después de morir yo.

Mi hermano no se dejó desviar de su tema.

—Imaginad, y va a ser así, porque los implantes son un símbolo de estatus, y los símbolos de estatus acaban alcanzando a las clases medias cuando se vuelven asequibles, que la mayoría de las mujeres y los hombres lleva implantes de silicona: en los labios, en los pechos, en las nalgas.

Mi hermano empezó a reírse por anticipado, una costumbre que lo hacía un mal contador de chistes.

—Y cuando abran las tumbas y encuentren esos cojines de silicona, siempre en los mismos lugares, empezarán a idear teorías sobre su función, igual que hacemos nosotros con las pinturas rupestres. Alguno pensará que en nuestra civilización la silicona era la materia que unía esta vida con el más allá, que se le atribuían propiedades sobrenaturales.

Araceli no esperó a que mi hermano acabara de reír. Se puso de rodillas en la cama, de frente a nosotros, cada uno sentado a un lado suyo, y se quitó la blusa, bajando la vista para contemplar sus propios pechos.

—¿Qué pensáis? ¿Necesito un implante?

Mi hermano se apresuró a decir que a él le gustaban así, y Araceli se volvió hacia mí.

—¿No te parece que están demasiado caídas?

Como no supe qué contestar, me tomó una mano y la llevó a la parte inferior de uno de sus pechos, como para levantarlo con ella.

—¿Lo ves?, un poco sí que se me están cayendo.

—A él le gustan —dije.

—Ah, a él —respondió, y se fue al cuarto de baño sin vestirse. Mi hermano y yo no supimos cómo rellenar el silencio que dejó su marcha.

Cuando regresó se había puesto la blusa y creo que también se había peinado. Volvía triunfante, satisfecha por haberme metido en una situación incómoda al tiempo que despertaba celos en mi hermano, que él nunca habría confesado por miedo a parecer convencional.

—¿Os habéis dado cuenta de una cosa?

Se sentó en la cama entre los dos y se alisó la falda con un gesto que me hizo pensar en una colegiala. Tomó la mano de mi hermano y se la puso sobre el vientre. Con esos pequeños detalles le compensaba de sus martirios cotidianos.

—Cuando dos personas se enamoran y empiezan a pasar tiempo juntos, follan, esas cosas, como tú y yo, cariño —le dijo tirándole afectuosamente de la nariz, aunque a mí siempre me pareció un gesto demasiado condescendiente, una manifestación humillante de afecto—, llegan a ese momento en el que uno de los dos tiene que ir al baño. Y también, a mí me ha pasado muchísimas veces, porque yo nunca te he ocultado que soy enamoradiza, ¿no, mi vida?, eso de estar en el baño y no querer hacer ruidos, esforzarte por que la caca salga sin manifestaciones acústicas, y que no caiga chapoteando en el agua, eso, ya me entendéis, una se esfuerza en que lo más natural del mundo, que es cagar, pase desapercibido. ¿Sabéis por qué?

—Porque no quieres que el otro te imagine haciéndolo.

—Chico listo —me dijo, pero no se atrevió a cogerme la nariz y dejó la mano en el aire un momento—. Qué hermano sapientísimo tienes. Eso es, no quieres que una imagen, digamos sucia, estropee la visión idealizada que el otro tiene de ti. ¿Estamos?

—¿Queréis una cerveza? —pregunté.

—Calla y escucha, que es importante.

—Te puedo escuchar bebiendo una cerveza.

—Pst, concéntrate, porque necesito saber tu opinión. Estamos de acuerdo en que aunque sabemos que todos somos esclavos de nuestras funciones fisiológicas, procuramos que la persona de la que estamos enamorados no las tenga presentes, para seguir manteniendo ante él esa imagen ideal, sin mancha.

—Se nota que has estudiado psicología.

—Pedagogía.

—Eso.

—Como si fuese lo mismo. Pero cállate, qué pesado estás hoy, con lo prudente que eres siempre. Por dónde iba... Eso, nos esforzamos en que el otro no oiga en esos momentos los ruidos que producimos... Es un clásico en las películas, ¿no?, la pareja que va a la cama por primera vez y ella dice: «Espera un momento, cariño», y va al baño, él pone música, no tanto para no escuchar lo que hace ella en el baño como para darle la impresión de que él no lo va a oír. A vosotros también os ha pasado, ¿verdad?

Mi hermano y yo asentimos, aguardando el resultado de esa larga introducción con la que Araceli pretendía, aparte de copar el protagonismo por un rato, preparar el desenlace o el momento clave que ella conocía de antemano.

—A mí también. Pero lo interesante no es eso, ¿verdad?, lo que acabo de contar es una banalidad. Lo interesante empieza ese día en el que vas al baño y el otro se encuentra a unos pasos, al otro lado de la puerta, y no te esfuerzas en no hacer ruido, sino que lo consideras una consecuencia natural de un acto natural y dejas de esconderlo.

—A Araceli los temas escatológicos le encantan.

Ella dio a mi hermano una palmada en el muslo, con más fuerza de lo que habría podido considerarse amistoso. Más seria de lo habitual, sin ese aire de maestra un poco cursi que se le ponía cuando quería darse importancia, incluso se había despojado, como quien se quita el reloj antes de meterse en la ducha, de sus gestos teatrales: su espalda estaba algo menos rígida, y su voz salía trabajosamente cuando, vuelta hacia mí, como si mi hermano no estuviese o su opinión no importara, continuó:

—Y lo que no sé es si ese día que uno deja de preocuparse por los ruidos de sus tripas, por disimular las propias funciones fisiológicas, si ese día que no te importa que el otro te oiga cagando, es el día en el que el amor se acaba o el día en el que el amor empieza. ¿Entiendes lo que quiero decir?

Un par de noches más tarde, después de un día de trabajo sobre el que no merece la pena dar muchos detalles —y quizá haya en mi vida demasiados días como éste, días que no merece la pena contar y que nadie querría escuchar—, abro el buzón y tras descartar folletos publicitarios de pizzerías, comida china y dentistas que me ofrecen una nueva dentadura y que voy tirando a la papelera que se puso en una esquina debajo de los buzones después de la última reunión de la comunidad de vecinos (a la que, como de costumbre, no fui) para evitar que la gente tirase al suelo todas esas hojas publicitarias, me quedo en la mano con un solo sobre, de color azul pálido, DIN A5, sin remite y que alguien ha entregado a mano pues no lleva ni dirección ni, por supuesto, sello: «Samuel», dice el sobre, y son ya tantas las sorpresas, tanto el desasosiego de estos días, que no lo abro directamente; tomo el ascensor, con la cabeza apoyada sobre el contrachapado que simula una madera preciosa, cierro los ojos y me pregunto para qué Samuel será el contenido del sobre, si seré yo o el otro que también empieza a ser yo, pues estoy viviendo parte de la vida que le habría correspondido a él, aunque quizá entretanto alguien se haya dado cuenta del error, lo haya llamado para notificarle tardíamente la muerte de Clara, y pudiera ser también que el sobre esté dirigido al impostor que soy, acusándome en su interior de no haber informado del error, de haber permitido que el amante verdadero la llamase varias veces, cada vez más inquieto, hasta acaso cometer la imprudencia de comenzar a rondar la casa de Clara para averiguar por qué no da señales de vida, e imagino que Alejandro lo descubre y se va hacia él, como se vino hacia mí, y le propina también un puñetazo devolviendo la justicia a esa relación triangular en la que no soy el culpable.

Rasgo en casa el sobre. Contiene una nota prendida con un clip de plástico a unas pocas fotografías. Sobre la nota están escritas tres frases, cada una en un renglón distinto. «Para que no digas que invento cosas. Para que no pierdas el tiempo negando la realidad. Para que no me llames otra vez.» Y al final el nombre de Carina. La nota me parece efectista, como la nota de suicidio de alguien que en realidad no tiene intención de quitarse la vida y sólo se hará un rasguño en las muñecas o llamará a los servicios de emergencia inmediatamente después de tomarse un tubo de medicamentos. Nadie que esté tan enfadado se toma la molestia de construir tres frases paralelas: la retórica está reñida con la ira.

Todas las fotografías contenidas en el sobre se parecen, en el sentido de que muestran a la misma persona en el mismo lugar, aunque en posturas distintas y con expresiones cambiantes: Clara en mi cuarto de baño, entrando en la bañera, ya con el pie derecho rebasando el borde, y con la cabeza vuelta hacia quien la fotografía —¿hacia mí?—, al parecer en el momento de decir algo, quizá invitando al fotógrafo a dejar la máquina y seguirla a la bañera; Clara vestida con una bata roja, descalza, aplicando la punta del lápiz de ojos a uno de sus párpados y con una sonrisa a medio suprimir, como si por un lado le resultase algo pesado ese fotógrafo insistente y por otro le halagase su interés; Clara con una toalla blanca atada a la cintura, el torso desnudo, doblada sobre el lavabo; ahora me doy cuenta de que es de bastante menor estatura que yo: sus pechos, pequeños, casi tocan el borde del lavabo. La última está sacada en la bañera: es una toma cenital que abarca desde un poco más allá de la cabeza de Clara hasta sus rodillas: tumbada con el cuerpo bajo el agua, el rostro vuelto hacia arriba, sacando la lengua como quien se burla después de una travesura, lo que da una cierta naturalidad, casi espontaneidad a esa toma, como si no fuese consciente de estar desnuda.

Saco de un armario una cámara fotográfica que casi nunca uso; apenas tiene batería, pero aún funciona el enfoque automático y puede que me permita sacar una foto. Me dirijo con ella al cuarto de baño; me subo en la bañera, poniendo un pie en cada borde, más o menos en el centro; miro por el visor; sí, ha sido tomada desde aquí mismo, el fotógrafo encaramado donde yo estoy —¿desnudo? ¿Vestido? ¿Excitado? ¿Concentrado en hacer una buena foto? ¿Es una manera de mirar a Clara sin resultar pesado, de observar su cuerpo minuciosamente?—. Saco una foto de la bañera vacía. Luego la comparo en el visor con la otra en la que se encuentra Clara; salvo por el detalle obvio de que ella no está en la que he hecho yo, todo es idéntico. La misma bañera, los mismos azulejos azul marino, el mismo perfil de plástico blanco en el borde inferior de la mampara.

Una mentira y todo cambia, se precipita, se disuelve. Una mentira y ya no puedes defenderte, decir: «No es posible, te juro que no es así». Porque ya te has creado un personaje y has convencido a los demás de que ese personaje eres tú; y ahora no puedes salir tú mismo a escena para mostrar quién eres. Ahí está, tu doble, el otro inventado que querías que diese la cara por ti. Una mentira y ya no eres nadie, ya no existes, porque ahora a ojos de los demás eres otro, ese que has dicho que eras. El otro Samuel ha ocupado mi vida y me va a hacer pagar mi impostura. Y yo sólo puedo seguir mintiendo para reducir los estragos. Creía estar robándole algo y es él quien me devora poco a poco.

Si Clara ha estado en mi baño ha sido sin que yo lo sepa. Puede que viniese antes de que yo comprase el piso, que tuviese una relación con alguien que vivió aquí antes que yo y de ahí la confusión, pero no tengo la intención de sugerírselo a Carina: no quiero introducir nuevas incógnitas, añadir confusión, la sospecha de que hay otro en esta historia. Pretendo seguir siendo Samuel, el único amante de Clara; ella estaba enamorada de mí, de nadie más. Y Carina tiene que continuar hablándome de su hermana, contarme quién era esa mujer con la que he compartido momentos felices. Da igual lo que haya escrito Carina en la nota. Voy a llamarla.

Y ahora, mientras pienso todo esto y examino la fotografía de Clara que robé en el funeral, mientras recuerdo que ella me miraba cuando le estaba sacando la foto, igual que lo hacía cuando la fotografiaba en el baño...

(¿Estaba yo desnudo o vestido? Si estaba desnudo, ¿teníamos tanta confianza como para llevar sin embarazo esa situación en la que ella veía un primer plano de mis genitales, y mi cabeza más allá, en lo alto y la cámara quizá a la altura de mi cintura? ¿Hizo una broma sobre ello? ¿De ahí ese gesto descarado de sacarme la lengua? «Tú sí que estás para una foto», habría dicho, me dijo, y tendió la mano para tocarme y yo le dije: «Quieta, que vas a salir movida», y entonces es, claro, cuando retiró la mano, hizo un mohín, me sacó la lengua, y sólo cuando hice esa foto dejé la cámara en el borde del lavabo y entré en la bañera con ella: «A ver, ¿qué querías tocar hace un momento?». ¿O se sintió violenta al mirar hacia lo alto, ante mis piernas abiertas, mi media erección, esa perspectiva tan poco favorecedora, y dijo: «Baja de ahí», y yo dije: «Espera», y ella dijo: «Que bajes», y yo dije: «Sonríe», y ella me sacó la lengua?)

... noto por primera vez un cierto parecido con su hermana: no, no es posible confundirlas, porque Carina tiene el rostro más alargado, y los ojos parecen aún más grandes, y la boca más pequeña, y el gesto es sin duda más duro, aunque quizá no fue siempre así, pero hay un aire de familia que me hace sentirme aún más cerca de Carina, convencerme de que hay algo que tenemos que compartir, una vida con el común denominador que sería Clara. Carina y yo somos casi familia, estamos unidos por el duelo, necesitamos consolarnos de esta pérdida que ha sacudido nuestras vidas. Queremos hablar de ella, recordarla para que no muera aún del todo, incluso para darle vida porque yo contaré a Carina cosas que ella no sabía de su hermana, y ella me contará a mí cosas que ni habría sospechado. Nos diremos: «¿Te acuerdas?», nos diremos: «Una cosa que a lo mejor no te dijo ella...». Y entonces a lo mejor la lloramos, porque la pérdida parecerá todavía peor, esa pérdida no sólo de la persona que conocíamos, también de aquella que nos faltaba por conocer. Algún día quisiera poder llorar a Clara sobre el hombro de su hermana.

—Sí.

Ha debido de ver mi número en la pantalla porque el monosílabo suena ya irritado, disuasorio.

—Soy Samuel.

—Te escribí que no me llamaras, ¿no?

—Clara me había pedido que no te lo dijese.

—¿Que no me dijeses que había estado en tu casa? Venga ya, Samuel.

—Le daba vergüenza.

Supongo que Carina está intentando interpretar la información, quizá tan sólo decidir si merece la pena seguir hablando conmigo. Decidir, en definitiva, quién le ha mentido: su hermana o yo.

—A Clara le daban vergüenza pocas cosas.

—Eso es lo que tú crees.

Ésta ha sido una buena respuesta; me siento orgulloso nada más darla porque estoy convencido de que me puede abrir una puerta. Todos somos conscientes de que no conocemos a los demás. Compartimos nuestra vida con extraños. Podemos vivir durante décadas con alguien y no saber qué siente de verdad cuando nos dice «te quiero» o cuando responde a nuestra pregunta con un «no estoy enfadada». Puede decirme lo primero porque lo siente, o porque hace tiempo que medita la posibilidad de abandonarme y se siente culpable y, hasta que sea inevitable, no desea hacerme daño, bien porque algo sí que me quiere, bien porque pretende que más tarde no pueda reprocharle nada, para marcharse con la cuenta de agravios en positivo —ella hizo todo lo que pudo, hasta el último momento—. Y puede que la respuesta a la pregunta hubiera debido ser: «Estoy profundamente herida, tanto que creo que ya ni siquiera siento nada por ti, tanto que estoy más allá del enfado y desde luego más allá de querer hablar de ello». ¿En qué está pensando alguien a quien preguntamos: «¿En qué piensas?»? Y responde: «En nada, cariño». No podemos saberlo, nunca, con certeza, no sabemos quién nos miente, quién se miente, vivimos con fantasías que nos construimos para explicar al otro y para crear una relación —qué más da que no sea cierta— que nos tranquilice y nos dé lo que deseamos. Y ni siquiera más tarde, cuando acaba una relación afectuosa y cuando el otro nos empieza a revelar cada una de las heridas, cada uno de los rencores, todos esos momentos en los que hicimos daño sin saberlo, tampoco entonces podemos averiguar si es así, si esa nueva imagen del pasado es la cierta o si es también una ficción, el relato que inventa el otro para empezar una nueva vida y que requiere eliminar o difuminar aquello que le ataba a nosotros. No sabemos, pero queremos saber, qué piensa de verdad sobre nosotros la persona con la que estamos, si somos o no protagonistas de sus fantasías, con quién más está, en qué otro mundo vive cuando se aleja del nuestro.

—¿Le daba vergüenza que yo supiese...?

Carina se interrumpe. A lo mejor es consciente de que se está adentrando en una trampa y considera si merece la pena dar el siguiente paso.

—Decía que con frecuencia se sentía incómoda contigo, no por tu culpa (nunca te criticó delante de mí) sino porque, decía, tendía a mirarse a sí misma con tus ojos y siempre se encontraba insuficiente; me dijo que seguramente considerarías inmoral que ella viniese a mi casa aprovechando las ausencias de mi mujer.

—Si me estás mintiendo...

—¿Por qué te iba a mentir?

—Pues porque a lo mejor pensaste que como Clara ha muerto podrías sustituirla por su hermana y por eso me contaste una historia en la que quedas como Dios. Pero no te pienses que me la creí.

—Empiezo a pensar que Clara te hablaba muy mal de mí.

—Bueno, la primera vez que voy a tu casa y ya...

—¿Y ya qué?

—Si me dices que fui yo quien te besó, cuelgo.

—Fuiste tú quien me besó.

Tarda unos segundos, lucha, se debate, pero no puede dar marcha atrás, ¿cómo iba a hacerlo? ¿Dónde quedaría entonces su dignidad?

No me importa, de verdad que no me importa. Yo también cuelgo. No hemos dicho la última palabra. No nos hemos despedido para siempre. Interrumpimos la comunicación igual que dos púgiles bailotean a dos metros de distancia, se observan, hacen fintas, planean el próximo movimiento.

El símil de los púgiles se lo debo en realidad a Angelina, una gaditana diminuta con la que viví apenas medio año cuando yo estaba terminando mis estudios. Angelina, desde la experiencia que le daba ser dos años mayor que yo, decía que yo nunca tendría una relación duradera porque para mí las discusiones eran un engorro innecesario, algo de mal gusto y que consideraba preferible evitar. El amor, me dijo, es eso, dos personas que se abrazan, como dos púgiles agotados: se golpean sin mucha fuerza, quieren imponer su superioridad y sus deseos, pero necesitan al otro, su apoyo, el contacto con su cuerpo para no derrumbarse. Si se me ocurría señalarle, como hice alguna vez, que la relación más larga que ella había tenido era la que estaba a punto de acabarse conmigo, me respondía que eso no significaba que estuviese incapacitada para relaciones más largas, sólo que no había encontrado aún al hombre adecuado; mientras que mi problema era estructural, mi carácter me impediría encontrar el auténtico amor.

Siempre he evitado la palabra amor. Un sustantivo devaluado, una moneda tan usada que ha perdido el relieve, de manera que se puede acariciar entre los dedos sin percibir imagen alguna; una moneda que no me atrevería a dar en pago por miedo a ser mirado como un estafador. Me incomodan los poemas que necesitan usar esa palabra para producir emoción. Ya sé que las canciones están llenas de ella, en todos los tonos, una palabra tan breve que a menudo la alargan multiplicando la última vocal —amoooor— o repitiéndola en todos sus tiempos y personas verbales, te amo, te amé, me amarás. ¿La usa alguien realmente? ¿De verdad se miran las parejas a los ojos y se dicen «te amo»?

Angelina sí me lo dijo más de una vez, pero no hubo reciprocidad; me resultaba imposible vencer el embarazo que me producía introducirme en un cliché esforzándome en que sonase sincero. Puedo decir «encantado de conocerle», otro cliché, pero del que nadie espera que sea cierto. No puedo decir «te amo» a una mujer que va a creerlo, que se va a empezar a forjar ilusiones a partir de esas dos palabras que no tienen un significado concreto.

Luego también ella dejó de decírmelo y fue entonces cuando encontró la explicación para mi deficiencia: yo era incapaz de amar porque rechazaba la parte negativa, los malos momentos, ese fajarse en silencio o a gritos en el que cada uno delimita, eso me decía, quién es; sólo el contacto con el otro te vuelve consciente de tus límites, de dónde acaban tus necesidades y dónde empiezan las del otro, decía.

Volví a verla años después, cuando yo había regresado a vivir a Madrid, en la cola de un cine; estaba cogida del brazo de un hombre más mayor que ella y con aspecto de alto ejecutivo, de esos que mediante la gomina, el traje, los gemelos, el pasador de la corbata y el gesto parecen querer marcar la clase a la que pertenecen; supuse que conducía un todoterreno. Ella le hablaba al oído y él sonreía, y también reía a veces con francas carcajadas, la miraba con ojos en los que, al menos en ese momento, había más diversión que deseo. Parecían felices, los dos, y me hubiese gustado saber si llevaban poco tiempo juntos o si Angelina había encontrado por fin al hombre dispuesto a mantener una larga relación, una hecha de distanciamientos y reencuentros, de abrazos y de peleas, de insultos y reconciliaciones, de portazos y ramos de rosas. Pero mi intriga no fue más fuerte que mi desgana ante la posibilidad de iniciar una conversación en la que tuviese que rememorar el pasado o, peor aún, contar mi presente y confirmar las sospechas de Angelina. No, por ahora no he sido capaz de una relación lo suficientemente larga como para sentirla cotidiana y que las costumbres adoptadas en pareja —desayunar los domingos en la cama, repartirnos el periódico de manera que uno reciba siempre primero las noticias políticas y el otro las culturales o las económicas o las de deportes, seguir tal o cual serie televisiva determinado día de la semana, llamarse a ciertas horas desde el trabajo, saber sin preguntar quién hace la compra, cuándo o quién lava y quién seca los cacharros—, sean parte de mi vida, sean mi vida.

El otro Samuel, ese a quien suplanto para Carina, tiene una mujer y tenía una amante. Yo nunca he tenido una amante porque nunca he tenido una mujer a la que engañar; quizá debería decir que nunca ha confiado en mí lo suficiente una mujer como para que podamos hablar de engaño. Y si por un lado puede sonar triste esta constatación, por otro me alegro de no ser uno de esos hombres que ocultan y fingen, llegan a casa y dan un beso a su mujer en la mejilla temerosos de que algún gesto o una palabra delaten que en realidad están pensando en la otra, de esos hombres particularmente cariñosos cuando llaman por teléfono a sus mujeres justo antes de irse a pasar la tarde con la amante, porque así evitan que su esposa les llame en un momento inoportuno y porque les ayuda a sentirse bien, a disminuir la culpa al haber dado esa señal de afecto a la mujer, haberla tranquilizado, haberla hecho sentir feliz. Me alegro entonces de no ser el otro Samuel, salvo porque me hubiese gustado conocer a Clara, que ella hubiera sido mi amante; ella habría venido entonces a buscar consuelo en mí, excitación, la constatación de que la vida puede ser más intensa y, sobre todo, que podría ser distinta, y que ella por tanto podría ser otra, diferente de la que es en su casa, con Alejandro.

Y con los niños. Me lo digo sin haberlo pensado previamente. Con Alejandro y con los niños. Y la frase, más que construirla yo, se ha construido sola, como una coletilla que se añade por tantas veces oída, y me hace caer en la cuenta de que no sé si Clara tenía hijos. Tiendo a pensar que no, puesto que ni los mencionó quien me llamó para darme la noticia del accidente —«los pobres niños, imagínate», podría haber dicho— ni Carina se ha referido a ellos en ningún momento. Tampoco a mí se me había ocurrido que una mujer tan joven, con un amante, pudiese tener hijos, como si tener amantes fuese algo para cuarentonas desilusionadas con su vida que intentan demostrarse que son más atractivas de lo que resultan para sus maridos, un tópico bastante ingenuo, pues no son necesarios ni la desilusión ni contemplarse en el espejo con desconsuelo por una vida desperdiciada para tener un amante; también puede tenerlo una mujer feliz que no acepta la monogamia, una joven madre que se busca fuera de casa, de los deberes compartidos, de la irritabilidad causada por las pocas horas de sueño, de una convivencia que, entre el trabajo y el cuidado del bebé, se ha convertido más en una forma de empresa común en la que se reparten derechos y deberes —tú le das el biberón esta noche y yo me hago cargo de él mañana, o tú sales hoy con tus amigas pero mañana por la noche yo me voy a ver el partido—, y como es imposible escapar de esa rutina con el marido, cansado, también ocupado por la doble carga de ser padre y trabajador quizá precario, se desfoga o se relaja en la relación con otro hombre que no esté pasando por una situación parecida. O es posible que una mujer como Clara, que ha sido capaz de rebelarse en su adolescencia contra una forma de vida de clase media en la que se sentía enclaustrada como una niña que muy pronto tiene que hacer votos de monja y ya sabe que el resto de su vida va a estar marcado por expectativas, normas, valores ajenos, se haya rebelado también contra el matrimonio, haya impuesto sus reglas, «mira, Alejandro, me parece perfecto que vivamos juntos, que tengamos hijos, compartir la intimidad, proyectos, incluso la rutina; pero no te prometo fidelidad, no puedo decirte que no habrá otro, porque el tiempo pasa, y las cosas suceden, buscándolas o sin buscarlas, y no sólo nos mueve la voluntad, también el deseo, no vivimos para un proyecto, porque lo inesperado ocurre, y no puedes cerrarte a ello salvo si estás dispuesto a ir aceptando que en tu vida pesen más las renuncias que las afirmaciones».

A mí me gustaría una mujer así, ya decía, que no pronuncie palabras como siempre, nunca, todo, sólo. Una mujer que se me entregue en parte, que sabría poseedora de algo que yo no tengo, que es suyo, una mujer por tanto con la que no poder entrar en una tibia simbiosis. Yo a Clara no intentaría poseerla por completo, porque lo que me gustaría de ella es ese resquicio inalcanzable, allí donde yo no puedo poner las manos ni la lengua, ese ser que se me escapa y por tanto deseo, sabiendo que la peor catástrofe sería atraparlo. Clara, pienso, debería haber vivido conmigo y tener a Alejandro como amante; seguro que habría sido más fácil para ella no tener que dar explicaciones si una noche no regresaba a casa, al contrario, consciente de que ese hombre con el que vive es feliz cuando ella crece y se reinventa en otros lugares, en otras confidencias, en otros cuerpos, porque la mujer que regresa es una desconocida que despierta una ternura y un deseo familiares y al mismo tiempo la excitación de quien puede sorprendernos: el riesgo de abrir la puerta y no saber quién llega.

En la empresa me encuentro con que José Manuel está reunido.

—Rusos —me dice Genoveva—, rusos de dos metros de alto y uno de ancho.

—¿Iban armados? —le pregunto.

—Creo que no —me responde muy seria.

Es una mujer que ronda los cincuenta y da la impresión de haberlos rondado siempre; lleva el pelo ahuecado y con laca, con un peinado alto que se parece mucho al de mi madre, y masca chicle continuamente; he comprobado si lo pega debajo de la tabla del escritorio, pero no lo hace, o al menos lo retira al final de la jornada. Suele vestirse con unos trajes de chaqueta color crema que quizá nunca estuvieron de moda, y debajo blusas salmón o azul pálido, y lleva unas gafas de montura dorada muy fina, mucho más estrechas en los bordes exteriores que en los interiores, que me hacen pensar en programas de televisión en blanco y negro, aunque casi ni los recuerdo.

—¿Cómo sabes que eran rusos?

—Los he oído hablar.

—¿Y puedes distinguir el ruso del serbocroata o del polaco?

Frunce dudosa los labios; es lo más bonito que tiene; no han envejecido como ella, al contrario, son labios de veinteañera, sin arrugas, sin estrías, suaves seguramente, carnosos. Si no la conociese desde hace tantos años me preguntaría si se ha hecho algún tipo de implante, pero esos labios estaban ahí cuando la vi por primera vez, aunque ya entonces la recuerdo como una mujer mayor. José

Manuel, que nunca ha tenido una gran habilidad para las palabras, lo puso sin embargo una vez en una frase que me pareció perfecta: «Debe de haber tenido nietos antes que hijos». Aunque que yo sepa no ha tenido ni los unos ni los otros.

—Deberías ir a echarle una mano —me dice.

—¿Tú crees que estará en peligro? Es mejor que vayas tú. A una chica seguro que no le hacen nada.

—Cobardica —responde, y me da una carpeta con un rótulo que dice URGENTE.

Remoloneo un rato por el pasillo para intentar escuchar algún retazo de la conversación. Aunque oigo voces, no consigo discernir lo que dicen, tan sólo que los invitados hablan más que José Manuel. Para ser rusos, su español parece muy fluido.

Paso una hora examinando el inventario y las salidas de material del mes; luego hago un cuadrante con las compras del próximo. Dentro de poco tendré que ponerme a hacer un cálculo de los invendibles, quizá intentar colocarlos por eBay: azulejos que nadie pide, por motivos que no entiendo, pues no son ni más feos ni más bonitos que otros que tienen salida rápida, molduras de mala calidad, accesorios de baño demasiado caros. En el peor de los casos tendremos que deshacernos de ellos gratis para que no sigan ocupando espacio en el almacén.

José Manuel entra, como de costumbre, sin llamar.

—¿No se te ha ocurrido nunca que podría estar haciéndome una paja?

—¿En horario de oficina? No; y si lo haces me gustaría saberlo.

—O hurgándome la nariz. Puedo calcular mientras me hurgo la nariz.

—No seas cerdo. ¿Estás bien?

—Perfectamente.

Me doy cuenta demasiado tarde de que he contestado con despreocupación, con excesiva ligereza, no como alguien a quien se le acaba de morir la novia, aunque sea la ex novia.

—Desde luego, eres un misterio para mí.

—¿Quiénes eran?

—¿Ésos? Inversores.

—Mafiosos, quieres decir. ¿Estás en tratos con la mafia rusa?

—No son rusos.

—Es lo que decía yo. Pero si no me cuentas de dónde vienen voy a pensar que son albaneses.

—Kosovares.

—No jodas. ¿Vamos a blanquear dinero para ellos? Mola.

—Te he dicho que son inversores.

—Inversores kosovares. Aunque no te lo creas, leo los periódicos.

—Es posible que nos hagan un pedido. Un pedido enorme.

—Claro, vienen a buscar materiales de construcción a España porque en Kosovo están por las nubes.

—Qué pesado eres. ¿Qué estabas haciendo?

—Te creerás que vas a salir de aquí sin explicarme de qué iba eso. Soy socio de esta empresa.

—A veces tengo la impresión de que soy tu hombre de paja. Tú permaneces en la sombra mientras yo lo hago todo. Doy la cara, negocio, hago las llamadas difíciles.

—Eres el socio mayoritario. Y tienes más encanto que yo. Venga, dime lo que querían.

—Te lo acabo de decir. Puede que nos hagan un gran pedido. Quieren construir varios complejos hoteleros en la costa española. Vas a tener que hacer un presupuesto muy ajustado. Nos conviene hacer tratos con ellos. No importa que el margen sea pequeño.

—¿Te han amenazado? ¿Han secuestrado a tu mujer?

—Y sí, puede que estén interesados también en comprar parte de la empresa.

Está nervioso. Lo conozco desde hace tanto que identifico sus humores antes de que él sea consciente de ellos. No se ha sentado, sino que sigue de pie frente a mí, con las manos en los bolsillos de la americana. Ahora caigo en la cuenta de que va más elegante de lo habitual; traje siempre lleva, pero éste debe de ser el de las reuniones importantes o las celebraciones. Si no está hecho a medida, lo parece.

—Te sienta bien el gris.

—Vete a hacer gárgaras. ¿Qué opinas?

—Si vas a continuar con el estreñimiento informativo, no puedo opinar mucho.

—Te estoy diciendo...

—No me estás diciendo nada. Que quieren hacer un pedido. Que quizá también quieran invertir en la empresa. Pero ¿para qué van a hacer un pedido si quieren comprar la empresa? ¿Y nos van a comprar todo o sólo una parte? ¿Vas a vender la tuya y dejarme solo con esa banda de traficantes?

—No son traficantes. Son hombres de negocios.

—Kosovares que construyen en la Costa del Sol.

—No sé si es en la Costa del Sol.

—Así que no me entero de si vas a vender sólo tu parte o si lo quieren todo. Si les has dicho que vas a convencerme o que me vas a hacer una oferta que no podré rechazar. Te imagino ahí dentro rogándoles: «No, esperen, denme unos días, verán como le convenzo, no le hagan daño».

—Son sólo planes, Samuel.

—O sea, que la cosa va en serio.

—No me parece que sea una tragedia para ti. La empresa ni te va ni te viene. Haces tu trabajo, cuando terminas apagas el ordenador, cierras los cajones con llave y te marchas a casa; ¿o te quita el sueño alguna vez que hayan bajado las ventas un dieciséis por ciento este año? No debes de haber tenido insomnio en tu vida.

—Este año las ventas de todo el mundo han bajado, ¿por qué me iba a quitar el sueño que bajen en nuestra empresa?

—Porque tenemos empleados, porque la Seguridad Social no baja, y como tú te empeñas en no hacer contratos temporales...

—Tú querías contratos basura, no temporales.

—Lo que digo es que echar a un obrero nos cuesta más que comprar un piso.

—Entonces vendes a los kosovares y ellos se ocupan de racionalizar la empresa.

—Estoy harto.

—Vives como un rey.

—Trabajo como un esclavo.

—Venga, dime qué has acordado con ellos.

—He acordado que hablaría contigo. Nos harían una buena oferta. Quieren tener en una mano los suministros, la construcción y la venta de inmuebles.

—Lo que quieren tener es el control de varias empresas complementarias que se facturan entregas inexistentes para blanquear lo que han ganado con el tráfico de drogas.

—¿Y tú qué sabes?

—¿Me van a dejar en mi puesto de trabajo o me van a echar?

—¿Seguirías trabajando para ellos?

—O sea, que a ti tampoco te gustan.

Se deja caer, ahora sí, en la única silla que hay en mi despacho aparte de la mía. Tira de las perneras del pantalón hacia arriba, como si temiese que se le mojase el dobladillo en un charco, descubriendo unos calcetines de rombos azules y verdes, tan poco a juego con la sobriedad del traje que en otras circunstancias me habrían llevado a reírme de él. No debe de resultarle fácil, vender la empresa, ceder ese pequeño imperio que se ha construido y que creía duradero. Él siempre quiso ser empresario; quizá porque proviene de una clase —su padre era un mecánico empleado en un taller de Mercedes, si mal no recuerdo— que considera que sólo la propiedad te da la independencia, que sólo puedes decir que has tenido éxito cuando eres tu propio patrón. Su ascenso social ha sido una tarea de superación personal, no una persecución de la riqueza. No le gusta ostentar, y aunque podría haberse dado la satisfacción simbólica de comprarse un Mercedes, lleva un coche japonés, Mazda, creo, de color antracita, discreto aunque desde luego lo suficientemente grande, confortable y seguro como para no pecar de falsa modestia, un coche de padre de familia acomodado. Ya en la facultad él tenía claro que no quería trabajar para otro, tampoco especular en Bolsa, porque en realidad José Manuel era un joven moral, y le parecía deshonesto enriquecerse sin producir. Él quería una empresa asentada sobre algo sólido y siempre pensé que acabaría siendo dueño de una mina o de una fábrica de zapatos, pero al final se quedó con la empresa de materiales de construcción; aunque no los producía, los materiales que acarreaba servían a un fin concreto, las ciudades crecen gracias a ellos, la gente se cobija y se nutre rodeada de lo que nosotros hemos llevado hasta allí. Y a mí me cedió un quince por ciento de la propiedad a un precio ridículo. Por amistad, pero también por ese mismo sentido moral del que hablaba: José Manuel no habría aprobado Estadística sin mi ayuda, tampoco Microeconomía. Gracias a mí fue capaz de sentarse ante una hoja cubierta de números sin que se le nublase la vista. Yo me burlaba de él porque cómo demonios quería ser empresario si las matemáticas le daban vértigo. «Con un buen contable», me decía, y es lo primero que me anunció cuando montó la empresa: «Necesito un contable; y alguien que se ocupe de la financiación y los presupuestos, de esas cosas que se me dan tan mal».

Tiene razón en que la empresa no va bien. Tal como están las cosas en la construcción, nos hemos mantenido razonablemente, pero reduciendo de manera drástica los márgenes de beneficio. Supongo que debería alegrarme de que alguien quiera comprarnos. Aunque dudo de que mi parte baste para evitarme tener que buscar empleo en pocos años, o, siendo sensato, debería buscarlo inmediatamente, porque dentro de siete u ocho años nadie querrá emplear a quien ha estado parado tanto tiempo.

Se pasa las manos entre el pelo (pero luego no se huele discretamente las yemas de los dedos como suele hacer, la única manía algo desagradable que le conozco) y por un momento parece desamparado y aguardar a que yo le tranquilice o le dé mi absolución.

—Lo que me cabrea de todo esto es que no me hayas dicho nada hasta ahora.

—Es que ha sido muy repentino. Y tú estabas tan ido..., y luego con lo de tu novia... Por cierto, no me has contado del entierro.

—Ni quiero.

—La incineración, quiero decir.

—Vamos a terminar el otro tema, ¿vale? ¿Has buscado tú comprador o han venido ellos a ti en el momento oportuno?

Supongo que espero que me mienta. También supongo que no debería enfadarme si lo hiciera, precisamente yo, pero estoy seguro de que me va a sentar mal. Debería conocer a José Manuel: opta por la solución intermedia.

—Una mezcla de las dos cosas. Yo había dejado caer en algunos círculos la posibilidad de vender, intentando no parecer desesperado por hacerlo, ya sabes, un comentario aquí y allá, y hace una semana recibí una llamada.

—Me quedo de una pieza. ¿No podías haber dejado caer un comentario también en este despacho?

—Te digo que ha sido muy rápido. Ni siquiera estaba seguro de querer vender. Y si te lo digo muy pronto te montas una película y me mareas durante meses. Era una idea, nada más. ¿Estás en contra? Si tú no quieres, buscamos otra solución. Pero algo tenemos que hacer. Y eso es lo que no consigo que entiendas.

—Como no reduzcamos el presupuesto de chicles de tu secretaria..., seguro que los carga como gastos de gestión.

—Un ERE. Podríamos hacer un ERE.

—Eso es para empresas más grandes. Si nosotros despedimos tenemos que cerrar parte del negocio. No hay funciones que racionalizar ni sinergias ni aumentos de productividad ni hostias. Necesitamos gente en el almacén, conductores, sólo tenemos tres vendedores en el espacio de exposición. No podemos seguir funcionando igual con menos empleados. Se pueden vender un par de camiones, coger un almacén más pequeño y más lejos aún del centro, pero a medio plazo van a seguir cayendo las operaciones y los ingresos. De hecho, creo que van a caer más rápidamente que hasta ahora; varias de las empresas con las que trabajamos han cerrado o lo van a hacer pronto.

—O sea, que me estás diciendo que venda.

—No; te estoy diciendo que eres un cabrón y que vendas.

José Manuel se da dos ligeras palmadas en las rodillas, un gesto que interpreto como que le alegra que hayamos tenido esta pequeña conversación y que ahora, si no me importa... Pero no se mueve de la silla. Algo debe de pesar aún sobre su conciencia o tiene una preocupación que no sabe si transmitirme.

—Entonces...

—Entonces cuando te hagan la oferta, avísame.

—Claro. Pero la pregunta es...

—La respuesta es no.

—No sabes lo que te voy a preguntar.

—Quieres saber si deseo participar en las negociaciones.

—Caramba. Qué tío.

—Y te daba miedo que dijese que sí, porque yo soy una persona muy valiosa, bla bla bla, pero don de gentes no tengo mucho, y a veces salgo con cosas que nadie entiende o que no son apropiadas.

—Pues sí, más o menos.

—Sí te agradeceré que me informes antes de firmar. Aunque, técnicamente hablando, tú puedes vender tu parte sin decirme ni pío.

—No, hombre, cómo voy a hacer eso. Además, yo voy a negociar también tu parte, porque si no luego quedas en muy mala posición.

—Pero te das cuenta de que estamos vendiendo a delincuentes.

—Eso no lo sabemos.

—Lo mismo hay una orden de Interpol de búsqueda y captura.

—No sé cómo puedes seguir siendo tan crío. Bueno, te dejo, seguro que tienes mucho que hacer. Y yo también.

Y ahora sí, visiblemente aliviado, se levanta, se abrocha la americana como hacen los políticos cuando tras alzarse de un sillón se preparan a ser fotografiados, y sale de mi despacho. No me preocupa mucho la perspectiva de tener que dejar la empresa. Lo que me preocupa es el vacío. Los días y las noches en mi terraza, en mi casa, sin o con televisión, desaseado, porque en algún momento acabaría perdiendo la batalla contra la desidia, quizá bebiendo demasiado, quizá sin contestar al teléfono cuando llamaran mis amigos. Tomo el teléfono.

Carina responde tan deprisa como si hubiese tenido el aparato en la mano, a la espera de mi llamada.

—¿Me vas a colgar otra vez?

—Depende de ti. ¿Juegas al tenis?

—No.

—¿Al squash?

—No he jugado en mi vida al squash.

—Dame tú entonces una excusa para que volvamos a quedar. A mí no se me ocurren más.

—Que quieres saber por qué Clara no quería que te contase que estuvo en mi casa. Y que empiezas a descubrir cosas de tu hermana que no habías imaginado y sientes curiosidad.

—Eso no son excusas. Son razones.

—Te gustaría ir conmigo al Museo del Prado.

—No habría imaginado que fueses aficionado a los museos. Al arte.

—¿Tampoco eso te lo contó tu hermana?

—Empiezo a pensar que no me contó muchas cosas. Bueno, que no eras deportista sí debería haberlo recordado. Vale. Ir a un museo me parece que justifica lo suficiente que volvamos a vernos sin que parezca demasiado que doy marcha atrás, ¿no?

Quedamos el miércoles a las seis de la tarde. Hago un repaso mental de los cuadros que quiero ver con ella: *Perro semihundido,* la sala de los bufones, el *David* de Caravaggio, los cuadros de Baldung Grien, el *Cristo yacente* de Vallmitjana, *Venus y Adonis.* Tengo un recorrido casi fijo cuando alguien me acompaña al Prado. Nunca he estudiado arte, pero cuando empecé Empresariales conocí a una chica que todas las semanas iba al Prado una tarde a las seis, para beneficiarse del horario de entradas gratuitas. Un día la acompañé, más por interés en el color de sus ojos —azul casi marino— que en el de la paleta de ningún pintor. Elegía de antemano tres cuadros, y se dirigía disciplinadamente a las salas en las que se encontraban sin prestar atención a las demás. Yo la seguí, me senté a su lado, examiné cada cuadro durante diez o quince minutos, el tiempo que les dedicaba mi amiga; y mientras tanto ella iba musitando —una audioguía de voz seductora— lo que veía. Habíamos acordado que no la interrumpiría y que si yo tenía algo que comentar, lo haría a la salida. Normalmente mi amiga, Carlotta, con dos tes por algún capricho de unos padres que habían nacido ambos en un pueblo de Extremadura y les debió de parecer exótico, de película europea, aumentar el número de consonantes en el nombre de su hija, hacía lo mismo para sus adentros, ir pensando todo lo que le llamaba la atención y lo que recordaba si en el cuadro se contaba una historia mitológica o bíblica. Aceptó mi presencia a condición de que me adaptase a su rutina, en la que sólo introdujo la variación de susurrar sus pensamientos. Los miércoles a las seis nos encontrábamos a la puerta del museo, obteníamos el ticket de entrada gratuita y yo la seguía por salas, escaleras y pasillos, felizmente ignorante del programa. Ante cada cuadro elegido —a veces el mismo con pocas semanas de intervalo— se repetía un ritual que me llevó, si no a ser un entendido en arte, sí a apreciar el placer que supone la contemplación prolongada, fijarse en los detalles, asociar ciertas técnicas a ciertas épocas, rememorar historias, a menudo cruentas y trágicas, a veces pedagógicas, a veces de opacos significados.

Nunca conseguí acostarme con Carlotta. Mi formación se prolongó al menos un año y, aunque a la salida yo siempre procuraba alargar el tiempo juntos, a lo máximo que accedía era a tomarse una cerveza antes de, como si siempre la estuviesen esperando en algún lugar, mirar el reloj, encogerse de hombros y decir: «Tengo que irme». El único cambio que conseguí introducir en nuestros encuentros fue que, tras unas semanas de respetar escrupulosamente su ritual, tomé una de sus manos mientras me susurraba, lo recuerdo con claridad, la muerte de Adonis atravesado por los colmillos de un jabalí y cómo en el rostro de Venus se adivina la preocupación por el destino de su amado, quizá arrepintiéndose ya de haberse enamorado de un mortal. Carlotta interrumpió su explicación el suficiente tiempo como para que yo pudiese pensar: «Ya está, ya lo has estropeado, ahora se va a levantar y se acabaron las visitas al Prado». Quitó sus ojos del cuadro, los posó sobre mi mano, luego en mis propios ojos con la expresión de quien no entiende algo, quizá banal, pero que le hace perder la concentración. Y entonces, aún mirándome a los ojos, me contó cómo Venus y Proserpina se repartían los favores de Adonis, que pasaba cuatro meses con una, cuatro con la otra y los otros cuatro era libre de estar con quien quisiera.

«Parece una buena solución —dijo, permitiendo por primera vez que una observación ajena al cuadro se introdujese en su discurso—, a mí también me gustaría vivir así». Y antes de que yo pudiese responder, por supuesto de manera afirmativa y dándole a entender que cuatro de esos meses me gustaría que los compartiese conmigo, empezó a hablar de los colores de la escuela veneciana —estábamos viendo el cuadro pintado por Tiziano, más tarde aprendería que había otros dos, uno de Carracci y el otro de Veronese.

Semanas después, otra tarde en la que una vez más la convencí para que se tomase una cerveza conmigo y caminábamos hacia la cervecería de Correos, volví al tema de las relaciones triangulares y cómo me parecía una solución perfecta, siempre que no tuvieses hijos, repartir tu vida con dos personas y dejando un tercio del año al libre arbitrio, y cómo seguramente la pasión se renovaría una y otra vez tras la larga ausencia y, al pasar de una mujer a otra en mi caso, de un hombre a otro en el suyo, se aprendería a apreciar las virtudes de cada uno sin que sus defectos acabasen por ser agobiantes.

Ella me escuchó con atención y, cuando ya estábamos entrando en la cervecería, me dijo que en su caso se trataría de dos mujeres, porque nunca se había sentido atraída por los hombres, y que aunque se había esforzado en enamorarse o al menos sentir excitación por alguno, pues temía tener que decidirse por una forma de vida que sin duda le procuraría problemas, discusiones con sus padres, y que haría que sus relaciones con el resto de la familia se volviesen tensas —venía de una familia de clase media, no particularmente piadosa pero apegada a tradiciones como el matrimonio o el bautizo—, y como tenía un carácter más bien perezoso y sabía el esfuerzo que supondría defender su forma de sexualidad, había querido ella misma cambiar de gustos, pero sin éxito. También había intentado enamorarse de mí, que parecía un hombre atento y no la agobiaba con besuqueos, pero no había remedio, le gustaban las mujeres, y a quien miraba no era a Adonis, sino a Venus, a Dafne y no a Apolo, a mi hermana y no a mí, y en realidad, si estaba conmigo, aparte de que mi compañía le resultaba agradable, quitando esa costumbre absurda y algo embarazosa de tomarle la mano en el museo, era porque esperaba que algún día mi hermana se uniese a nuestras visitas al Prado o que yo la invitase a ella a alguna fiesta en la que se encontrara mi hermana. «Se parece tanto a Atalanta, ¿te has fijado? —me dijo—, por eso voy una y otra vez a contemplar ese cuadro. Siempre me han gustado las mujeres así, llenitas pero con los pechos pequeños», me confesó, y es verdad que mi hermana tiene pechos demasiado pequeños para sus anchas caderas, aunque a su carácter y su presencia de matrona le convendrían unos pechos generosos contra los que apretar a sus niños, a su marido, a sus amigos.

«Bueno, ya está, ahora lo sabes todo —me dijo—. No sé si seguirás queriendo acompañarme en mis visitas al Prado».

Si dejé de hacerlo fue porque pocas semanas después me vi tan desbordado por mis estudios que tuve que renunciar a buena parte de mis actividades extrauniversitarias. Aunque puede que también influyese en mi decisión el hecho de que después de las confidencias de Carlotta ya nunca tuve ánimo de tomarle la mano, no porque conocer sus tendencias sexuales le hubiese quitado atractivo, más bien al contrario, saber que le gustaban las mujeres la hacía más deseable, no sé si porque fantaseaba su compañía compartida con otra mujer o porque conquistarla parecía una tarea aún más heroica, de la que no podía salir derrotado, ya que si no lo conseguía podía atribuirlo a sus gustos sexuales y si lo conseguía me haría sentir particularmente orgulloso de mi atractivo, al hacer que incluso una lesbiana se enamorase de un hombre como yo; pero que a ella le resultara incómodo mi contacto me volvía demasiado consciente de que tocarla era una manera de ir más allá de lo que ella deseaba, y eso me hacía sentirme insistente como si echase un piropo a una mujer a la que desagradaran ese tipo de familiaridades.

Con Carina recupero aquella manera de visitar el museo y al final sólo elijo tres cuadros de la lista mental que me había hecho. Le hablo, no sé si para impresionarla, de la hipocresía de cuadros como *Susana y los viejos,* en los que una historia bíblica, que aparentemente condena la lujuria de los dos ancianos, sirve para satisfacer la del espectador masculino, pues aunque Susana intenta taparse escandalizada, en realidad muestra parte de su cuerpo a esos otros observadores ocultos para ella que somos quienes nos paramos delante del cuadro. «Los viejos somos nosotros —le digo—, los hombres que nos detenemos a contemplar el cuerpo de Susana, cuando ella cree que está cubriéndose». La llevo también a ver el *Cristo yacente* de Vallmitjana y ella me dice que ni siquiera recordaba que hubiese esculturas en el museo y que las pocas veces que lo había visitado, alguna de ellas cuando aún estaba en el instituto, sólo se había fijado en los cuadros. Completo el recorrido con *La mujer barbuda.* Carina lo contempla con menos atención que las obras anteriores, y creo que incluso con cierta impaciencia, como si la visita sólo fuese ese pretexto que me había pedido y ya empezara a hacérsele demasiado larga y a demorar innecesariamente nuestra conversación sobre su hermana.

—En realidad... —me dice nada más sentarnos a una de las mesas de la cervecería de Correos, único sitio al que se me ha ocurrido llevarla como si con ello reenlazase con mi juventud, con el Samuel que yo había sido en aquella época más bien despreocupada en la que no pensaba en el futuro y jamás me pregunté cómo sería ese hombre que quizá volvería a sentarse quince años más tarde a la misma mesa, qué desengaños, ilusiones, tragedias y comedias lo habrían ido transformando y cuánto quedaría del joven que fue—. En realidad, tienes razón, fui yo quien te besó.

Se interrumpe para pedir una copa de vino, dar tiempo a que yo pida también mi bebida, otro vino, y para dejar alejarse al camarero, un ecuatoriano.

—Antes los únicos extranjeros en este bar eran los turistas —comento para mí pero en voz alta, y como me da la impresión de que ella podría estar entendiendo que añoro aquellos años en los que los camareros eran españoles o que me molesta la presencia de inmigrantes en lugar tan castizo, añado—: Y no es que tenga nada contra los extranjeros —apostilla que me hace sentir infinitamente imbécil y que en todo caso podría confirmar la sospecha de xenofobia, igual que desconfiamos de alguien que afirma no tener nada en contra de los homosexuales o de los negros. Por suerte, Carina no hace mucho caso a mi comentario y continúa con lo que estaba diciéndome.

—Y ahora mismo ni siquiera sabría decirte por qué te besé, pero confieso que, aunque por un lado te lo reproché, por otro te agradezco que no rechazases mi beso. Y es que, aunque suene idiota, porque Clara está muerta, me parece una traición a mi hermana que me besases, pero si no lo hubieses hecho habrías puesto en evidencia que la traidora soy yo.

Asiento para darle a entender que estoy escuchando y no tengo intención de interrumpirla.

—No he dejado de dar vueltas a mis razones, porque además no es ni mucho menos mi estilo, eso de besar a un hombre al que he conocido hace poco, ni siquiera a uno al que hace mucho que conozco. Siempre me ha costado dar el primer paso, tomar la iniciativa, creo que tengo demasiado miedo a meter la pata o a exponerme a un rechazo, pero el caso es que lo hice, precisamente contigo, el antiguo amante de mi hermana, y pienso, no sé, que lo que quería era acercarme a lo que había vivido ella secretamente los últimos años, averiguar cómo era estar en su lugar y con esa persona, qué es lo que sintió, cómo era tratada, a lo mejor porque aún no me resigno a su desaparición, y por eso hablo contigo, y la busco no sólo en lo que me cuentas sino en ti, porque al conocerte mejor puedo quizá también averiguar qué buscaba ella. O lo que la satisfacía, o qué tipo de cosas la hacían feliz. La verdad es que en los últimos tiempos no veía feliz a mi hermana y quiero suponer que contigo lo era. Aunque lo que me contase de ti no me gustara y siempre me dejara con un reproche en los labios, y a veces incluso me atreviera a decirle que debía dejarte, ya ves.

»Ya ves —repite tras una breve pausa—, pensando que tú la hacías infeliz cuando a lo mejor era todo lo demás, pero a mí no se me pasaba por la cabeza aconsejarle que dejase a Alejandro, o su trabajo o el resto de su vida, como entonces, cuando quería sacarla de su ambiente punk sin preguntarme qué es lo que buscaba allí, qué echaba tanto en falta en su vida cotidiana para querer experimentar cosas más extremas, y sólo veía el peligro en la salida y no en la situación de la que quería salir. Pero todo esto, bueno, ya te das cuenta, todo esto responde, en parte, a la pregunta de por qué te besé, pero nada más. Y lo otro que me pregunto desde esa tarde no hace falta que te lo deletree, pero no pienso irme de aquí sin saberlo, o si lo hago será porque de verdad no tengo la intención de volver a verte ni hablarte una sola vez más, ya sé, no es una gran pérdida, ¿no?, pero te lo digo para que lo sepas, lo que necesito saber antes de continuar es por qué me besaste tú a mí.

—La echo de menos —respondo de inmediato y no añado más. Me siento repentinamente cansado de esta pantomima de la que sólo puedo salir con más teatro. No tengo ganas de inventar ahora una historia que pueda hacer que Carina siga hablándome y queriendo quedar de vez en cuando conmigo—. La echo de menos —y no voy a añadir otra explicación, porque en esas cuatro palabras hay algo cierto, aunque resulte absurdo añorar a alguien a quien no se ha conocido nunca, pero me gustaría tanto que Clara estuviese con nosotros en este bar, escucharla conversar con su hermana, familiarizarme con sus gestos y con el sonido de su voz. La echo de menos como se añora una infancia feliz que no se tuvo, con esa nostalgia de lo que nunca fue, una leve intuición de cómo podría haber sido nuestra vida, de lo que no será.

Carina me toma la mano que descansa sobre la mesa, la acaricia pasando el pulgar por el dorso; no me sorprende encontrarme sus ojos húmedos. Asiente otra vez, pero no para animarme a continuar, sino porque cree entender y por eso piensa que la explicación del beso, de haberme acercado a ella, de haber querido acostarme con ella, está implícita en esas pocas palabras, ella no está pensando como yo en esa nostalgia ficticia, sino en un hombre que no se resigna a la pérdida y se aferra a lo que mejor podría reemplazarla. Una vez más, dos personas que creen compartir el significado de un silencio y, aunque se sienten cercanas, están más lejos de lo que piensan. No aclaro el malentendido porque eso sería desvelar mi impostura y, siendo como parece una mujer de principios, es decir, intolerante con la debilidad, lo más probable es que se alejase de mí, como si fuera peor no haber conocido a su hermana, pero afirmarlo, que haber sido incapaz de sacarla de su tristeza.

En la calle, ante la puerta de la cervecería, Carina me abraza como podría abrazarse a un familiar cercano. Un buen rato su cuerpo permanece pegado al mío, y yo disfruto el aire fresco de la tarde, el sonido del tráfico, el contacto de sus cabellos contra mi cara, todo en un conjunto de sensaciones que acaban por conmoverme a mí también. Pero no voy a llorar, ni siquiera tengo la necesidad. Mis emociones son siempre secas, atónitas, finitas; no conozco el sentimiento oceánico, ni tengo la impresión de fundirme nunca en el cuerpo de una mujer. Hay quien dice que durante el orgasmo nuestra conciencia parece deshacerse, y se lo llama la pequeña muerte porque es como si nos perdiésemos en algo más amplio, como si nuestra identidad se disolviera. Pero yo cuando me corro no me pierdo en ningún lugar, al contrario, me vuelvo más consciente de mí mismo, de mis límites, del placer contenido en mi cuerpo, y casi me olvido de la mujer con la que estoy. Ahora, por ejemplo, mientras abrazo a Carina, soy más yo que nunca.

Carina se separa de mí, todavía con los ojos húmedos; me pasa un dedo por los labios, no sé si para pedirme que no diga nada o es una caricia, o las dos cosas. Echa a caminar calle Alcalá arriba, con pasos más lentos de lo habitual en ella, y su cuerpo me parece por primera vez blando, incierto, el cuerpo de alguien que ya no sabe adónde va ni pretende fingirlo.

Llego a casa con la excitación de quien acaba de superar un obstáculo que lo separa de aquello que desea. Aunque no tengo ganas de comprobar el contenido del buzón y desbrozarlo de propaganda, veo que varios papeles asoman de la ranura, casi apelotonados, como si el interior estuviese lleno y alguien se hubiese esforzado en seguir introduciendo cartas o folletos publicitarios. Al abrirlo me encuentro en efecto con que un paquete, que apenas cabe en el buzón, ha quedado atravesado tapando buena parte de la ranura. No está dirigido a mí sino a una tal Alicia Ramírez, pero en el exterior del paquete no se indica piso ni letra. Me pregunto si será mi vecina, y por eso, en lugar de dejarlo en la bandeja a la que van a parar todos los envíos equivocados, examino los demás buzones buscando el nombre de la destinataria, que supongo encontraré acompañado de la indicación del piso y la puerta. No lo encuentro en el primer repaso rápido; empiezo una segunda búsqueda ahora más despacio, tomándome la molestia de leer cada cartelito. Y es entonces cuando leo un nombre en el que nunca me había fijado hasta ahora, igual que desconozco el de los demás vecinos, porque vivo en esta casa como quien habla un idioma distinto de los demás o pertenece a otra religión o, puestos a exagerar, a otro planeta. No creo siquiera que pudiese reconocerlos si me los encontrase por la calle, salvo a mi vecina y a un actor que vive en otro de los áticos cuya cara me sonaba ya de antes de venir a vivir aquí.

Samuel Queipo. Vive en el 4.º D, justo debajo de mí. En la misma tarjeta, a bolígrafo con una caligrafía tosca, irregular, como si hubiese sido escrito en una posición incómoda, sujetando el papel contra un muslo o contra la pared, de renglones torcidos, aparece también un nombre de mujer que olvido inmediatamente. Samuel, ahí lo tengo, ese hombre del que hasta ahora sé que hablaba mucho y sabía poco, que no quiso irse a vivir con Clara cuando ella se lo pidió, que, según Carina, era aprovechado y egoísta, el hombre que la dejó poco antes de que muriese estrellada contra un árbol o contra una mediana o después de dar tres o cuatro vueltas de campana, no lo sé, y ahora mismo se me hace insoportable no saber cómo murió Clara, y si tardó en morir aprisionada entre el metal, si pudo escuchar las primeras voces de quienes se acercaron a ayudarla o si llegó a ver a los bomberos y a la policía, si tuvo conciencia de que iba a morir allí mismo, de que ese dolor no iba a ser pasajero sino un anuncio del fin de todo. Y también quisiera saber si alguien llegó a tiempo de tomar una de sus manos, de consolarla con su contacto mientras Clara moría.

Subo las escaleras a pie. Llego al cuarto casi sin darme cuenta. Se me ocurre la posibilidad de llamar a su puerta y, en cuanto me abra, sin presentarme ni dar otra explicación, decirle: «Clara ha muerto, lo siento mucho». Lo imagino ahí parado, con su mujer unos pasos a sus espaldas, y él consciente de la catástrofe pero también de que tiene que fingir, quizá me pregunte: «Qué Clara, no conozco a ninguna Clara», y a mí, entonces, lo que más me gustaría decirle es: «Pero qué hijo de puta y qué cobarde eres, Samuel. Se acaba de matar tu amante». Y quizá su mujer se daría cuenta en ese momento de con qué clase de hombre está casada y sin decir palabra se iría a meter sus cosas en una maleta.

Me detengo en su descansillo. Aunque estamos en septiembre, un diminuto muñeco de nieve cuelga de una pequeña reja de metal negro, a la altura del rostro, como de una casa andaluza, carente de la menor función porque detrás de ella hay madera, no una trampilla, sino la hoja de la puerta, una puerta de color verde oscuro con molduras, idéntica a la mía, porque todo en esta casa parece ser idéntico, como lo será ese cuarto de baño en el que Clara alguna vez se dejó fotografiar, desnuda y con bata, en el fondo de una bañera y de pie frente al lavabo, confiada, quizá feliz. Yo he visto ese muñeco de nieve más de una vez, cuando subo o bajo a pie porque no me apetece esperar al ascensor, y me he preguntado cuánto tiempo lo conservarán, o si lo dejarán ahí hasta las próximas navidades, pero nunca me había preguntado quién vive en ese piso, si hombre o mujer o pareja o familia con varios niños, si jóvenes o viejos, si el muñeco es una broma o un síntoma de desidia y abandono. Y tampoco había pensado, por obvio que me parezca ahora, que debajo de mi cuarto de baño hay otro cuarto de baño idéntico, y otro un piso más abajo.

Me acerco a la puerta y escucho unos segundos, pero nada indica que en ese momento haya alguien en el apartamento, ni música, ni las voces de la televisión, ni pasos, ni conversaciones. Saco el llavero del bolsillo y clavo la punta de la llave del portal, una llave de seguridad particularmente sólida, junto al tirador de la puerta y la voy desplazando sin aflojar la presión, sacando virutas de pintura verde, en todas direcciones, arriba y abajo, en círculos, en ochos. Cualquiera podría salir de los otros pisos y descubrirme allí, arañando con la llave una puerta ajena. Hago unos pocos garabatos apresurados más, cruzando con la punta de la llave la madera de lado a lado, y subo a toda prisa los dos últimos tramos de escaleras. En casa, me pongo inmediatamente un vaso de bourbon. Tengo que reprimir las ganas de llamar a Carina para contarle lo que acabo de hacer.

Son las ocho de la mañana y el sol va consumiendo los restos de una niebla improbable en esta época del año y tan poco densa que podría pensarse que no es niebla sino que los cristales están ligeramente sucios. Anoche me quedé dormido en el cuarto de la terraza —más un invernadero que una habitación, rodeado de ventanales y con un techo de PVC—, sin desnudarme siquiera, derrumbado sobre el sofá cama en el que suelo dormir cuando hace buen tiempo, para despertarme con la luz del amanecer y los chillidos de los vencejos. Me cuesta despejarme, como le cuesta al día, y dormito aún un rato antes de decidirme a salir de la cama. Tendría que darme mucha prisa para llegar puntual a la oficina, pero si vamos a vender poco importa que yo cumpla o no con mi trabajo. Así que me tomo todo el tiempo para ducharme, vestirme, hacerme un café. Como tengo la cabeza en otro sitio y ni siquiera la ducha me ha despejado del todo, dejo hervir la leche hasta que se sale. Limpio los restos quemados que quedan sobre la placa y aprovecho para recoger la encimera, sobre la que se han ido acumulando platos sucios con restos de comida, pan duro, algunas mondas de fruta, trozos de corteza de queso. Hace dos noches que no saco la basura, así que la bolsa está tan llena que amenaza ya con desbordarse. La extraigo del cubo y no me molesto en cerrarla.

Bajo a pie, con un maletín en una mano y la bolsa en la otra. Me detengo delante del 4.º D y, estirando el brazo para que nada caiga sobre mis zapatos, vacío la bolsa sobre el felpudo que dice WELCOME y que muestra un gato dormido de color verde, una imagen que se me antoja poco adecuada para un felpudo. Aunque casi todos los residuos que se van amontonando en el suelo son blandos —papeles grasientos, restos de verduras, posos de café—, del fondo de la bolsa sale una lata que debería haber estado en el cubo de los envases, rebota sobre el felpudo, después contra la puerta y acaba rodando por el suelo. Enseguida oigo pasos apresurados aproximándose por el pasillo al otro lado de la puerta. No reacciono hasta que alguien empieza a girar la llave en el interior. La puerta se abre cuando resuenan ya mis zapatazos sobre los escalones, que bajo de tres en tres; el estruendo de mi descenso contrasta con un silencio allá arriba que supongo de perplejidad. Pero quien ha abierto no tarda mucho en asociar la basura desparramada con los pasos ruidosos de esa persona que desciende a la carrera y echa también a correr, yo sé que inútilmente porque la caja del ascensor impedirá que pueda verme incluso aunque nos separe menos de un piso, y grita: «¡Cabrón!, pero será cerdo el tío» —¿por qué imagina que soy un hombre, porque no oye un repiqueteo de tacones, por el ruido que hacen mis suelas al estrellarse contra los escalones, porque una mujer no baja las escaleras a grandes saltos?—, «¡sinvergüenza!», grita, y se detiene. La mujer de Samuel, irritada e impotente, ni siquiera puede correr a la ventana para ver al que huye pues, igual que las mías, sus ventanas dan al patio.

Así que, ya en la calle, aminoro el paso y decido ir caminando hasta Atocha para coger el cercanías; media hora de paseo para bajar la adrenalina y porque me desagrada la idea de meterme directamente en el metro y sentir a la gente pegada a mí cuando ahora mismo mi cuerpo lo que necesita es espacio, aire, como si su volumen hubiese crecido en los últimos minutos y abarcara mucho más allá de lo que se ve.

Al llegar al trabajo me encuentro en el recibidor con José Manuel y uno de los kosovares, en efecto alto y musculoso como lo había descrito Genoveva, sentada ahora ante su mesa fingiendo no escuchar su conversación. El hombre es tan grande que si tomase a José Manuel por el cogote parecería que estuviera manipulando una marioneta. Con una calva blanquecina sobre la cabezota casi esférica, lleva un traje gris por debajo de la cazadora de cuero negro y aunque sin duda se trata de ropas caras ofrece el aspecto de quien en un reparto se ha quedado con prendas destinadas a alguien mucho más pequeño. Los tres se vuelven hacia mí y aguardan a que llegue junto a ellos. José Manuel me presenta, también me dice el nombre impronunciable de su interlocutor. El hombre tiende una inmensa mano de boxeador en la que la mía se pierde hasta desaparecer. No me estruja los dedos como temo, sino que los empuña con el cuidado que emplearía un gigante al sacar a su canario de la jaula. Me dedica una sonrisa afectuosa, impensable bajo esa nariz rota y esos ojos minúsculos y demasiado juntos. Se alegra de conocerme y espera que nuestro negocio sea beneficioso para todos, y lo dice con un brillo ilusionado en la mirada, que, si no es sincera, podría convencer al más incrédulo. «Yo también», respondo fascinado por su estampa de matón convertido a alguna religión mesiánica, y lo imagino en la cárcel acudiendo a oficios religiosos en los que asesinos y atracadores se toman de la mano y elevan la vista al cielo pronunciando jaculatorias o frases de arrepentimiento y de amor universal.

El encuentro no es una presentación sino una despedida. El kosovar se marcha después de repetir que se alegra y que todo irá bien, que estemos seguros, lo que enseguida me hace pensar en esos médicos de las películas que dicen «todo irá bien, lo prometo», al paciente que está muriendo de cáncer.

Creo que es la primera ocasión desde que trabajamos juntos, hace ya más de diez años, que Genoveva, José Manuel y yo nos ponemos a reír a la vez. Soltamos los tres una carcajada y nos contagiamos mutuamente, de forma que cuando uno está a punto de recuperar la calma, mira a los otros dos y vuelve a reír. La secretaria se quita las gafas para poder enjugarse las lágrimas, José Manuel se dobla sobre mí mismo y yo tengo que apoyar una mano en la pared para mantener el equilibrio.

—¿A quién me recuerda?

José Manuel niega con la cabeza aún riéndose, y la secretaria responde:

—A uno de los Golfos Apandadores. Esos del Pato Donald... Ay —dice—, ay —y se lleva una mano al esternón como si le faltase el aire.

—Toni Soprano, pero en versión Europa del Este —dice José Manuel, pero yo pienso más bien en alguno de esos esbirros de película de James Bond, de dimensiones tan disparatadas que inducen más a la risa que al temor.

—¿Qué quería otra vez? ¿Se olvidó el sombrero en tu oficina?

—Pues la verdad es que no lo sé.

—No me cuentes historias.

—Te juro que no; ha venido sin avisar, me ha saludado, me ha preguntado qué tal estaba y hemos hablado de tonterías, hasta que ha dicho que tenía que irse. Y le he acompañado a la puerta.

—Una visita de cortesía.

—Yo qué sé. Un poco sí que asusta. Oye, vaya horas de venir a trabajar.

—Es que ya me siento como un rentista. A lo mejor le cojo el gusto.

Suena mi móvil.

—Sí. Ah, Carina. Sí, claro, como quedamos, a las ocho. Eso, allí te espero. Un beso.

Estoy seguro de que José Manuel quisiera preguntar algo; si se atreviese incluso haría un comentario jocoso («apenas has enterrado a una...»). Aguardo a ver si se anima, pero no. También Genoveva parece esperar una explicación.

—Era mi tía —digo, mientras me alejo de su curiosidad muda.

En lugar de dirigirme a la oficina bajo al almacén. Observo un rato la descarga de un camión de ladrillos. A veces echo de menos los tiempos en los que no todo estaba tan automatizado. Ahora la grúa del camión descarga los palés con los ladrillos perfectamente apilados. Antes los camiones hacían bascular el volquete y dejaban escurrirse al suelo los ladrillos, con un estruendo que hacía vibrar los dientes, en medio de una nube de polvo rojizo. Luego había que irlos apilando en hileras, y olía a arcilla, a sudor, a los cigarrillos que fumaban en las pausas los obreros. Me desagrada que todo se automatice, que la gente no sude, no tenga ampollas en los dedos por el roce áspero de los ladrillos, no se haga pequeñas heridas ni moratones. Me desagrada vivir en un mundo de mirones como yo, aquí parado, todos parados mientras la máquina realiza su labor.

De pronto me doy cuenta de que el encargado se ha detenido a mis espaldas, también a contemplar la descarga. Cuando concluye, saca un paquete de cigarrillos del bolsillo de la camisa y me ofrece uno. Nunca fumo a estas horas de la mañana, pero el ofrecimiento es tan infrecuente que acepto. Enciende su cigarrillo y me pasa el mechero. Fumamos aún atentos a las actividades alrededor del camión, hasta que maniobra y sale del almacén.

—La gente está preocupada —dice.

—Con razón.

—Y tú estás de acuerdo con la venta.

—La verdad es que me da un poco igual.

—Porque te vas con el riñón cubierto.

No muestra particular animosidad. Lo constata, delimita con profesionalidad el campo de batalla.

—Para vosotros no tiene por qué cambiar nada. La empresa no cierra, se vende.

—Eso mismo me dijeron en la que estaba antes, una cementera de ahí de Vicálvaro.

—¿Y?

—No estoy aquí por el sueldo de puta madre que pagáis.

—Te echaron.

Con un movimiento del índice proyecta la colilla sin apagar a varios metros de distancia.

—La gente dice que no eres mal tío.

—¿Y eso qué significa?

—Y yo digo que no vas a poner la cara por nadie. Mirarás por tu interés. Ya está. O sea, que lo que yo digo es que eres como todos.

—Como tú, entonces.

Saca otra vez el paquete, pero ahora no me ofrece. Al ponerse el cigarrillo en la boca no sé si está sonriendo o sujetando la boquilla entre los dientes. Lo enciende y le da dos o tres caladas.

—Sí, tú y yo somos iguales. Pero yo tengo más mala hostia.

Y se va, haciendo oscilar su cuerpo pesado sobre dos piernas que parecen demasiado delgadas para sostenerlo. Su marcha resalta el hecho de que estoy parado en medio de la nave, ocioso. Me encamino a la oficina con decisión, como si tuviera algo urgente que resolver después de inspeccionar la descarga de los ladrillos. No estoy seguro de si acabo de recibir una amenaza.

Por la tarde, cuando regreso a casa, saco del maletín una bolsa de plástico con cemento que he cogido en el almacén. Con cuidado, voy vertiendo el polvo en la ranura del buzón de Samuel. Primero había pensado mezclarlo con agua para que se encontrase un sólido bloque al abrir el buzón, pero, no sé por qué, me gusta más la idea de que el polvo se desparrame por el suelo y encima de sus zapatos cuando abra la portezuela. Soplo alrededor para dispersar los restos del cemento y subo a casa, a pie, intentando imaginar alguna otra acción cuando llegue al cuarto, pero entonces oigo que se abre una puerta en el quinto, después unos pocos pasos de mujer y el zumbido del ascensor, al que sin duda acaba de llamar. Yo continúo subiendo la escalera preguntándome a quién me voy a encontrar, pero oigo nuevamente los pasos, esta vez apresurados, y una puerta abrirse y cerrarse. El ascensor llega al rellano al mismo tiempo que yo. Nadie sale, lo que me confirma que había sido la mujer la que lo había llamado. Entonces veo la sombra de los pies de mi vecina moverse en la ranura inferior de su puerta. Seguramente está espiándome por la mirilla. Venzo la tentación de mirar hacia donde se encuentra, quizá asustada, quizá conteniendo la respiración, quizá consciente de que en ese momento acabo de entender que ha corrido a esconderse de mí. Entro en casa. No sé por qué en este preciso momento me invade el desánimo. Hoy sí me gustaría que funcionase el televisor.

Llego a casa con Carina; he ido a recogerla a la parada del metro. En los escalones del portal hay sentados dos chinos. Casi siempre los encuentro delante de sus tiendas de ropa al por mayor que han invadido mi calle o, para ser preciso, que ya la habían invadido antes de que yo la considerase mi calle, fumando, hablando de tienda a tienda, escupiendo, y no sé, cada vez que los veo, si los he visto ya o son otros. Tampoco sé si los que están sentados en los escalones estaban allí sentados ayer y anteayer o son sus primos o sus hermanos. Al principio no los saludaba, me parecían provenir de un mundo ajeno con el que cualquier intento de comunicación sería imposible. Además, ninguno me miraba nunca a la cara ni sonreía o hacía un amago de saludo; en todo caso, si me estorbaban para entrar se corrían unos centímetros sin interrumpir su conversación y sin indicar de otra manera que se daban cuenta de mi presencia. Hasta que un día hice la prueba y dije «hola». Y desde entonces nos saludamos con esa palabra, que yo intento pronunciar como lo hacen ellos, en un tono ligeramente más agudo de lo que sería el mío, hola, hola, hola, ni una palabra más, y a mí me parece bien, como cuando decimos «ajá» por teléfono para que el otro sepa que seguimos ahí mientras monologa. «Hola», les digo, y los dos responden al unísono. Entro con Carina en el pasillo; el buzón de Samuel está abierto, con un montoncito de polvo de cemento sobre la portezuela abatible; también hay polvo desparramado en el suelo. Abro mi buzón sin hacer ningún comentario; tampoco Carina dice nada aunque se queda mirando el de Samuel; se adelanta a llamar al ascensor.

Cuando voy a cerrar la puerta del ascensor a mis espaldas se oyen pasos apresurados.

—¡Un momento!

Carina y yo tenemos que apretarnos hacia uno de los lados porque aunque en un pequeño cartel de metal dice «3 personas, 250 kilos», es difícil acoplar en su interior más de dos que no hayan alcanzado cierto grado de intimidad. Me giro noventa grados porque creo que así cabremos mejor los tres, de forma que Carina queda a mi lado, y encuentro ante mí la cara de un desconocido. Nos saludamos con un gesto de cabeza.

—¿A qué piso vais?

—Quinto.

Pulsa los botones del cuarto y del quinto y se gira hacia Carina por primera vez. Como es lógico, enseguida me asalta la sospecha. Y me lo confirma la expresión perpleja, inquieta, que se le pone al mirar a Carina. Hay algo, claro que sí, Samuel, algo en esa chica que te resulta conocido. Y por eso, aunque lo intentas, aunque procuras no ser demasiado indiscreto, tienes que girarte una y otra vez, tan sólo un poco, como si estuvieses mirando para otro sitio, pero en realidad es su cara la que estudias. ¿De qué te suena, Samuel? ¿Vas a caer en la cuenta de un momento a otro? ¿Estás viendo un fantasma encarnado en una desconocida? Yo, por mi lado, examino a Samuel. Vaqueros muy gastados, una camisa caqui de manga larga, como de saldos del Ejército; un reloj demasiado aparatoso. Tiene un cutis de poros anchos y profundos, una piel que parece densa como una loncha de tocino; alcohol y cigarrillos, y no es sólo una suposición sino que el olfato me ayuda a llegar a esa conclusión, aunque no veo ni en sus dedos ni en sus dientes manchas de nicotina. Y, por cierto, podrías lavarte un poco más el pelo, porque no basta con recogerlo en una cola de caballo para que parezca aseado. Carraspea, rebusca en sus bolsillos las llaves de casa cuando estamos llegando al cuarto. No, no va a poder evitarlo, pero yo quiero que lo evite, así que cuando se gira una vez más y veo que va a abrir la boca le digo cortante:

—Hasta luego.

Y él se arrepiente, no le dirige la palabra a Carina. ¿Qué le ibas a preguntar, idiota? «Oye, ¿no nos conocemos?»

Nada más entrar en el apartamento, pongo música, pero ella me pide con un gesto que la quite. No tiene hambre, no quiere beber nada. Señala la puerta del cuarto de baño y dice:

—Venga, cuéntame.

Su tono no es severo ni exigente. Me pregunto qué pasa por su cabeza. Parece tensa, como si estuviese a punto de escuchar un secreto particularmente importante para su vida y no quisiera distracciones ni retrasos, quiere oírla ahora, mi historia, la explicación de por qué su hermana prefería que no supiese ciertas cosas. Quizá siente celos de mi intimidad con ella, que podría ser mayor de lo que había supuesto. No soy sólo un polvo de fin de semana, el consuelo de una vida demasiado monótona, sino alguien a quien Clara contaba confidencias, le detallaba las difíciles relaciones con la hermana mayor, y cómo, a su edad, seguía preocupada por las reacciones y opiniones de ésta. De pronto Carina ve en mí al conocedor de un secreto, que puede contarle por qué, en su propia vida, algunas cosas se han derrumbado, no llegaron nunca a ser lo que pudieran haber sido. Yo, el guardián de los secretos, puedo decirle a Carina cómo era vista por alguien que la conocía mejor que ningún otro. Carina no quiere que le hable de su hermana, sino de sí misma.

Yo sí me pongo una cerveza. No me he tomado la molestia de pensar la historia que voy a contar, por esa pereza que siempre me ha llevado a estudiar sólo dos o tres días antes de los exámenes, preparar los presupuestos en el último minuto, no llamar al fontanero hasta que el riesgo de inundación es inminente. No he preparado nada y me maldigo mientras vierto la cerveza en un vaso, pero al mismo tiempo siento una hermosa excitación, la del actor que va a salir a escena a improvisar un monólogo del que depende su futuro artístico. Sonrío para mí, y aún sonrío cuando salgo de la cocina, con el vaso en la mano, e indico a Carina que me siga a la terraza. Ella está seria, concentrada, casi diría que temerosa. Nos sentamos en sendas tumbonas de plástico. La tarde es tranquila, aunque demasiado fresca. Se oye más ruido de tráfico de lo habitual y los vencejos dibujan arabescos en un cielo como de costumbre atravesado por las estelas de vapor trazadas por los aviones, que a esta hora, cuando el sol ya ha desaparecido de la vista pero aún reverbera en el horizonte, brillan como si estuviesen hechas de algún material fosforescente.

Dejo de contemplar el cielo.

—¿Lista?

—Hace rato.

Y aunque el cuerpo me vibra como a veces lo hacen los cables de alta tensión o las antenas, empiezo a hablar con una voz tan segura que me sorprende, una voz clara, convencida, sincera.

Clara, según Samuel

—A Clara le importaba mucho tu opinión, lo que pensases de ella. Te confieso que se me hacía raro que una mujer al parecer tan independiente concediese tanto valor a la opinión de su hermana.

—Pues le recomendé que te dejase y no me hizo ni caso.

—No, no te hizo caso como no te lo hizo en tantas cosas, pero no hacértelo, esto lo pienso ahora, después de lo que me contaste sobre ella, no era una forma de ignorar tus opiniones, sino de tenerlas en cuenta, ¿me entiendes? No, no me entiendes. A ella le importaba lo que pensases y le daba rabia que fuese así; le parecía que debía ser más madura, tomar sola sus decisiones, y por eso, aunque procuraba averiguar si te parecía bien o no cómo actuaba, a veces se imponía hacer justo lo contrario de lo que tú habrías hecho en su lugar, precisamente porque se sentía demasiado dependiente de ti.

»Ahora veo que ya cuando era una adolescente debía de sentir, sin saberlo, algo parecido. A mí nunca me contó que se hubiese ido de casa tan joven ni que hubiese tonteado con las drogas. Sí me dio a entender que había cometido algunas locuras, es la palabra que empleó, y que alguna podría haberle costado muy cara. De ti hablaba con ternura, con admiración, con impaciencia, como de alguien que nos parece tan perfecto que produce cierta irritación; se le quiere pero también se desearía que fuese algo más débil, porque sólo así podríamos acercarnos a él.

Carina cambia de postura, frunce el ceño, va a decir algo. Parece irritada por esa versión simplista de ella misma; la gente que nos admira nos pone incómodos porque no reconoce nuestras debilidades; admirarnos es una manera de negar lo que en realidad somos.

—Es verdad que no veníamos nunca aquí. Nos encontrábamos en hoteles; cogíamos una habitación, la usábamos por el día, y después ella se volvía a su casa. Lo habitual era que luego yo me quedase en el hotel unas horas; incluso en alguna ocasión pasé la noche en esa habitación en la que tu hermana y yo habíamos hecho el amor; mi mujer estaba no sé si acostumbrada, pero sí resignada a que a veces no regresara a dormir a casa. La llamaba para avisarla, y le decía que me quedaba a dormir en un hotel. «¿Solo?», me preguntaba siempre. «Sí, solo», le respondía. Una vez se empeñó en venir al hotel en el que me encontraba y pasar la noche conmigo: «Como si fuese tu amante», me dijo. Fue una noche muy intensa, en la que de verdad nos encontramos como amantes y no como el matrimonio que somos desde hace doce años. Éramos. Aunque no quería hablarte de esto; además, si sigo por ese camino vas a confirmar tu opinión de que soy un miserable. Pero las cosas no son tan sencillas, los sentimientos no se separan uno de otro con facilidad, y a veces los afectos y los deseos se mezclan.

»Clara no quería venir a mi casa, aunque mi mujer estuviese de viaje; no le parecía bien; decía que ya le estaba quitando el marido y no quería ocupar también su espacio, ese lugar de intimidad que no nos gustaría imaginar tomado por otro, porque entonces nuestras fantasías, a las que antes quizá les faltaba el contexto para ser nítidas —una habitación de hotel no es una imagen, sino que puede ser muchas distintas—, de pronto se concretan, y vemos a nuestra pareja haciendo lo que hace con nosotros, en ese mismo lugar, y entonces la presencia del tercero se vuelve insoportable, porque no se añade a nosotros, sino que nos suplanta. Yo, si te digo la verdad, no quería que viniese porque me daba miedo que Clara dejase alguna huella: cabellos, su olor, un pañuelo, cualquier cosa que se le cayera del bolso. Así que estábamos de acuerdo y nunca discutimos; a veces pagaba yo el hotel, a veces Clara. No era una mujer tacaña, tu hermana, pero bueno, eso ya lo sabes.

Sin que Carina se dé cuenta, porque tiene la cabeza gacha, como si fuese ella la que está confesando algo de lo que se avergüenza o debería avergonzarse, la observo en busca de algún cambio en su expresión, el posible desacuerdo con el juicio que acabo de emitir sobre el carácter de su hermana. Pero se mantiene en esa postura a la vez concentrada y tensa, así que continúo.

—Mi mujer tuvo que ausentarse una semana, no hace ni dos meses, poco antes de que tu hermana me pidiera que nos fuésemos a vivir juntos y yo le dijese que no; mi mujer es profesora en la UNED, y no es infrecuente que la envíen a supervisar los exámenes que se hacen en los centros de provincias y, a veces, si le gusta el lugar al que la envían, se queda un fin de semana para aprovechar; esa vez el destino era Tenerife, y decidió volar el viernes de la semana anterior y no regresar hasta el domingo de la siguiente. Coincidió que Alejandro también estaba fuera, no recuerdo por qué —la verdad es que ni siquiera recuerdo en qué trabaja Alejandro.

—No me creo que no recuerdes eso.

—La memoria no es mi punto fuerte.

—Tiene tiendas de muebles.

—Sí, es verdad. Tiendas de muebles.

—Si te hubiese dicho que es dueño de un concesionario de coches también habrías dicho «sí, es verdad».

—No, no me habría sonado.

—A veces dices cosas muy raras, como si no hubieses estado ahí. Como si no te hubieses enterado de nada.

—Tu hermana pensaba lo mismo. Que vivo en una burbuja turbia: que veo los bultos grandes y los detalles ni los percibo. Pero a lo mejor se me ha olvidado porque no me pegaba que Clara estuviese casada con el propietario de una tienda; la imaginaba más como mujer de arquitecto, o de abogado, o de catedrático de algo.

—Más razón para acordarte.

—Lo que tú digas. Alejandro tenía que hacer un viaje que coincidía, día más día menos, con la ausencia de mi mujer. Clara me propuso que nos tomásemos vacaciones y pasásemos juntos esos días. Hablamos de ir a la playa, a un apartamento de una amiga suya...

—Pilar, supongo, en Blanes.

—En Blanes, eso es, ahora que lo dices creo que era Blanes, ¿ves? Si me ayudas me acuerdo de las cosas, más o menos; la Costa Brava sí era, desde luego. Pero no era posible. Yo no podía regresar a casa bronceado; de hecho, no podía estar fuera de casa varios días y que mi mujer llamase y me dejase mensajes y yo no respondiese... Mi mujer, cuando viajaba, me llamaba todas las noches, siempre ha necesitado mantener ese contacto cuando estamos separados, como para cerciorarse, no de que estoy en casa, sino de que nuestra separación no es tal y continuamos charlando como si no estuviésemos a cientos de kilómetros de distancia. La verdad es que no acabo de creerme que mi mujer me haya dejado, nunca pensé que fuese capaz de estar sola.

—A lo mejor no lo está.

—¿Cómo?

—Que a lo mejor está con otro hombre.

—No, no te lo dije la otra vez que hablamos de ello, pero la verdad es que me dejó porque descubrió la historia con tu hermana.

—O aprovechó la circunstancia para hacer lo que quería y no se había atrevido.

—No conocías a mi mujer.

—Quizá tú tampoco. A lo mejor te llamaba cuando estaba de viaje para asegurarse de dónde estabas, quizá también para evitar que la llamases tú en un momento inoportuno. O para quitarse la mala conciencia, la gente se comporta de maneras que no siempre entendemos, las interpretamos como nos conviene...

Me molesta, aunque resulte ridículo y además yo pueda pensar cosas parecidas, me molesta que piense que mi mujer llevaba tiempo engañándome y me molesta sobre todo que lo diga con ese aire de desafío, como si levantando sospechas sobre mi matrimonio se vengase de alguna ofensa. Qué sabe ella de la mujer que yo tendría, de nuestra relación, si me engañaría o no. Tampoco sabe nada de mí. Ahora se ha enderezado en la tumbona y vuelve a tener ese gesto que no soporto porque me hace sentirme como si estuviese a punto de suspender un examen, la mandíbula apretada, los ojos mirándome de frente, retándome, ¿quién se cree que es?, está en mi casa, en mi terraza, le estoy contando la historia de su hermana, eso que ella desea saber, le estoy ayudando a descubrir cómo era de verdad su relación con Clara, pero ella olvida todo eso para reavivar una rencilla que debe de tener con el mundo, y que espera que yo asuma como mía.

—Da igual. No voy a discutir contigo algo que además ya no tiene importancia. Quería hablarte de tu hermana. ¿Sigo? —Carina deja escapar aire por la nariz, con lo que hace evidente que en ese momento en el que se había envarado, levantado la cabeza, asumido la posición de combate, había dejado de respirar—. Así que le propuse que pasásemos la semana en mi casa, aquí, y le hablé de la terraza, de noches tumbados bajo las estrellas, sobre colchonetas, y que sería como estar de vacaciones, yo me ocuparía de todo, cocinaría para ella, y por el día abriría el toldo, le llevaría cervezas y daiquiris, como si estuviese al borde de una piscina. Fue más fácil convencerla de lo que había pensado.

»Me acuerdo de que entró en el piso como quien teme que le hayan tendido una trampa. Era rara, tu hermana, a veces. Te juro que no siempre entendía sus reacciones, tan descarada, tan atrevida, con ese lado vertiginoso, que te hacía pensar que si te sujetabas a ella te iba a arrastrar en una caída interminable, pero luego con esa timidez que a veces me hacía sonreír, sentirme un poco, de verdad, un poco superior, como si fuese yo el hombre experimentado que la lleva de la mano a lugares desconocidos. Me entiendes, ¿verdad?

Carina asiente con la cabeza; se ha recostado en la tumbona de plástico y no estoy seguro de si de verdad me está escuchando o si piensa en otras cosas mientras contempla un cielo que está virando al añil; los vencejos ya no están. Cielo limpio, silencioso, barrido a veces por ráfagas de aire que sin embargo no empujan ninguna nube.

—Se sentó en el sofá de abajo, con esa manera que tenía de juntar las rodillas y separar mucho los pies, apoyando los codos sobre los muslos y la barbilla sobre las manos. Yo estaba un poco inquieto porque temía que no se encontrase a gusto y se nos echara a perder nuestra semana de vacaciones, que yo había imaginado despreocupada, alegre, golfa, los dos en una burbuja, a salvo de preocupaciones y malos augurios. «¿Quieres ver la terraza?», le pregunté. Ella miró hacia arriba sin cambiar la postura de la cabeza, aún apoyada sobre las manos, tan sólo girando los ojos hacia la escalera de metal que acabas de subir. «¿No quieres? De verdad que se está muy bien.» Entonces se levantó de repente, se vino hacia mí y, empujándome una y otra vez el pecho (yo no estaba muy seguro de si aquello eran bromas o veras, si estaba provocándome o si me agredía para liberarse de alguna rabia), así, un empujón tras otro, obligándome a dar un paso atrás con cada uno, me fue obligando a adentrarme de espaldas en el pasillo, en el dormitorio, a caer en la cama, y luego fue ella quien cayó sobre mí.

—Prefiero que no me cuentes vuestras actividades sexuales.

—No pensaba hacerlo. Está todo dicho. Clara volvió a recuperar ese papel, cómo decirlo, oscuro y luminoso a un tiempo, en el que se vuelve alegremente voraz, ¿me explico?, o sea, que tiene algo agresivo, no sé si decir siniestro, pero que luego se revela como una alegría de vivir que lo alumbra. Vaya, me estoy poniendo poético.

—Mejor que si te pones obsceno.

—Te he dicho que no pensaba... Oye, no sé para qué coño te estoy contando todo esto. Me has preguntado tú.

—Vale.

—¿Vale?

—Que sí, que vale. Sigue. Haz el favor.

—Como decía, no te voy a dar detalles. Lo pasamos bien. Has visto las fotos. Disfruté mucho esa intimidad con tu hermana, desayunar juntos, cepillarnos los dientes juntos, tomar el sol con su mano apoyada en mi antebrazo, cocinar juntos...

—Mi hermana no sabía cocinar.

—Yo sí.

—Ni le gustaba.

—Conmigo sí. ¿Algo más?

—Perdona.

—Ducharnos juntos. Las fotos que deberían ser testigos, cuando todo hubiera acabado, de una semana en la que nos quisimos o al menos comprobamos que podríamos querernos. Las fotos que tú conoces y que yo dejé como un idiota en la cámara y que mi mujer encontraría un mes más tarde. Uno nunca sabe por qué hace las cosas, por qué no las borré después de haber enviado las copias a tu hermana, por qué decidí dejarlo para luego a sabiendas, y recuerdo perfectamente que lo pensé, del riesgo que corría de ser descubierto.

»Pero eso fue después de que acabara aquella semana perfecta. Se acabó; llegó el sábado; tenía que limpiar la casa, tirar los cascos de las botellas que habíamos acumulado, eliminar posibles indicios, cabellos, horquillas quizá caídas por el suelo, lavar sábanas, inspeccionar armarios. Nos despedimos ahí, en la puerta del apartamento porque Clara no quiso que la acompañase a buscar un taxi. "No, mejor así", dijo, "de una vez". Y también dijo: "Por favor, no se lo cuentes a nadie".

»—¿Que he estado contigo?

»—No, que he estado contigo aquí, en tu casa. No debería haberlo hecho, como tantas cosas.

»—¿Y a quién se lo voy a contar? ¿Piensas que voy a presumir de mis conquistas en el trabajo?

»—Digo que no se lo cuentes a nadie nunca, no ahora ni las próximas semanas, que no cuentes que me he metido en esta casa, que he sido tan mezquina.

»—¿Y qué más da dónde?

»—Claro que da, idiota. Me imagino que se entera mi hermana y me muero de vergüenza.

»—Ni siquiera sé qué aspecto tiene tu hermana. ¿No tendrás una foto suya?

»—Da igual, y no, no tengo una foto. Te digo que estoy hablando de dentro de meses, de años. Si la conoces un día.

»—Pero ¿a quién coño le importa si has estado en mi casa, en mi cama?

»—En la cama de tu mujer.

»—Y mía.

»—De tu mujer. Y te estoy pidiendo que no se lo cuentes a mi hermana.

»—También podrías pedirme que no se lo cuente a Barack Obama o a Jennifer López.

»—¿De verdad quieres joder la despedida?

»Tenía un aspecto triste en ese momento, tu hermana. Triste como si hubiese cometido un acto irremediable que la perseguiría para siempre. Como cuando hemos dejado pasar una de esas oportunidades que de haberla aprovechado nos habría reconciliado con nosotros mismos. Triste como yo lo estoy por haber dicho a tu hermana que no quería irme con ella y saber que ya no podré hacerlo, que ya no podré ser el hombre que habría vivido con Clara, que se habría enamorado, quizá que habría acabado peleándose con ella, o huyendo de su lado oscuro, yo qué sé, ese hombre que ya no podrá existir en ningún sitio y al que me habría gustado conocer, preguntarle cómo está, si ha conseguido ser feliz.

—¿Y se lo prometiste?

—Qué.

—Que no me lo contarías.

—No me acuerdo. Creo que no. O confusamente. La petición me parecía una estupidez. Y sólo volví a pensar en ella cuando te conocí, entonces recordé la escena y fui consciente de que tenía que guardarle el secreto. ¿Dónde encontraste las fotos?

—Qué más da.

Carina se levanta de la tumbona. Se abraza a sí misma. Imagino su cerebro intentando recomponer las piezas del rompecabezas, readaptando la imagen que tenía de su hermana a las nuevas informaciones.

—Aquello es el edificio de Telefónica, ¿no? —dice, señalando hacia el norte, por lo que imagino que tiene razón y asiento—. Y aquello Navacerrada. No lo entiendo.

—¿Por qué? Claro que es Navacerrada.

—No entiendo que mi hermana quisiera guardar ese secreto tonto. No te creo. Cuando me dijo que estaba saliendo contigo, más bien, que estaba teniendo una aventura con un hombre que también estaba casado, no la critiqué ni le puse la menor objeción. Ella ya no era la niña que yo había querido proteger de una vida de yonqui, ni yo era ya una mujer tan segura de lo que es bueno y lo que es malo. Clara sabía que no me iban muy bien las cosas, que yo, que parecía controlarlo todo, estaba perdiendo el control.

—Ajá.

—Samuel, ajá no basta. Dime algo.

—No sé qué decir. Te escucho. Tomo nota. No sé dar consejos.

—No te estoy pidiendo consejo.

—Tu hermana te admiraba. ¿Es eso lo que querías oír? Y le daba rabia hacerlo, porque al mismo tiempo le parecía que eras tú la que estaba desperdiciando su vida. Por cierto, ¿de verdad eres osteópata?

—Tengo el título, pero nunca he ejercido. En realidad soy gerente de una clínica.

—A ella tampoco le gustaban tus trajes de chaqueta.

—Ni mis zapatos de tacón tan alto, ya lo sé.

—Ni esos pendientes de perla.

—Vale, no sigas.

—Creo que admiraba tu seriedad, pero al mismo tiempo le parecías una prolongación de la autoridad de tus padres. No hace falta que lo explique más, ¿no? Y seguramente le molestó que le recomendases dejarme.

—Ya. En realidad, casi nunca hablamos de su aventura. Me contó de tu existencia, y al principio se la veía feliz. Luego empezó a preocuparme, porque andaba como ida, tristona, pero tampoco tuvimos mucho tiempo de sincerarnos, ni sé si lo habríamos hecho de haberlo tenido. Nos veíamos en las fiestas familiares, poco más. Y sólo cuando me dijo que te había propuesto que vivieseis juntos, recuperé mi papel de hermana mayor. Que no sé por qué lo hice; ¿quién soy yo para darle consejos a nadie sobre cómo ser feliz? Vivo sola, tengo un trabajo que me quita demasiadas horas y me da pocas satisfacciones, ni me acuerdo de la última vez que salir con un chico me pareció que merecía la pena; me están saliendo arrugas; me como las uñas.

—No me había dado cuenta.

—¿De cuál de las cosas que te he dicho?

Tiende las manos hacia mí, con el dorso hacia arriba. Es verdad: lleva las uñas tan cortas que el final del dedo aparece desnudo y abulta un poco por encima de la superficie de la uña. Quizá las lleva sin pintar para no atraer las miradas hacia ellas.

—A veces aconsejamos a los demás que hagan justo aquello que hemos hecho nosotros y nos ha vuelto desgraciados.

—Te ha quedado muy bien. ¿De quién es la frase?

—Creo que mía. Pero no estoy seguro.

—Un poco dura, dadas las circunstancias.

—Las circunstancias son una mierda.

—¿Sabes lo que encontré el otro día en un cajón? Una caja de píldoras anticonceptivas. Ni la había abierto. Y ¿sabes lo que encontré unos días antes? La tarjeta de embarque del último viaje de vacaciones que he hecho. Han pasado tres años. No creas que aspiro a mucho. A estar con alguien, hombre, mujer o perro, sentir que las cosas que me pasan no me pasan a mí sola.

—Un perro no sería complicado.

—Vale, tacha el perro. O al menos estar sola por decisión propia.

Me levanto sin pensarlo y voy hacia ella. Ya se han encendido todas las luces alrededor y el perfil de las montañas se ha fundido con la noche.

—Pero no lo has decidido aún.

Sacude la cabeza muy seria, toda ojos y ceño fruncido, toda pesar y dientes apretados. La abrazo. Su cuerpo se tensa ligeramente y estoy seguro de que me va a rechazar, pero poco a poco se ablanda, se abandona y olvida, me acepta al menos para apoyarse y descansar unos segundos en los que ella mira al sur y yo al norte, pero tengo la impresión de que estamos viendo lo mismo.

Voy a la oficina después de tres días sin aparecer por allí. José Manuel ha dejado de hablarme. Cuando me dirijo a él abandona lo que está haciendo y se marcha a otro lugar. La secretaria sí me habla, y cuando lo hace pone un gesto elocuente de madre dolida por la ingratitud de su hijo. Sin que le pregunte, Genoveva me explica que la transacción está muy avanzada; lo dice así, «la transacción», y suena a negocio clandestino sobre el que es necesario conversar en voz baja. Algún día José Manuel me reprochará haberlo dejado solo y que tuvo que tomar las decisiones sin consultarme, pero le estoy haciendo un favor al desaparecer.

La secretaria me revela que no ha habido otro remedio que adelgazar la empresa porque los compradores no querían heredar un pasivo desproporcionado; no sé de dónde saca esas expresiones, si es lo que le dice José Manuel o lo inventa ella añadiendo palabras que lee en la prensa. Hoy no quiero bajar al almacén y encontrarme con el encargado, tampoco con los otros empleados. No sé cuántos de ellos habrán sido despedidos para satisfacer a los kosovares. Me encierro en mi despacho.

Si se escribe «Clara Álvarez» en el buscador de Google salen treinta y tres mil doscientos resultados; no es tanto, si se piensa que el nombre y el apellido son bastante corrientes. Hay mujeres con ese nombre desde Canadá a Chile, y en España. En Google Imágenes veo chicas rubias y morenas, en bikini, una monja, sonrientes y serias, solas y en grupo, y también fotos de mujeres que no se llaman Clara Álvarez. Ninguna es la que yo busco.

Pierdo un par de horas mirando los perfiles en Facebook de chicas con ese nombre. Mi paciencia se ve recompensada. En realidad se llamaba María Clara Álvarez. Tenía sólo noventa y tres amigos. Yo había pasado ya por delante de ese perfil sin fijarme, porque en la foto ella tiene la mano delante de la cara, con el dorso hacia la cámara, mirando entre los dedos.

Su perfil dice que es mujer, nació en Barcelona, vive en Madrid.

Hace muchos años un amigo periodista me hizo un regalo que aún conservo: llamó a la casa de Julio Cortázar justo después de su muerte y grabó el mensaje de su contestador: *Julio Cortázar n'est pas là pour l'instant. Veuillez laisser votre message après avoir entendu le signal sonore.*

Se me puso la carne de gallina cuando oí esa voz de un muerto resonar en su propio apartamento, como una promesa de que devolverá la llamada. Siento la misma emoción al leer que María Clara Álvarez vive en Madrid.

Me cuesta decidirme a entrar en su muro. Temo encontrarme con frases supuestamente profundas sobreimpresas en la foto de un atardecer, con fotos suyas en actitudes estudiadas, fotos de mascotas, las frases almibaradas que abundan en Facebook, ripios sentimentales, invitaciones a juegos imbéciles, corazoncitos, mensajes en cadena, palabras terminadas en muchas eses, jajaja, descubrir que usa expresiones como una situación esquizofrénica, esto, es surrealista, que diga periplo o, hablando de los franceses, galos, que envíe millones de besos —uno, yo tan sólo querría uno, lento, concentrado, único—, que escriba en algún sitio que todos los políticos son iguales o que habría que castrar a los violadores. No quiero que mi Clara use ninguna de esas palabras ni diga ninguna de esas cosas. No entro en la falsa intimidad de su muro porque yo ya sé quién es Clara y no quiero que la realidad me la desvirtúe.

Pincho en el botón «Añadir a mis amigos». Quiero ser amigo suyo, aparecer en su lista, con mi nombre y con mi foto. Necesito que me responda, a mí, personalmente. No pido más.

Aprovecho para comprobar que José Manuel no está en Facebook. También a él le habría pedido que fuese mi amigo. Genoveva sí está, pero me da demasiado pudor acercarme a sus informaciones; sería como entrar en su apartamento cuando ella hubiese salido y hurgar en sus cajones, con la seguridad de que lo que encontraré me hará sentirme triste. Los secretos de Genoveva no pueden ser alegres.

Después consulto las páginas blancas: pongo mi dirección postal y mi nombre de pila. Sólo un Samuel aparece mencionado, yo, con mi número de teléfono. El otro Samuel no tendrá fijo, o estará a nombre de su mujer. Quizá quien me llamó conocía el nombre de pila y había llevado alguna vez a Clara hasta la puerta de mi casa. Quizá la explicación sea distinta. Otra de esas cosas que ya no sabré, a no ser que llame a Luis para preguntárselo. Pero sospecho que sería una equivocación; él probablemente sí sabe muchas cosas de Samuel. Más que yo.

He dormido mal y, en la madrugada, mientras la vecina del tercero monta su habitual pelea con el mundo, en la que desplaza muebles, lanza objetos, grita insultos y blasfemias, decido encender el ordenador, seguro de que no voy a volver a dormirme. Pierdo así un par de horas, leyendo informaciones que no me interesan mucho. Leo una novela en la pantalla, pero tampoco consigo interesarme. Clara no ha respondido a mi solicitud de amistad en Facebook. Descubro que Carina tiene también un perfil, pero su muro y sus fotografías son sólo accesibles para sus amigos. No me animo a escribirle un mensaje ni a solicitar su amistad.

Me levanto temprano, más fresco de lo que había esperado, y me voy directamente a la estación de autobuses. Es jueves y en realidad a donde debería ir es al trabajo, o al menos debería llamar a José Manuel.

Sí me quedo dormido en el autobús y tengo que desandar dos paradas para ir a casa de mi madre.

—Podías avisar —dice mi hermana tras abrir la puerta—. ¿Has desayunado? —le doy un beso. Huele igual que Carina, no sé si es una crema o un champú; un perfume no es—. ¿Qué pasa? —pregunta, y echa un poco atrás la cabeza, incómoda porque dejo mi cara pegada a la suya unos segundos. Nunca he sido muy afectuoso con mi hermana. El contacto físico prolongado no es una especialidad en mi familia, y la única que escapa a esa regla es precisamente mi hermana. Mi hermano y yo dejamos de tocarnos el mismo día que dejamos de pelearnos. No recuerdo un abrazo ni un beso de mi padre. Y los que me daba mi madre eran furtivos, como de amantes que se besan apresuradamente temiendo ser descubiertos. Tampoco me recuerdo encaramado en el regazo de mi madre, ni a ella sentada en el borde de mi cama acariciándome la cabeza: un beso al irme al colegio, una caricia al pasar a mi lado en el pasillo, un apretarme contra sus piernas que no dura mucho porque llaman por teléfono, o porque el pollo o porque la lavadora. Mi hermana sí abraza y besa y estruja, pero la sorprende que yo de pronto me quede en sus brazos e incluso me pone la mano en el pecho. Me retiro sin esperar a que la situación se vuelva aún más embarazosa.

—Me gusta cómo hueles.

—¿Te importa quedarte un rato con mamá? Así salgo a hacer la compra; la chica hoy no viene hasta la tarde. Un bautizo. No sé si me miente o si de verdad tiene una familia tan prolífica; no pasa un mes sin que tenga que ir a un bautizo.

—Los latinoamericanos son muy creyentes.

—Ya, creced y multiplicaos, pero no hay que exagerar. Mamá está ahí dentro, en su cuarto.

Desaparece hacia el fondo del pasillo y su voz me llega mezclada con ruido de cajones y puertas, pasos apresurados. Mi hermana siempre tiene prisa, siempre va corriendo a todas partes, su estado natural es el de estar marchándose o estar llegando. «Pero no me muevo del sitio —me respondió una vez que se lo hice notar—; tengo la impresión de que vivo sobre una de esas cintas de correr que hay en los gimnasios». Sale ya con los zapatos puestos, de tacón más ancho que alto, y con una chaqueta doblada sobre el brazo.

—Te vas a asar de calor.

—Es para el tinte. Me esperas hasta que vuelva, ¿verdad? ¿Te quedas a comer? Los niños no vienen. Aunque no sé si eso mejora la invitación o la empeora.

—Vale.

—Oye, y podrías invitarnos tú alguna vez. Hace ya no sé cuánto que te has mudado y ni he visto dónde vives.

—Cuando quieras.

—Ya. Hazte un café. Y haz uno a mamá. Ni te molestes en preguntarle. Dice a todo que no —pasa a mi lado sin mirarme y hablando en voz tan alta que podría estar conversando con alguien que se encuentra en otra habitación—. A ella le gusta con leche —y aunque ya ha cerrado la puerta tras de sí haciendo retumbar toda la casa la escucho aún cuando grita—: Y con poco azúcar.

Durante el tiempo que paso haciendo el café no escucho un solo ruido y pienso que mi madre estará aún durmiendo. No me gusta entrar en su cuarto mientras ella se encuentra en la cama, y aunque sé que su dormitorio no huele a anciano, ni a cerrado, ni a medicinas, entro conteniendo la respiración, temeroso de algo desagradable que no sabría precisar. No está dormida. Sentada ante un televisor de pocas pulgadas y con unos cascos en la cabeza, ni se entera de mi llegada. Los cascos son enormes para una cabeza tan diminuta, y hacen pensar no en una mujer escuchando un programa sino en algún experimento de película de ciencia ficción.

Algo debe de percibir, sin embargo, o quizá haya olido el café, porque se vuelve hacia donde me encuentro con la bandeja en las manos.

—Hola, mamá. Te he traído un café. ¿Te apetece?

Tiene la expresión tan concentrada que podría estar intentando leer mis labios. Dejo la bandeja en la cama, me acerco a ella, le quito los auriculares sin que se resista y le doy un beso en la frente.

—¿Cómo estás?

—Bien.

—¿Qué estabas viendo?

—Eso.

Se vuelve hacia el televisor y de inmediato olvida mi presencia. Mira el programa muy atenta, ahora sin poder oírlo, toma la taza que le pongo en las manos y bebe el café a sorbos breves, una costumbre que reconozco en ella desde que era joven, aunque ahora que lo pienso nunca he tenido la impresión de que mi madre fuese joven ni siquiera cuando yo era un niño. Pero lo mismo me sucedió con mi padre, que sin embargo se marchó a una edad que yo ya he rebasado. Lo veo en las fotografías en las que estamos los cinco y me sigue pareciendo alguien mayor, de quien no se espera otro cambio que un progresivo o repentino deterioro, pero no una transformación voluntaria de su forma de vida, de sus sentimientos, de sus expectativas.

Sentado junto a mi madre, en una penumbra a la que no llega otro ruido que la vibración del frigorífico, por primera vez me doy cuenta de que yo también tomo el café a sorbos breves. En la televisión conversan varias personas alrededor de la mesa.

—Mamá. No me encuentro muy bien.

Ella asiente con la cabeza sin volverse hacia mí. Una de sus manos, demasiado regordeta para esa mujer de aspecto enjuto, se posa sobre mi rodilla. Continuamos viendo a todos esos personajes mudos discutir acaloradamente, abrir mucho la boca para decir lo que tienen que decir, negar enfáticamente con la cabeza, alzar un brazo como si se dirigieran al público desde una tribuna. Mi madre sigue todo aquello con atención extrema que no sé si se debe a un interés real o al deseo de comprender algo, cualquier cosa, encontrar la lógica que poco a poco la realidad ha ido perdiendo. Cuando termina el café me tiende la taza vacía sin apartar la mirada de la pantalla.

—Mamá, Clara ha muerto. Se ha matado en un accidente de coche.

Aquello sí capta su atención. Quita la mano de mi rodilla y la junta con la otra en el regazo. A ella siempre le interesaron las noticias de muertes y enfermedades, incluso aunque afectasen a gente que sólo conocía de oídas o ni siquiera eso.

—¿Me has oído? Clara ha muerto.

—Tú la querías tanto —me dice.

—Muchísimo.

—Qué lástima —me lleva a la mejilla la mano que había descansado sobre mi pierna. Asiente como si comprendiera, me acaricia. Desde que enfermó ha cambiado: ha dejado de ser la mujer seca que recuerdo, se ha vuelto casi afectuosa y busca ella misma el contacto corporal, la piel, el calor, la seguridad de que el otro, quienquiera que sea, sigue allí, en son de paz—. Con lo que querías tú a esa chica.

—¿Te acuerdas de ella?

—Claro que me acuerdo. ¿Cómo no me voy a acordar?

—Era muy cariñosa contigo.

—Sí lo era.

Cierra un momento los ojos y yo pagaría lo que no tengo por saber qué está recordando, qué imágenes y de quién pasan por su cabeza. Cuando los abre de nuevo su mirada parece no significar nada, como si tuviese ojos de cristal o no estuviesen conectados al resto de su rostro.

—Ya no está. Clara ya no está —le digo.

—No te preocupes. Volverá. Cómo no va a volver.

Entonces se gira de nuevo hacia la pantalla y no se dirige más a mí. Al cabo de un rato le pongo los cascos, sin que ella parezca darse cuenta, y me quedo sentado a su lado hasta que oigo a mi hermana introducir la llave en la cerradura.

He salido a cenar con Javier, a quien acaban de echar del trabajo y necesitaba, si no consuelo, sí compañía. Son casi las doce de la noche cuando llego a casa. Vivo en una calle de poblado fantasma. Cuando los chinos bajan las persianas metálicas, echan los candados, se van a sus casas —¿dónde viven los chinos? No en este barrio, desde luego, nunca los ves entrando a un portal o haciendo la compra, tan sólo delante o en el interior de sus tiendas, fumando, esperando, acarreando grandes paquetes de ropa envuelta en papel beige—, cuando ha anochecido y tampoco los gitanos ni los rusos ni los polacos ni los indios van de tienda en tienda con grandes bolsas en las que meten sus compras, la calle queda totalmente desierta, silenciosa, sin tráfico. Entras en ella y es como adentrarte en otra dimensión, como si de pronto encontrases el acceso a una fotografía en blanco y negro por la que caminas sabiendo que no hay nadie más que tú y que no oirás otros pasos que los tuyos.

Y sin embargo, al abrir la puerta del edificio ya no estoy solo. Samuel está sentado en las escaleras de mármol, que dan a la casa un aspecto engañosamente señorial —también hay molduras en las paredes y en el techo, espejos, lámparas de candelabro—, con la cabeza entre las manos, el pelo que le había visto recogido en una coleta ahora convertido en una melena suelta que le oculta el rostro. Lleva la misma camisa de aire vagamente militar de la otra tarde y unos pantalones vaqueros deshilachados que, junto con la melena, no muy limpia, hacen pensar en un roquero entrado en años, en un hombre con un pasado poco convencional, o demasiado convencional, de excesos, juergas, drogas.

—Hola.

Me detengo a su lado y él, al cabo de unos segundos, apoya una mano en un escalón, como para levantarse, pero ni siquiera lo intenta.

—No sé quién eres —dice— ni me importa. Vete a tomar por culo. Me gusta sentarme en las escaleras, ¿vale?

—Vale.

Abro la puerta de cristal que separa el portal de la escalera principal y antes de que se cierre a mis espaldas vuelvo a oír su voz.

—Tú, como te llames, ¿no me podrías echar una mano? Estoy aquí como una ballena —dice, una imagen que resulta absurda para ese borracho más bien enjuto, desmadejado, que ahora sí intenta levantarse pero no lo logra hasta que lo tomo por las axilas y sumo mi fuerza a la suya para ponerlo en pie y dejarlo mirando hacia la calle como una marioneta sujeta por hilos poco tensos.

—¿Vas o vienes?

—Todas me dejan. No sé cómo coño lo hago, pero todas me dejan.

—Que si te estás yendo o regresas a casa. Si quieres te ayudo.

Se vuelve hacia mí con esfuerzo. Tiene una expresión ida, la boca flácida, como si no tuviera control sobre sus músculos y el labio inferior fuese demasiado grande, una expresión más de idiota que de borracho. Las manchas en las comisuras de los labios podrían ser de saliva reseca o vómito. Tarda en responder, cabeceando un rato a la frase que quizá resuena en su cabeza pero no acierta a formular.

—No nos conocemos de nada, tú y yo, digo.

—Te llamas Samuel.

—Eso es verdad.

—Y vives en el 4.º D.

—Ya, a mí me lo vas a decir.

Le ayudo a girarse y a subir los escalones, luego lo mantengo en pie hasta el ascensor. Mientras subimos, Samuel cierra los ojos y apoya la nuca contra la pared. Traga saliva continuamente, casi cada vez que respira, y me pregunto si va a desplomarse. Si se cae pienso dejarlo acurrucado en el suelo del ascensor y reenviar el paquete al bajo para que se lo encuentre algún otro vecino. Aunque se le doblan las rodillas cuando el ascensor frena en seco al llegar al cuarto, Samuel se mantiene en pie. Sale tanteando frente a sí y le sigo. Lo contemplo parado frente a su puerta, ligeramente encorvado y rebuscando en los bolsillos.

—La muy puta —dice.

—No encuentras las llaves.

—Mi mujer. Le pegaría dos hostias bien dadas.

—Va a ser mejor que llames al timbre.

—Vete a tomar por culo.

—O que me des las llaves.

—Así que ahora estoy sin ninguna. Ni la una ni la otra.

Sólo entonces entiendo lo que quiere decir. Me acerco a él, le saco las manos de los bolsillos y meto las mías en ellos para buscar sus llaves.

—Maricón —dice riendo.

Abro la puerta y entro antes que él, enciendo la luz y le hago un gesto para que me siga. Va detrás de mí con la cabeza gacha.

—Cierra la puerta —le ordeno. No me hace caso, continúa andando, ahora algo menos tambaleante, hasta llegar al sofá, en el que se sienta con tanto cuidado como si lo hiciese sobre una silla de la que no sabe si resistirá su peso. Me encargo yo de cerrar y voy a la cocina. Encuentro una botella de vino abierta y regreso con ella y con dos copas—. ¿Y tu mujer?

—La muy puta.

Me adentro en el pasillo y me asomo a las dos habitaciones; es un piso de dos dormitorios, idéntico al mío.

Uno de los dormitorios está perfectamente ordenado, con una cama de matrimonio que parece recién hecha, con un pico de la sábana vuelto hacia atrás como en las camas de algunos hoteles. Sobre el cabecero cuelga una serie de cuatro fotografías tomadas en algún mercado norteafricano: cuencos con especias de colores rojizos y ocres. El narguile sobre la cómoda me hace pensar que, como las fotos, es el recuerdo de un viaje a Turquía o a algún otro país oriental. No hay fotos de él ni de su mujer.

El otro dormitorio está tan desordenado que podría imaginarse que un ladrón lo ha revuelto buscando joyas o dinero. Papeles, ropa, CDs, DVDs, cajetillas arrugadas de cigarrillos, zapatos descabalados, un calendario con fotografías de animales, cables, bolígrafos, libros, decenas de objetos desparramados por el suelo y por una cama deshecha, cuyas sábanas yacen hechas un gurruño en un rincón. Huele a algo rancio o muerto y a sudor. Cuando abro la puerta del baño sé que me voy a encontrar con una réplica del mío; aquí el desorden se limita a unas cuantas toallas amontonadas en la bañera y un par de calzoncillos grises en el suelo.

Al darme la vuelta descubro que Samuel está a mis espaldas, contemplando igual que yo la desolación de sus dominios, como un rey frente a los cadáveres de sus vasallos al terminar la batalla.

—Hasta la mujer de la limpieza se ha ido. Yo no sé qué tengo.

—Podrías ducharte, eso ayuda.

Sonríe satisfecho mientras exhala el aire entre los dientes y me pone una mano en el hombro.

—Ven, te invito a una copa. Siéntete como en tu casa.

Me resulta difícil imaginar a Clara enamorada de esta ruina, de este pelele desmadejado que ahora bebe de manera ruidosa y poco a poco va quedándose dormido. Es indigno de ella, no se la merece ni puedo aceptar que se la haya merecido nunca, incluso sobrio y enamorado sería insuficiente para Clara este cuerpo desparejo de adolescente que ha crecido demasiado deprisa, pero él ya no es adolescente, y a esa falta de armonía de sus miembros se le superponen los indicios del deterioro: entradas que no puede ocultar por más que se deje el cabello largo, uñas con estrías, la piel densa de alguien que bebe demasiado. Me levanto y lo cojo de las solapas de su estúpida camisa caqui.

—No te la merecías, cabrón.

Él sale de su sopor alarmado, quizá ni se acuerda ya de que estaba con él y me toma por un ladrón. Poco a poco retorna la calma a sus ojos asustados, incluso se permite cerrar los párpados otra vez unos instantes.

—Menudo descubrimiento, que no me la merecía. Nadie se merece a Clara. ¿Tienes un cigarro?

Inmediatamente ha entendido que le hablo de Clara, no de su esposa huida y tampoco de la mujer de la limpieza.

—La hiciste sufrir un montón.

—Y ella a mí, no te jode. Al principio de todo, ¿de verdad no tienes un cigarro?, yo me habría ido con ella al fin del mundo, y se lo dije, pero le daba pena su marido, que parece una muñeca de porcelana, el capullo. Y me dijo que no. Y cuando quiso que nos fuésemos...

—¿Te lo pidió?

—Claro que me lo pidió. Se iba a ir de su casa por mí, por mí, colega, ¿te imaginas?, se iba a ir de su casa por mí —reitera golpeándose el esternón con el índice—, y yo como un gilipollas, como un auténtico gilipollas...

—¿Por qué?

—¿Por qué? Mi mujer se había enterado, y me sentía fatal, o sea, tampoco le dije que no, le dije que esperase, que no sabía, que tenía que aclararme.

—Pues sí. Qué gilipollas.

—¿Y cómo iba a saber yo que me iba a dejar? Ni lo pensé. Desde hace dos semanas no da señales de vida. Ah, mira —dice, palpándose un bolsillo de la camisa—, si tenía yo tabaco. ¿Quieres uno?

Busco con la mirada un cenicero, pero si a él le da igual a mí también. Fumamos un rato. Él sacude la ceniza sobre la mesa, yo sobre la alfombra.

—Ha dejado de llamarte.

—Ésa ha sido la puta de su hermana, una mal follada.

—¿La conoces?

—No, pero Clara me dijo que su hermana le había aconsejado que me dejase. Que un tío que no es capaz de tomar decisiones no merece la pena. No te jode, como si fuese una decisión fácil.

—Y ahora tu mujer se ha ido también, vaya capullo estás hecho.

—Fíjate, si lo llego a saber le digo a Clara que sí y ahora ella estaría aquí conmigo en lugar de..., o estaríamos en otro sitio, ella y yo... O no, porque lo mismo cuando le dije que no, aunque nos hemos visto aún alguna vez, pensó que yo no valía... Oye, ¿tú cómo te llamas? ¿Y qué haces aquí? Yo no te he invitado. Creo.

—Háblame de Clara.

—¿De Clara? ¿Tú también la conocías?

—Me parece que te vi una vez con ella, entrando en tu casa. Una chica más joven que tú, pecosa, pelo corto. ¿Era ella?

—Una imprudencia, tío, traerla aquí. Aunque no fue por eso por lo que me descubrió mi mujer. ¿De verdad quieres que te hable de ella?

—No te hagas de rogar. Estás deseándolo.

Nos sirvo otras dos copas de vino. Samuel no toca la suya. Ahora parece concentrado, como si intentase recuperar un recuerdo huidizo o formular una idea que no tiene del todo clara. Frunce las cejas, ha dejado también de fumar aunque el cigarrillo aún está encendido. Se pasa los dedos por el pelo como un rastrillo en un terreno invadido por la grama, una y otra vez hasta quedar satisfecho. Me mira, por primera vez me mira con una expresión si no despierta o inteligente al menos firme, sin la flacidez de antes en su rostro, sin que los párpados se le cierren por su propio peso. Temo que ahora se vaya a preguntar qué hace contándole su vida a un desconocido y qué hace ese desconocido en su casa a esas horas de la madrugada.

—Vale —dice—. Te hablo de ella.

Clara, según Samuel, el del cuarto

—Y eso que a mí nunca me han gustado las mujeres con gatos. Sobre todo las mujeres solas con gatos. Me dan grima, no lo puedo evitar. Es una de las pocas cosas que he aprendido en la vida: evita a las mujeres solas que tienen gatos. Yo no sabía que Clara los tenía, ni que iban a ser la causa del desastre. Una cosa como de tragedia griega: el destino al acecho, un detalle que descadena la catástrofe. ¿He dicho descadena? Ya me entiendes. Mierda de gatos. Al menos no vivía sola y ni siquiera estoy seguro de que fuesen suyos y no de su marido. Llevaba casada unos años con un tal Alejandro; lo he visto en una foto; parece de juguete. Pero en persona no, ni Clara me hablaba de él. Eso me gustaba, que no me usase para contarme lo capullo que era su marido. Además, cuando oigo a una mujer poner a parir a su marido enseguida pienso que, si estuviese conmigo, también hablaría así al cabo del tiempo.

»De todas formas, la relación que yo tenía con Clara no era de hablar mucho, era de follar. No, tío, no pienses en lo típico, el hombre que sólo está interesado en una cosa y no quiere una relación auténtica y esos rollos. Era ella. Yo, ya te digo, le había propuesto que se escapase conmigo. Yo habría querido algo más..., no sé, más serio. Al principio, luego me entraron las dudas. Pero al principio a mí me dio muy fuerte. Ella me usaba, como si fuese un gigoló. También al principio, luego a lo mejor ella sufrió el proceso contrario al mío. Se enamoró de mí, ¿a que es como para no creérselo? Quiero decir que yo ya no soy un último modelo, tengo mis abolladuras y un desgaste que te cagas. La fatiga de los materiales. No me he cuidado mucho. Si hubiese sabido que Clara se iba a cruzar en mi vida habría hecho dieta, ido al gimnasio. Hasta habría dejado de fumar. ¿Tú fumas?

—No.

—Mejor para ti. Yo fumo demasiado. Ella no. Tampoco bebía mucho. Trabajaba en la tele, como yo. Bueno, yo no trabajo en, sino para la tele. Guionista. Para ser exactos: dialoguista. Yo soy ese que escribe en los culebrones «Si te vas con esa mujer, te arrepentirás», o «Iván, eres un canalla», o «Dime que me querrás siempre» o «¿Cómo puedes hacer eso a la madre de tus hijos?». Me encanta. Clara decía que estaba desperdiciando mi talento, pero yo creo que le estoy sacando un partido que te cagas. Clara era una buena chica, creía en cosas; a mí me parecía que podría ser una gran amiga pero no una buena amante, quiero decir entonces, al inicio, cuando la conocía sólo de vista o de hablar un poco con ella. Una de esas mujeres que te consuelan si te van mal las cosas, que se interesan, que ríen y cuando lo hacen no suena ni sarcástico ni amargo, sino de verdad alegre. Qué más da. Lo que quiero decir es que daba el pego. Porque cuando me enrollé con ella yo pensaba que iba a ser mi momento estelar: le iba a descubrir sensaciones que desconocía, posturas que la harían sonrojarse, que la miraría a los ojos después de follar y me sentiría más musculoso y más guapo. Y una mierda. Se transformaba, tío. Como en las películas de miedo. Apenas entrábamos en la habitación del hotel, porque lo hacíamos mucho en hoteles, tomaba el mando. Tal cual. No te voy a dar detalles. No, no voy a dártelos. Te gustaría, ¿eh? Pues te jodes. Pero te voy a contar una historia. Para que veas cómo era Clara.

»Te he dicho que la conocí en la tele, ¿no? Ella era documentalista, pero no tuvimos nada que ver profesionalmente. Me la presentó un colega de vestuario (marica, o que lo parece) en la cafetería de Prado del Rey. Luego coincidimos varias veces. Yo te juro que no tenía fantasía ninguna con ella. Muy simpática, sí, incluso graciosa, pero la suponía madre de dos niños pequeños, con chalet en la sierra y que su idea de noche loca era irse a un karaoke con cuatro amigas. Yo a esas mujeres que sólo puedes imaginártelas en familia o con un grupo de amigas ni me acerco. Me acuerdo de una amante, una chica colombiana, morenita, que lo primero que me dijo cuando nos metimos en la cama, después de haberse hecho de rogar que ni te cuento, fue: "Quiero darte un hijo". No esperé ni a que se secase la sábana. Mis piernas eran como las del correcaminos. Fiuuu, así de deprisa —hace un gesto con las manos como si pedalease con ellas.

»Y con Clara pasaba buenos ratos en el bar. Tenía conversación. Labia. Buen rollo. Pero una tarde va y me dice: "Tengo que irme a unos recados pero ¿por qué no pasas a buscarme luego y nos tomamos algo?". "Vale", digo yo, "por qué no". Y cuando voy a buscarla primero pienso que me he equivocado, o que me ha dado mal la dirección. Pero se me encendió una lucecita, no soy tonto del todo. Qué bruja, pensé. Pregunté en la recepción del hotel por ella, porque lo que me había dado eran las señas de un hotel, y me dicen que la 312. Vale, ¿no? Estaba todo claro. Y yo me decía: "Mira, la mosquita muerta".

»Nada más cerrar la puerta me di cuenta de que aquello iba a ser diferente de lo que había pensado. Era como hacer el amor con el monstruo de Alien. La primera vez pensé que debía de llevar años sin, porque, colega, qué energía, qué entusiasmo. Y luego fui conociéndola, conociéndola de verdad, a esa buena chica que esperas que te haga un bizcocho los domingos. Eran dos personas. Ya, todos somos dos personas, o tres o cuatro; yo a algunas de mis personalidades ni siquiera me las he cruzado todavía. Pero en ella vivían dos enemigos, no sé cómo explicártelo. Así que no te lo explico. Pero eso, era la tía más frágil y más tierna que puedas imaginarte, y luego de pronto, y no sólo en la cama, ahora vamos a eso, salía de ahí dentro una tía segura de sí misma, con garras y colmillos, eso es, Caperucita y el lobo en una persona. Me encantaba follar con ella, con las dos en una. Al principio me esforcé por mantener la iniciativa, pero mira, acabé por rendirme y no te imaginas cuánto gané.

»Y luego, o sea, no luego, un tiempo después, era verano, o hacía calor...

Está lanzado; Samuel habla cada vez más deprisa, ya no es el borracho balbuceante de hace unos minutos, ahora gesticula y se ha enderezado, y la cara se le ilumina al recordar su tiempo con esa Clara que le ha abandonado y que probablemente era lo mejor que le ha ocurrido en muchos años; en este momento no es consciente de la amargura por la pérdida, Clara está delante de él, y parece casi orgulloso, porque ha sido él, él y ningún otro, el que se ha llevado a la chica más guapa del barrio. Y yo también estoy orgulloso porque tengo la impresión de haber acertado bastante cuando hablé con Carina de su hermana: la chica tímida que toma la iniciativa, la chica con dos vidas, la que sabe lo que quiere.

—... el caso es que fuimos a la Casa de Campo porque ella no quería meterse en un hotel con el buen tiempo que hacía. Pues sí, me dio morbo, la idea de hacerlo en la Casa de Campo, como cuando era adolescente y no tenía adónde ir y no me podía llevar a la chica a casa de mis padres. Así que para allá que nos fuimos. Y hacía una brisa agradable, ni muy fría ni muy caliente, y había estrellas y luna y esas cosas, y ella dijo: «Aquí, de pie, contra ese árbol», y a mí me pareció bien, por qué no iba a parecérmelo. Pero no me dio tiempo ni a abrir la bragueta. No sé de dónde salieron. Eran sólo dos pero con pinchos. Drogatas, supuse. Y la miran a ella y me miran a mí, y uno hace así con la navaja, como un corte al aire, y dice «Te voy a romper el alma y a ella le voy a romper el culo». Mira, no te voy a mentir, pensé en salir corriendo; no me parecía que estuviesen muy en condiciones de seguirme campo a través. Pero luego, ¿cómo vives con eso? Dejar a Clara con esos dos, que los ves, de esos que tienen heridas en la cara, de caerse borrachos o drogados en cualquier parte, y las manos despellejadas, uno de ellos con una mano liada en unos trapos sucios y con un temblor que sabes que lo mismo le da una cosa que otra, sólo piensa en pillar, qué digo piensa, no creo que le diese la cabeza para un solo pensamiento, colega, yo sí pensaba, que me iba a cagar en cualquier momento, y ¿te puedes creer que me preocupaba esa gilipollez y me daba vergüenza la impresión que podía llevarse Clara si me cagaba?, y el que había hablado, que parecía más mayor que tú y que yo, a lo mejor no lo era, pero lo parecía, el de la mano vendada, de pronto le dice a Clara: «¿Tú de qué te ríes?», y a mí también me habría gustado preguntárselo, porque Clara no, no es que se estuviese riendo abiertamente, pero sonreía, tan tranquila, en una situación en la que habría debido estar llorando o por lo menos preguntándose si iba a ser ahí, en ese momento, esa noche en la Casa de Campo, cuando se jodería su vida para siempre, y yo me pregunté si los ataques de locura empezarían así, con una sonrisa tonta y no con esas carcajadas de las novelas románticas, ¿qué?, ¿que no me lo pregunté?, pues sí, fue esa chorrada la que se me pasó por la cabeza mientras tenía a dos yonquis y sus navajas delante de mis narices.

»"Dame un abrazo, Carlitos", dice. Y el yonqui, que sí debía de llamarse Carlitos, baja el pincho, se queda si no boquiabierto, pasmado, "joder", dice, "joder, mi Clarita, sol de mis días", te lo juro, "sol de mis días", le dice ese yonqui macarra y jodido, y se guarda la navaja y le da un abrazo y un beso en los labios como si quisiese comérsela de un mordisco, y el otro, el tembloroso, no entiende nada y gimotea, y dice: "Pero pídeles dinero, joé, que te den pasta", y yo no sé qué decir, así que no digo nada, me quedo con el tembloroso mientras Clara y el otro yonqui se alejan unos pasos, y hablan en voz baja, y entremedias se abrazan, y él de vez en cuando le acaricia un brazo, no sé cuánto rato charlan los dos, mientras yo espero con el tembloroso, que se ha quedado en *stand by,* y al cabo de un rato vuelven, y Clara me pregunta: "¿Llevas dinero?", y yo saco la cartera y se la tiendo. Ciento cincuenta euros creo que se llevaron. Se largaron los dos más deprisa de lo que sus piernas daban de sí, dos espantapájaros tropezando en la noche, y yo me vuelvo a Clara y le digo: "Nos vamos, ¿no?", y ella da dos pasos hasta quedar frente a mí y lo siguiente que noto es su mano bajándome la cremallera.

»Demasiado, demasiado para mí. Que a lo mejor si le dije que no me iba con ella no fue por mi mujer, que también, lo estaba pasando muy mal, la pobre, pero un poco, al menos un poco, era también porque me acojoné: me di cuenta de que Clara tiene una parte que a mí me rebasa, yo soy un tío tranquilo, no es que no me guste el riesgo, pero antes más que ahora, tengo cuarenta y tres, y una tía que de pronto se lía a abrazos con un yonqui que te está atracando en un descampado, si lo unes a esas otras cosas que tiene, a esa parte dura que te decía, pues te da que pensar. Y pasé unos días así, pensando, que es cuando me preguntó y cuando le dije que no.

»Y ahora no me llama. Ni va al curro. La otra tarde pregunté y no me supieron decir cuándo iba a volver. Me parece que me voy a armar de valor y llamarla yo. Bueno, cuando desapareció la llamé al móvil, pero no me contestó. A lo mejor no quiere hablar conmigo. Así que la voy a llamar desde otro número para pillarla por sorpresa, porque ahora estoy libre, tío. Me jode que me haya dejado mi mujer, no te creas que no, pero al menos eso bueno tiene: me puedo ir con Clara, aunque sé que no voy a ganar para sustos. Pero antes tenía más que perder; ahora, mira mi casa, ¿tú crees que me apetece vivir aquí encerrado conmigo mismo, todos los días y todas las noches?, y además, piensa lo que quieras, pero con estos días que han pasado sin tener noticias de ella me he dado cuenta de lo que la echo de menos, pero de verdad, me levanto con una congoja que te mueres, con la impresión de que acabo de perder la oportunidad de mi vida, al menos de mi vida adulta. Qué error, tío. Porque, quieras que no, con sus aristas y sus secretos y su vida oscura o lo que sea, es la mujer que me ha hecho sentirme más vivo desde que tenía veinte años. Era como si me hubiesen quitado de encima una costra de cemento que yo ni siquiera sabía que estaba ahí. A veces te sorprende, ¿no?, verlo todo gris y moverte tan despacio, como si habitases en el fondo de una piscina de agua turbia, pero te parece que es lo normal. Voy a llamarla. ¿Qué me dices? ¿Tú crees que debería llamarla, aunque se cabree?

—Me parece que es demasiado tarde para eso.

—No digo ahora, capullo, son las cinco de la mañana. O las cuatro. O las seis. ¿Tienes hora?

—Está muerta. Clara ha muerto.

No estoy muy seguro de que me haya escuchado. Se levanta las dos mangas como buscando el reloj. Luego vuelve a sacar la cajetilla de un bolsillo y se la queda en una mano. Emite una especie de ronquido que podría ser un intento de carcajada.

—Qué va a estar muerta.

—Se suicidó. Después de que tú le dijeses que no querías irte con ella cogió el coche y se estrelló contra un árbol, grandísimo hijo de puta.

Niega con la cabeza, sin dramatismo, con el gesto tranquilo de quien escucha una tontería y quiere decir «no, hombre, no, qué bobada». Y creo que va a sonreír o a gastar una broma —en los ojos hay un brillo divertido— cuando se le cae la cajetilla de la mano. Entonces hace un gesto extraño con la boca, como si quisiera comerse sus propios labios. Se levanta y se dirige a la cocina, de repente cambia de rumbo y va hacia las habitaciones, entra en un dormitorio, en el desordenado. El ruido tan fuerte que se escucha unos segundos más tarde me indica que se ha desplomado y ha chocado con la cabeza contra el suelo. Lo encuentro tumbado boca abajo, con las piernas encima de la cama y la cara contra el parquet, en una posición que no parece definitiva. Pero ni se incorpora ni sigue escurriéndose hacia el suelo. Me voy a agachar para comprobar si respira y entonces mueve una mano, bracea buscando algo donde agarrarse.

—Y tú qué coño sabes —dice—. Y tú qué coño sabes.

Doy media vuelta y salgo de su casa. No sé a qué atribuir la enorme tristeza que me obliga a subir despacio los escalones, encorvado, con una opresión en el pecho como dicen que se siente cuando vas a tener un infarto; no es dolor, es sólo falta de espacio, la caja torácica comprimiéndose progresivamente, y me detengo, ahora soy yo quien niega con la cabeza, creo, no estoy seguro, con lágrimas en los ojos, como si fuese a mí a quien acabaran de dar una noticia trágica.

No sé cuándo fue la última vez que lloré; hago memoria parado delante de mi puerta. Hace años, una década. Dos. El llanto es algo que les sucede a los otros. Yo no encuentro motivos para llorar. Como la televisión estropeada: no estoy seguro de si es un buen o un mal síntoma.

School's out for summer. School's out forever.

Me despierto canturreando esa antigua canción y no se me va de la cabeza mientras me ducho y me visto. Bajo a la calle con la sensación de no tener obligaciones, como cuando te levantas de la cama con una mujer con la que no compartes rutinas ni expectativas, una mujer a la que conoces desde hace poco, y miras por la ventana y el sol está ya muy alto y te preguntas dónde tomar el aperitivo.

No me acuerdo de Samuel hasta que estoy casi saliendo del portal. Y al salir me detengo y me pregunto si debo volver a subir y descubrir cómo se encuentra. Un chino está ya sentado en los escalones. A éste creo no haberlo visto nunca: es más gordo que los chinos que conozco, con más aspecto de propietario de cadena de restaurantes que de empleado en una de esas pequeñas tiendas de ropa al por mayor. Me siento a su derecha. No sé cómo entablar conversación, así que, a pesar de la hora, saco la cajetilla y le ofrezco un cigarrillo. Él responde con varios movimientos abruptos de la cabeza, más como quien hace asustado una reverencia que como quien asiente, pero extrae un cigarrillo con dedos gruesos y hábiles. Yo saco también uno y me ofrece fuego. Le digo mi nombre y él responde algo que podría ser el suyo. Luego escupe hacia el centro de la calle.

Mientras fumamos en silencio me suena el móvil. José Manuel, que quiere saber cuándo narices voy a llegar al trabajo. Le digo que estoy de camino pero que hay un atasco. «Vienes en tren», me responde, pero se queda sin argumentos cuando le digo que hoy he cogido el autobús y, aunque no puedo decir que se tranquilice, al menos deja de lamentarse en mi oído. Lanzo un escupitajo que no llega ni mucho menos tan lejos como el de mi compañero. Se nos aproxima una mujer joven con una niña; las dos llevan lazos de color azul claro y el mismo peinado con raya al medio, una chaqueta blanca de lana y zapatos de charol rojos, como si la niña hubiese jugado a vestirse igual que su madre o hermana mayor. La mujer y el hombre hablan en su idioma, él sentado, ella de pie ante él, mientras la niña se dedica a observarme.

—¿Ya vas al colegio?

—Claro, todos los días —me dice sin acento ninguno. No sé cómo continuar la conversación; siempre me ha resultado difícil hablar con niños. Aunque ella parece querer seguir hablando conmigo, miro por encima de su cabeza, hacia el fondo de la calle, no sé si porque ya lo había visto sin darme cuenta o si al mirar ahora lo descubro. De pie, apoyando la espalda contra la pared, en la calle transversal, entre los letreros chinos de una tienda de ropa y la puerta de una de alimentos, con la cara vuelta sólo parcialmente hacia donde me encuentro, el encargado del almacén tiene el aspecto de un personaje de película de los años cincuenta o sesenta. También fuma, y la planta de uno de sus pies se apoya contra la pared; ha cambiado la gorra de béisbol por una a cuadros, más gruesa y plana, que no le he visto nunca, y un periódico enrollado en una mano con el que se golpea suave y rítmicamente una pierna. Una película de gánsteres, de persecuciones y robos en blanco y negro, una en la que un tipo apostado en una calle espera a que salga otro de una barbería y, cuando lo hace, el primero tira el pitillo al suelo, lo aplasta con la puntera y echa a andar tras aquel al que vigila. Sólo que el vigilado soy yo—. Los fines de semana no —la niña se me ha acercado un paso y espera mi respuesta con ojos muy serios, pero yo he perdido el hilo de lo que estábamos diciendo—. Los fines de semana no —repite—. Ni en vacaciones.

No sé de qué me habla. Los padres —supongo que lo son— siguen conversando animadamente. Sus frases están llenas de vocales largas y diptongos, acaban en otras vocales que se elevan dando la impresión de que lo que hacen es intercambiar una pregunta tras otra sin que ninguno de los dos responda jamás. Ella a veces ríe tapándose la boca con la mano como si se avergonzara de su dentadura, aunque tiene dientes blancos, regulares, particularmente hermosos, y ese gesto me recuerda a Clara: yo la había imaginado así, poniendo el dorso de la mano delante de sus labios al reír (pero la china lo que junta con sus labios es la palma). El hombre saca un paquete de cigarrillos algo arrugado del pantalón y me lo da sin volverse hacia mí, como si fuésemos amigos desde hace mucho tiempo y no necesitásemos cumplir la ceremonia de la cortesía. Aunque siento náuseas, cojo uno de sus cigarrillos y lo enciendo.

De pronto me acuerdo del tema de mi conversación con la niña.

—Yo estoy de vacaciones —le digo.

Ella asiente y enseguida hace un gesto de despedida con la mano, gira sobre sus talones y corre calle arriba dando saltos al mismo tiempo, a veces sobre una sola pierna, jugando a una rayuela imaginada sobre las baldosas de cemento. Desde el balcón de un primer piso, un perro lanudo asoma la cabeza entre los barrotes y ladra hacia la calle cuando los repartidores del butano arman el estruendo habitual golpeando las bombonas para avisar a la gente de que están en el barrio.

El encargado del almacén sigue en la misma postura y el mismo lugar, ahora más vuelto hacia mí, como si no le importara, o más bien como si deseara, que me dé cuenta de que me vigila. Invierto los papeles y soy yo quien apaga el cigarrillo pisándolo con la puntera, me levanto —«hasta luego», digo al chino; «hasta luego», responde con un gorgorito, extrayendo la ele y la ge del fondo de la garganta— y me dirijo hacia mi perseguidor.

A ver qué coño quiere; a ver por qué me quiere intimidar. A ver quién coño se cree que es, más que un puto encargado de almacén. Camino aparentemente decidido, pero no sé qué le voy a decir cuando llegue hasta él. Y sé que nada de lo que voy diciendo para mí saldrá de mis labios; le preguntaré, sí, qué hace ahí, en mi calle, si vive en este barrio, le daré la oportunidad de encontrar una razón para su presencia. Rechazaré un cigarrillo si me lo ofrece, y no sólo por el malestar que me han provocado los dos que he fumado. Y le diré que si un día quiere visitarme ya sabe dónde vivo.

No estoy tan lejos de él, treinta, cuarenta metros, cuando se separa de la pared y echa a andar por la calle transversal, hacia abajo, hacia la glorieta de Embajadores. Como tenía la cabeza medio ladeada no estoy seguro de si me estaba mirando o no antes de arrancar a caminar. Levanto una mano como para saludarlo o llamarlo, pero no me atrevo a añadir mi voz al gesto. Dar voces en la calle, por el motivo que sea, me resulta imposible. Incluso una vez que un peatón —un joven africano que cargaba a la espalda una de esas sacas sujetas por cordeles en las esquinas en las que llevan su mercancía falsificada— iba a cruzar la calle sin mirar y yo vi que una furgoneta de reparto se acercaba a toda velocidad, dije «¡cuidado!» en un volumen que sólo podría haber escuchado de encontrarse junto a mí. Si la furgoneta no lo atropelló no fue por mi alerta, sino porque una mujer lo detuvo sujetándolo de un brazo. Yo podría haber hecho lo mismo, pero no gritar para salvarlo.

El encargado desaparece de mi vista enseguida y yo corro —tontamente me acuerdo de los saltitos de la niña— hasta la transversal, justo a tiempo de verlo subirse a la trasera de una motocicleta que desciende, en dirección prohibida, antes de doblar a la izquierda dos calles más abajo. No he conseguido ver al conductor, pero era un hombre de baja estatura, quizá uno de los obreros ecuatorianos.

Me quedo un rato allí de pie esperando el regreso de la motocicleta o cualquier otra cosa. Hace calor y no estoy de vacaciones. Tengo mal sabor de boca. Y, ahora que lo pienso, no he desayunado. De todas formas, emprendo el camino a la oficina.

Mis plantas se mueren. Tiene mi terraza algo de paisaje postnuclear. Las hojas del hibisco, poco después de brotar, amarillean por los bordes, se cubren de decoloraciones que me hacen temer que se seque en pocos días, pero sobrevive indefinidamente en esa versión degradada, como un enfermo crónico que no acaba ni de morirse ni de recuperar la energía de otros tiempos. El olivo se secó a los pocos meses de plantarlo: una ramita minúscula pero prometedora que sobrevivió con cinco o seis hojas, hasta que al llegar el invierno se cayeron y nunca volvieron a brotar (yo esperaba que, como si fuese un árbol de hoja caduca, con la llegada de la primavera saldrían otra vez las hojas); aún no sé si debía haberlo regado más o menos, o si fue el frío lo que acabó con él; incluso los cactos me amarillean y pierden sus pinchos; una suculenta, no sé su nombre, en la que tenía puestas mis esperanzas porque era la única que crecía e incluso se iba extendiendo por la jardinera, a ras de tierra, echando raíces con cada uno de sus brazos, tenía al principio unas hojas como gajos llenos de líquido, jugosos, tersos; ahora esas hojas están lacias y les están saliendo manchas negras que causan una impresión de podredumbre.

Quizá sea una muestra más de que soy incapaz de mantener una relación estable. Las plantas necesitan dedicación, no la que yo les doy regando y abonando con entusiasmo durante unas semanas y olvidándome después de ellas hasta que su deterioro me recuerda mis obligaciones, como un hombre que sólo presta atención a su compañera cuando ella llora o amenaza con marcharse o se toma un frasco de pastillas. Lo que necesitan es constancia, entrega, compromiso, y también deseo. Pequeños cuidados, nada espectacular. Paloma, una amiga que, cuando me trasladé a este piso, decidió ayudarme a hacer verdecer mi terraza y me traía plantas de su jardín, me repetía sus nombres para que los memorizara, me explicaba cuándo y cómo florecían y qué cuidados necesitaban, se reía de mí porque yo siempre quería comprar plantas grandes, no tenía la paciencia de verlas crecer: «Te compras una planta como quien se compra un cuadro, quieres que adorne desde el principio, que esté ahí ya». Pues sí, era eso exactamente; yo no quería cuidar plantas sino tener una terraza agradable. Pero ella me traía arbustos minúsculos, pequeños brotes irreconocibles, tiestos de los que asomaba una brizna de algo siempre más corto que su nombre; un esqueje de higuera que dejé secarse; ridículas matitas de valentina, muy resistentes, me dijo, que no supieron resistirme; tomillo, hoy un esqueleto renegrido; un geranio que se comieron las orugas sin que me diese cuenta hasta que era demasiado tarde. Dejó de traerme plantas, de preguntarme cómo estaban las mías, dejó también de visitarme, como si hubiera descubierto en mi incapacidad para cuidarlas el síntoma de algún vicio imperdonable.

Por supuesto, podría contar ahora la historia de mis padres, explicar que no fueron un modelo del que aprender una relación estable, ni cariñosa, ni mucho menos generosa. Uno siempre acaba contando la historia de sus padres. Tus novias quieren conocerla, tus amigos; te preguntan cuando detectan en ti alguna falla o dificultad, buscan la explicación en el pasado, en la infancia, en una carencia fundamental, como buscarían una historia de desnutrición en un adulto cuyo cuerpo no se ha desarrollado lo suficiente.

Pero un hombre de cuarenta años no tiene padres, o al menos no debería tenerlos. Un hombre de cuarenta años con padres vivos es una anomalía biológica y psicológica. Si la naturaleza siguiera su curso, si no hubiese antibióticos ni antisépticos, si no existiesen las mesas de operaciones ni los rayos X, casi nadie viviría más de sesenta años. Eso es lo que había previsto la naturaleza: que los seres humanos no fuésemos mantenidos en una infancia emocional hasta casi la vejez, porque para nuestros padres seguimos siendo niños después de habernos quedado calvos, de enfermar de la próstata, de atravesar la menopausia, y una y otra vez nos descubrimos asumiendo ante ellos —también ante su presencia imaginaria— los papeles que asumíamos en nuestra infancia y nuestra juventud, descubrimos en nosotros mismos reacciones que creíamos superadas, una y otra vez discutimos por las mismas cosas, aunque en realidad hayan dejado de interesarnos.

Sólo alcanzas la madurez cuando has dejado de tener padres. Y aunque los míos no se hayan muerto o no pueda estar seguro de ello, porque mi padre desapareció en circunstancias que no pienso aclarar y de mi madre sólo queda esa figura animada que repite ciertas palabras y ciertos gestos, no tienen otro significado que el que yo proyecto sobre ellos. Pero yo había decidido convertirme en adulto antes de que también mi madre desapareciese dejando tras de sí ese tierno espantapájaros como para consolarnos de la pérdida, igual que esos padres que salen al cine o a cenar y pretenden hacer a su hijo pequeño más corta la espera y reducir sus temores dándole un animal de peluche para que se abrace a él. No culparles, no responsabilizarles de quién soy, no justificar mis fracasos con los suyos, ni tampoco atribuirles mis logros.

Hará unos diez años inicié con una mujer la relación más larga de mi vida, dos años, aunque el secreto de su duración no era que hubiese encontrado algo parecido a la mujer ideal para mis deficiencias, ni que yo atravesase una etapa equilibrada y plácida, ni que las relaciones sexuales que manteníamos fuesen tan fogosas y satisfactorias que minimizaban las posibles desavenencias, sino sencillamente que durante esos dos años sólo convivimos de verdad ocho meses, de los cuales los cuatro últimos los pasé pensando cómo decirle sin hacerle daño —esa misión imposible que se propone uno una y otra vez— que quería separarme de ella.

—Separarte —me dijo—. ¿Cuándo has estado junto a mí?

Por lo general, en el momento de la separación, aparte de una serie de reproches, suelo recibir un diagnóstico de mis flaquezas, y siempre, irremediablemente, soy declarado culpable del fracaso, lo que, teniendo en cuenta mi condición de multirreincidente, ni siquiera a mí me parece descabellado, aunque agradecería también de vez en cuando un mínimo de autocrítica por parte de mis compañeras.

—Llevamos dos años juntos —respondí, no porque ignorase la afirmación sobreentendida en su pregunta, sino porque me produce un enorme alivio escuchar las acusaciones del fiscal, quizá porque las acepto y no me veo obligado a defender mi inocencia, y siempre es más fácil separarse tras ese proceso sumarísimo que soltarse de una relación en la que las acusaciones son implícitas, las sospechas insinuadas. El veredicto es fundamental para empezar una nueva vida.

—Siempre juegas con el equipo de suplentes —fue mi única novia aficionada al fútbol—. Así que contigo se tiene la sensación de no estar jugando el partido de verdad; una que se cree que ha llegado el acontecimiento importante, el del juego, el de los momentos decisivos, y poco a poco se da cuenta de que aquello es un entrenamiento, porque el contrario no está presente en el campo, y ha enviado a representarle a una versión descolorida de sí mismo. No juegas, no te implicas, no te arriesgas. No me extraña que vengas de la familia que vienes: un padre que se fue a comprar tabaco, una madre que ha vivido sola, sin relacionarse con nadie.

—Deja a mis padres.

—¿Lo ves? Los defiendes. Porque te identificas con ellos. No has llegado a adulto.

Así que esa idea de que para ser adulto tienes que dejar de tener padres, irte de verdad de casa, a lo mejor la formuló ella y yo me la he apropiado (me parece increíble, pero ahora mismo no recuerdo el nombre de esa mujer con la que mantuve una relación durante dos años).

—No los defiendo, pero es irrelevante cómo fuesen. Estás enfadada conmigo, no con ellos.

Siempre soy yo el que deja a las mujeres. No porque sea un hombre tan atractivo o tan cariñoso que no quieran perderme. Sencillamente soy más rápido: antes de que acaben de darse cuenta de mis defectos ya estoy marchándome. A estas alturas, aún no sé si encontrarlo divertido o triste.

—Complejo de don Juan —diagnosticó esta de la que acabo de hablar. Habíamos hecho el amor y ella parecía feliz, despreocupada, y me acariciaba afectuosa el pecho; yo estaba tumbado boca arriba, con esa sensación que rara vez se alcanza de carecer de historia y de deseos, como imagino que debe de sentirse un mamífero saciado y somnoliento. Pero ella me empezó a preguntar por el pasado, por las otras mujeres que había habido en mi vida. Yo le conté sin énfasis ni interés especial, aunque al cabo de un momento, según iba relatando la lista interminable de relaciones que había acumulado, esa sucesión de nombres, de apariencias, de finales, empecé a sentirme incómodo. Ella ya no sonreía ni parecía satisfecha, había dejado de acariciarme y se apoyaba sobre un codo, con el ceño fruncido y los labios tensos.

—No me digas que te estás poniendo celosa.

—No, no es eso. Me preocupa. Así que mejor me preparo para lo que se avecina.

Pero yo no tenía ni tengo la impresión de perseguir a las mujeres, de empeñarme en seducir a una tras otra, de conseguir acostarme con ellas con el deseo de abandonarlas después. No pienso en el después. No pienso en el tiempo. Me entrego a una relación no como un coleccionista sino como un investigador. Es sólo que las plantas se me dan mal, que no acabo de acostumbrarme a la continuidad de los afectos.

Hoy es Carina quien se presenta ante mi puerta con un tiesto en las manos, envuelto en celofán del que asoman unas flores de color rojo, como las que yo habría elegido para llevar a un enfermo convaleciente en un hospital. Vistosas, rociadas quizá con algún tipo de spray para que brillen los pétalos y las hojas, me hacen pensar en actrices de labios rotundos y satinados, de tetas redondas; una planta que siempre fue así, con las mismas hojas y las mismas flores, creada en laboratorio.

—A mí tampoco me gustan mucho, no las mires así.

—¿Y por qué me las traes?

—¿Me dejas pasar o me quedo en la puerta? ¿Te han regalado flores muchas veces? —entra y deja el tiesto en el centro de la mesa del salón. Lo contempla y lo desplaza unos centímetros hacia un lado. Tiene el gesto de quien cuelga un cuadro y no está seguro de que haya quedado horizontal—. Hay preguntas que no contestas, ¿verdad?

—Te agradezco el detalle, pero de verdad que son muy feas.

—Estaban delante del nicho de Clara. ¿Tienes calzado para caminar por el monte?

—¿De quién son?

—¿Y cómo voy a saberlo?

—La próxima vez llámame. Me gustaría acompañarte. Yo creía que las urnas se las lleva un familiar a casa. Supuse que Alejandro.

—Que si tienes calzado.

—Quiero ir a visitar la tumba de Clara.

—Ahora lo que te pregunto es si te vienes a caminar por el monte.

—Nunca salgo a caminar por el monte. Es una de las cosas más aburridas que se me ocurren. Caminar por el monte. Montar en bicicleta. Te invito a tomar una cerveza en algún bar.

—No hay nada más aburrido que tomar una cerveza en algún bar. Venga, ponte calzado cómodo al menos.

—No tengo ganas de ir de excursión, en serio.

—No es ir de excursión, es ir de excursión conmigo.

En el coche cierro los ojos y escucho la música que pone Carina a un volumen excesivo. Música melódica, demasiado sentimental para mi gusto, voces amables incluso cuando hablan de pérdidas y desengaños. Canciones que seguramente Clara tampoco habría apreciado. Así que esta chica tan enérgica y decidida escucha canciones de amor.

—¿Por qué sonríes?

—¿Estaba sonriendo? La música. No te pega. O sí, no lo sé. Pero me hace gracia.

—Pues cuando voy sola también la canto.

—¿Con pasión y sentimiento?

—Ni te imaginas.

—Hazme una demostración.

—Que te lo has creído. Para que te rías de mí.

—Te juro que no me río. Mentira: probablemente sí me voy a reír.

—Mira, al menos tienes una virtud: dices la verdad.

—¿Y vas a cantar en premio a mi virtud?

—De eso nada.

—Entonces si hubiese mentido habría salido ganando.

Carina toma la salida de la carretera nacional y enfila el coche hacia la sierra. Se concentra unos segundos en la conducción para coger la dirección adecuada.

—No. Si mientes, a la larga sales perdiendo. Te pierdes a ti mismo.

No me atrevo a mirarla. Intento descubrir una advertencia en esa frase tan solemne, tan excesivamente significativa.

—No es una gran pérdida —digo y me arrellano en el asiento como si me dispusiese a dormir.

El padre de Carina y Clara se había vuelto un hombre abatido. Aunque en ningún momento tuvo un recuerdo de él —me contó Carina mientras caminábamos por un sendero que bordeaba un barranco— como el de una persona optimista o llena de energía, sí lo recuerda moderadamente alegre, afectuoso, sin mucha iniciativa y en general pendiente de la aprobación o desaprobación de su mujer. No era alguien que despertase admiración en una niña, pero sí afecto, porque rara vez regañaba o se enfurecía, y se interesaba o parecía interesarse por sus pequeños problemas —a ella no le parecían pequeños— y nunca estaba impaciente por levantarse y comenzar el día cuando ella o su hermana, o ambas, se metían en su cama por las mañanas; la madre, insomne o madrugadora, siempre andaba ya cacharreando en la cocina o planchando, mientras escuchaba la radio a un volumen que conseguía irritar a los demás miembros de la familia. Así que los domingos lo que hacían Clara y Carina al levantarse no era ir a desayunar ni a saludar a su madre ni a echarle una mano, sino a la cama del padre, que podría decirse que las esperaba leyendo ese periódico que inmediatamente doblaba de un golpe con el revés de una mano y dejaba caer a un lado de la cama. Así que aunque en sus recuerdos infantiles su padre era un hombre sin mucho carácter, nunca les pareció a sus hijas que le faltase o sobrase nada. El carácter lo ponía la madre por todos.

Las cosas cambiaron con el incendio, que ocurrió no más de un año antes de que Clara hiciese aquella tentativa de marcharse de casa. Y Carina aún no podría asegurar si fue su padre el que prendió fuego al restaurante o si se trató de un accidente o, como decía la madre, de la venganza de un camarero al que habían echado —por supuesto, lo echó ella, no su marido— por su hábito de intentar quedarse con parte de las vueltas de los clientes.

El restaurante había ido bien durante años; estaba situado cerca de las Cortes y ofrecía una comida de calidad, moderna y a un precio razonable, que atraía a políticos y funcionarios, con lo que aunque por la noche rara vez estaba lleno, los almuerzos por sí solos bastaban para hacer del local un negocio rentable.

Hasta que dejó de serlo. El padre nunca entendió por qué. Había ido cambiando la carta de forma moderada, añadiendo o quitando algún plato pero sin modificar el carácter del restaurante, y siempre manteniendo aquellos que contaban con más aceptación. La decoración, como los platos, no era ni vanguardista ni tradicional, y desde luego el mobiliario era de calidad. Pero los clientes habituales fueron dejando de entrar en el local; los políticos ya no reservaban mesas para diez o doce personas como había sido frecuente, guías y revistas que antes lo habían mimado dejaron de interesarse, y las pocas informaciones que se publicaban eran anuncios encubiertos. El padre tuvo que despedir a dos de los cocineros —en los buenos tiempos eran seis— y al sumiller, comprar productos de menor calidad, aceptar un mayor grado de deterioro de los que tenían en los frigoríficos y, al final, a regañadientes, reducir la carta a una docena de platos principales.

El incendio se produjo la madrugada de un lunes, el día que cerraba el restaurante, además del domingo por la noche. Carina recuerda la llamada telefónica y que desde la puerta de su dormitorio vio a su padre salir a toda prisa, sin despedirse de su mujer, que lo contempló marcharse, en camisón y con los brazos cruzados sobre el pecho, con más aire de severidad que de preocupación. Las llamas se habían iniciado en la cocina. Aunque la policía primero concluyó que la causa había sido un cortocircuito, el seguro no quedó muy convencido y lanzó una investigación propia. Tres días más tarde elaboraron un informe en el que se afirmaba que había sido un incendio intencionado, e interpusieron una denuncia contra desconocido.

El padre de Carina siempre negó haber tenido nada que ver en el incendio. Por desgracia, la cámara de un banco cercano le había grabado entrando y saliendo del restaurante esa noche apenas media hora antes de que un vecino llamase a los bomberos para advertir de que del bajo salía una columna de humo. Y aunque la cristalera que daba a un jardín anterior estaba rota —el padre afirmaba que el pirómano había entrado por ahí—, el perito del seguro, basándose en que la mayoría de los vidrios habían caído hacia el exterior del local, defendió que alguien los había roto desde dentro. No hubo acuerdo ni se pudo demostrar nada; el seguro se negó a pagar; el juicio duró años, consumió buena parte de los recursos de la familia y terminó en un acuerdo extrajudicial que llevó al seguro a pagar una ínfima parte del valor del local.

Pero la transformación del padre había empezado mucho antes, paralela al declive del negocio, e igual que éste estaba cada vez más vacío, también el padre fue dejando de hablar y perdiendo presencia. Seguía participando en las comidas y cenas familiares, estaba en casa los fines de semana, pero la persona que realizaba todas esas acciones era una cáscara, un ser sin sustancia, sin ánimo ni deseos propios, que respondía «lo que tú quieras» cuando la madre preguntaba qué quería cenar, o «me da lo mismo» a casi cualquier otra pregunta. Leía periódicos de cabo a rabo, al menos dos al día, y dejó en su esposa la responsabilidad de sacar la familia adelante. Fue un proceso de años, pero el hombre que salió de él se parecía al padre de Clara y Carina sin serlo; si dejaron de ir a su cama los domingos por la mañana no fue sólo porque ellas fueron creciendo, también porque él ya no echaba a un lado el periódico, ni las recibía con una sonrisa. Cuando el juicio terminó con lo que, a pesar de la indemnización, todos entendieron como derrota, descubrieron que aquella transformación no había sido un síntoma pasajero de las preocupaciones y el estrés, sino que era el resultado final; que aquel despojo que había quedado allí era su padre.

Carina no pierde el resuello mientras habla, a pesar de que el camino es a ratos muy empinado y a mí me cuesta seguir su paso. A veces me detengo y le hago una pregunta, como si me importase tanto la respuesta que no puedo seguir caminando hasta oírla. «¿Y tu padre sabía cocinar?» «¿Cómo confeccionaba el menú?» «¿Y tu madre qué decía del incendio?» «¿Nunca sospechaste de él?»

—No, nunca sospeché —dice Carina reanudando la marcha, y sin hacer caso de una repentina tos que me sacude y me hace detenerme otra vez; corro tras ella, le doy alcance, procuro que no note mis jadeos—. Mi hermana sí: a veces se acercaba a mí con aire de conspiradora tras cerrar cualquier puerta que nos separase de nuestros padres y susurraba: «¿Y si ha sido él?». Lo decía en tono divertido, como si en realidad deseara que nuestro padre hubiera sido capaz de ese acto, estúpido quizá, irreflexivo, mal planeado, pero al menos valiente, que habría revelado que era una persona mucho más interesante de lo que sospechábamos. Ella sacaba el tema una y otra vez, preguntándome, por ejemplo, si mamá habría estado al tanto o si lo habrían planeado juntos. «Mamá es el cerebro, papá el brazo ejecutor», es la conclusión a la que llegó Clara: nuestra madre no habría iniciado el incendio, aunque lo hubiese deseado, porque no habría soportado la humillación de ser descubierta, tener que someterse a un interrogatorio en el que quizá le faltaría al respeto algún policía de tono vulgar; pero sí lo habría planeado, y convencido a mi padre de la necesidad de estafar al seguro; y él habría comprado el combustible. Nos lo imaginábamos en el restaurante a oscuras con un bidón de plástico lleno de gasolina, como un pirómano que habíamos visto en la ilustración de un libro sobre revueltas y atentados. Pero aunque jugábamos a imaginar todo eso, a nuestro padre escurriéndose en la noche hacia el restaurante con el bidón en la mano y después alumbrado por el resplandor de las primeras llamas, yo nunca lo creí de verdad. Yo le decía que nuestros padres eran unos padres normales, y unos padres normales no pegan fuego a un restaurante y planean una estafa. Aunque supongo que la mayoría de quienes hacen esas cosas son normales hasta el momento en el que se pasa de la fantasía al plan, cuando deciden emprender un camino distinto, dar ese paso que la mayoría no da, y es sólo eso lo que hace que dejen de ser normales. Pero ya te digo, yo no podía acabar de creer que mis padres lo hubiesen hecho. Y Clara fue cansándose del tema o llegó a aquella fase en la que dejó de interesarse por la familia y comenzó a meterse en líos.

»Lo gracioso es que mi hermana tenía razón. No eran fantasías suyas para volver nuestra vida más interesante. Después de morir Clara, mi madre me pidió que pusiese orden en los papeles de la familia y separase todos los documentos que tuviesen que ver con mi hermana. Quería crear una carpeta aparte, pero me dijo que era incapaz de hacerlo ella misma. En un archivador encontré fotos del incendio; las cartas del y al seguro; documentos policiales y judiciales. Los seguí leyendo por curiosidad, porque me recordaban esa época en la que mi familia estuvo a punto de irse a la mierda, o se fue sin que de verdad nos diésemos cuenta de ello. Y en un sobre descubrí una serie de cálculos manuscritos, hechos por mi padre: en uno de ellos aparecían las pérdidas de los últimos años y los recortes de gasto que había ido haciendo, sin conseguir que las cuentas saliesen de los números rojos. En una nota al margen mi padre había apuntado el valor del restaurante en caso de siniestro después de aumentar la prima del seguro, cosa que había hecho cuatro años antes, aunque no creo que ya entonces lo tuviera planeado, porque aún no habían empezado de verdad los años malos.

—Pero eso pudo escribirlo después —digo, y finjo admirar el paisaje, respirar hondo el aire puro de la sierra.

—No. En las anotaciones al margen había también cálculos sobre la amortización de las deudas contraídas por el restaurante, para la que utilizaba parte del dinero del seguro (otra parte pretendía invertirla en bonos del Tesoro), y comprobé que la deuda había sido calculada en una fecha anterior al incendio.

—¿No hubo víctimas?

Niega con la cabeza, aprieta el paso con la vista puesta en el otro lado del barranco que llevamos horas bordeando, siempre hacia arriba, hacia una cumbre en la que no hay nada más que enormes riscos afilados; en la otra ladera, tan escarpada como la nuestra, una línea en zigzag revela un camino empinado que lleva a un refugio a varias horas de distancia al que no podremos llegar. Yo querría dar la vuelta pero me avergüenza no ser capaz de seguir el paso de esta mujer que nunca me habría imaginado montañera, ni siquiera amante del campo o la naturaleza o del esfuerzo físico, a no ser en un gimnasio, al ritmo de alguna música de discoteca y vestida con mallas, con una botella de plástico en la mano, una cinta en el pelo y un iPod en una funda sujeta al brazo. Trepa como las cabras, la maldita. Y yo ya voy dando tropezones, me desespero, empiezo a irritarme contra ella, contra su empecinamiento en llegar al otro lado, como si en el otro lado nos esperase algo o alguien, alargando también así el camino de regreso.

—Se nos va a hacer tarde —digo, casi grito porque ya se ha alejado de mí al menos veinte pasos y se pierde tras un recodo que yo ya no voy a alcanzar, no voy a seguir caminando ni un segundo más, y como para confirmarlo una piedra se mueve bajo uno de mis pies y siento un fuerte dolor en el tobillo.

—¿Qué? ¿Pasa algo?

Cuando voy a responder, un regusto ácido me sube por el esófago; enseguida me doblo hacia delante y vomito hacia el vacío. «Que no regrese», pienso, pero ya oigo sus pasos acercarse, y levanto una mano como para tranquilizarla y detenerla a un tiempo; y mientras me entran arcadas secas, que me impiden enderezarme, también pienso en esas escenas de película en las que alguien vomita y otro, quizá su novia, le sujeta la frente. Yo no voy a dejar que me sujete la frente. Pero también me ofende que se haya detenido a unos metros de mí. No quiero ver el asco en su cara. Ni su pena, ni su desprecio. Saco un pañuelo y me limpio a conciencia, volviéndole la espalda. Echo a andar de regreso al coche, del que me separan varias horas de camino. Sus pasos rápidos se acercan, su mano me toca el hombro pero yo no me vuelvo.

—Estoy bien —digo.

—Samuel.

—Que estoy bien.

—Lo siento.

Ya anochece cuando llegamos al aparcamiento en el que habíamos dejado el coche. Ha bajado la temperatura y el sudor se me enfría sobre la piel. No se me ocurrió traer alguna prenda de más abrigo. No se me han pasado del todo las náuseas y tampoco un difuso rencor que siento hacia Carina. El viaje de regreso es tan silencioso como lo ha sido la caminata hacia el coche. No sé por qué me siento tan infeliz, de dónde viene este desánimo. «Falta de azúcar», diría mi hermana; o: «Toma vitaminas»; o: «Bebe un poco de vino, verás como se te pasa». Carina se limita a mirarme con preocupación. Está ahí, esa extraña a la que he hecho entrar en mi vida, esa mujer estafada que aún cree que soy quien no soy e intenta reavivar los recuerdos de su hermana con los míos. Ella busca a un Samuel que no puede encontrar y a una hermana también desaparecida.

Frunce el entrecejo y me pone la mano en la frente, con una familiaridad que me desconcierta; incluso echo la cabeza hacia atrás para alejarme de esa mano que me toca de una forma que sugiere que hemos pasado mucho tiempo juntos, que se ha ocupado de mí y yo de ella en los malos momentos, una historia compartida de la que carecemos.

—Espera —dice, y vuelve a buscar mi frente—. Tienes fiebre. ¿Quieres que suba contigo?

—No. Ya me arreglo.

—Estoy segura de que te arreglas. Todos lo hacemos. La pregunta es si te gustaría que subiese. Te puedo preparar un té, leerte una novela en voz alta.

Para estar tomándome el pelo tiene el gesto preocupado, y ese gesto me recuerda algo que sucedió la otra tarde, en mi terraza, y en lo que no había vuelto a pensar hasta ahora. Fue después de contarle cómo yo recordaba a su hermana, inventando para ella nuestra relación clandestina, después también de que abrazara a Carina en mi terraza, después de volvernos a sentar cada uno en su tumbona. Yo me preguntaba qué estaría pasando por su cabeza, cómo iría encajando en el rompecabezas de la vida de su hermana las piezas falsas que acababa de proporcionarle: la veía cada vez más interesada, como si descubrir que Clara era mucho más compleja, y sobre todo distinta, de lo que ella había creído, hiciese de la propia Carina alguien diferente, o al menos la llevase a buscarse de otra manera.

—¿De qué color son mis ojos?

Me volví automáticamente hacia ella. Los tenía cerrados. Decidí improvisar.

—Marrones.

—Lo imaginaba.

—Más bien color avellana.

—Cuando me miras tengo la impresión de que apartas la maleza.

—Bueno, quizá algo más oscuros, no estoy seguro.

—De que intentas quitar de en medio lo que te molesta; me miras y buscas a Clara; es como si alguien miope intentase reconocer una forma familiar en una imagen borrosa. Pero buscas eso, sus gestos, sus rasgos. Los míos te estorban.

—¿Azules?

—¿Y los de Clara?

—Ten en cuenta que sólo tengo una foto en blanco y negro.

Ése es el riesgo de mentir; también lo que vuelve interesante la mentira. Que en cualquier momento puedes traicionarte, una frase que dices antes de pensarla porque estás concentrado en otra cosa. No sé cuánto duró el silencio; yo aguardaba; no, no contuve la respiración, al contrario, procuré seguir respirando pausadamente, forzándome a relajarme, a hundirme un poco más en la hamaca como si nada de nuestra conversación me alterara lo más mínimo. Si tan sólo hubiese hecho un gesto de extrañeza sería porque no había en ella ninguna sospecha y se había quedado perpleja por mi respuesta críptica; pero su expresión no era de extrañeza, era de alarma, como si acabara de confirmarle un temor que ni siquiera se atrevía a expresar. Así que me adelanté a lo que tuviera que decirme, entonces sí despierto y alerta, y con un hormigueo en las piernas y los brazos como cuando acabas de salir de una poza de agua helada.

—No me estás entendiendo.

—No, no te estoy entendiendo. ¿Qué más da que la foto sea en blanco y negro?

—No LA foto; lo que digo es que yo sólo tengo fotos en blanco y negro, de Clara, de ti, de las flores de la terraza. Soy daltónico.

—No me había dado cuenta.

—No es como si fuese ciego o paralítico, nadie tiene que tomarme del brazo para ayudarme a cruzar la calle, y tampoco hace falta que me digan que el semáforo está en rojo.

—Ni me lo dijo Clara.

—Dudo de que lo supiera.

—O sea, que mis ojos son...

—Grises. Como los de Clara. Pero más grandes.

—Y tampoco sabes si soy rubia o pelirroja.

—No tienes pecas. Rubia.

—Pero sabes el color de tu sofá.

—Naranja, si mi mujer no me gastó una broma. A veces lo hacía. No sé qué placer sacaba de ello, pero durante años creí que esa pared de color oliva era azul claro, y no sé durante cuánto tiempo salí a la calle con un abrigo color fucsia porque ella me dijo que era azul oscuro; yo estaba convencido de que era un abrigo muy elegante porque la gente se me quedaba mirando por la calle.

—No te lo crees ni tú.

—Te lo juro.

—Me tomas el pelo.

—Para nada. Mi mujer tenía ese sentido del humor.

—No te quería mucho, ¿no?

—Para eso sí necesito ayuda, para comprar ropa. Si voy solo, puedo salir de la tienda disfrazado de payaso.

Entonces fue ella quien se relajó; sus brazos, que se apoyaban en los de la tumbona, resbalaron hacia el interior y cruzó los pies como dispuesta a quedarse un rato en esa postura. Sonrió sacudiendo la cabeza, supongo que porque me imaginaba paseando tan ufano con mi abrigo fucsia y a la gente que se daba codazos al cruzarse conmigo. ¿La había convencido? Había exagerado con lo del abrigo fucsia; a veces me pierde este gusto por lo excesivo, por el detalle increíble precisamente para dar credibilidad: ¿quién se iba a inventar algo así? Pero, una vez que surge la sospecha, cualquier cosa puede volver a reanimarla, y cuando suceda no será como la primera vez, sino más intensa, porque esa sospecha ya tendrá una historia, y no será una única sino que se sumará a las anteriores. Tenía que dar un golpe de efecto, contarle algo que la convenciera para siempre de quién soy, de que su hermana estaba enamorada de mí, algo que la hiciera reír o llorar, conmoverse, imaginar a Clara en mis brazos, feliz o herida, o peleando conmigo, rabiosa o desesperada. Y mientras le daba vueltas en la cabeza a qué podría ser ese algo definitivo que me pondría por encima de cualquier sospecha, me llegó el eco de la pregunta de Carina: «De qué color son mis ojos». Y también: «Me miras como quien aparta la maleza».

Entro en mi casa, aliviado de que no haya insistido en subir conmigo. Ya no tengo ganas de vomitar, sólo de desvanecerme, de no enterarme de nada durante horas. No pensar, no sentir, no desear. Qué día de mierda. Me desnudo y me voy a meter en la cama, pero empiezo a tiritar antes de hacerlo, así que me pongo un pijama de franela que tengo que buscar en varios cajones porque no lo uso nunca. A pesar de cómo me siento, abro el ordenador y miro en mi bandeja de correo. Clara ha aceptado mi solicitud de amistad. Me pesa la cabeza; tengo la sensación de transportar en ella un saco de arena. «Hola, Clara —le escribo—; te echo de menos». Y envío el mensaje. Tardo horas en dormirme; una y otra vez abro los ojos para comprobar si me ha contestado. Ya ha amanecido cuando presiono una tecla para que se ilumine la pantalla del ordenador. La miro desganado, pensando en volver a cerrar los ojos, pero he recibido un nuevo mensaje en Facebook. No me decido a pinchar para leerlo. Quiero seguir durmiendo, no salir de esa modorra afiebrada, no tener que enfrentarme a la decepción porque no ha sucedido algo que es imposible que suceda. Pero la tentación es demasiado fuerte. Abro la ventana de mensajes. El nuevo es de Clara. A pesar de ello no consigo despertarme por completo. Como si fuese lo más natural del mundo que Clara me escriba, que sea afectuosa conmigo. «Yo también te echo de menos. Mucho», dice, y sonrío, y cierro los ojos, y me arrebujo en la manta. Y me quedo dormido.

Me despierta el timbre y maldigo por lo bajo al cartero y a los repartidores de publicidad. Tengo la cabeza empapada y un sabor pastoso en la boca. Ni siquiera hago intención de levantarme. Meto la cabeza bajo la almohada y espero a que abran de otro piso. Pero el timbre vuelve a sonar. Me viene a la mente la imagen de Samuel esperando en el descansillo; lo lógico sería que viniera a pedirme más explicaciones, a preguntarme por qué estoy tan informado sobre la muerte de Clara. Me incorporo y un pinchazo en las sienes me obliga a acostarme otra vez. Compruebo que el mensaje de Clara sigue allí. «Yo también te echo de menos. Mucho.»

Llaman de nuevo. Voy de mala gana hasta la puerta: Carina, vestida con chándal y sudadera, sin maquillar, con zapatos deportivos.

—Ayer, cuando fuimos al monte, llevabas falda —es lo primero que le digo, sin invitarla a pasar, no porque no quiera; sencillamente no se me ocurre hacerlo.

—¿Y?

—Ninguna mujer lleva falda para subir un monte. Pensaba que tenías algo en contra de los pantalones.

—He salido a correr. Te vas a quedar frío.

Entonces me doy cuenta de que lo lógico sería pedirle que entre, aunque me siento sucio y sudado, soy consciente del pijama dado de sí que llevo puesto, e imagino mi mal aliento.

—¿Quieres entrar?

—Venga, vuélvete a la cama.

La obedezco un poco confuso ante su tono decidido y ella me sigue al dormitorio. Lamento no haber tenido tiempo para airearlo. Me tumbo y cierro los ojos un momento, durante el que también siento retortijones en el estómago.

—¿De verdad has venido a cuidarme?

—¿Cómo estás?

—Cuando me acabe de reventar la cabeza me voy a sentir mucho mejor.

—¿Has tomado algo?

—Un whisky. Anoche, antes de acostarme.

—No seas tonto. Ibuprofeno, Frenadol, aspirina.

—No creo que tenga. No me enfermo nunca. La última gripe la pasé hace más de dos años.

—En eso nos parecemos. Yo tampoco enfermo nunca. Era Clara la que cogía todos los resfriados.

—¿Y la cuidabas?

—Sí, me gustaba mucho hacerlo. Me sentía mayor y responsable.

—¿Ahora también?

—Te voy a hacer un té, y mientras te lo tomas bajo a la farmacia.

—Te queda muy bien el chándal.

—Vete a hacer gárgaras.

—En serio. Te humaniza. El chándal, no estar maquillada. Pareces otra.

—¿Mejor o peor?

—No tengo té.

—Vaya. No tienes nada.

—Ahora te puedo imaginar arrellanada en un sofá, con los pies encima de la mesa, mirando la televisión.

—¿Dónde tienes las llaves?

—¿Qué quieres abrir?

—Tu puerta, idiota. Para que no tengas que levantarte cuando vuelva.

—No sé, registra mis bolsillos.

Vuelvo a cerrar los ojos. Creo que me quedo inmediatamente dormido. Me despierta el ruido de tazas, de puertas de armarios, de pasos. Carina entra en mi dormitorio con una bandeja: té, pan, mantequilla, mermelada, Frenadol.

—No puedes tomar las pastillas con el estómago vacío.

Ahora su energía me tranquiliza. Me permite no pensar. Obedezco como un niño enfermo. Dejo que me ayude a incorporarme y que coloque bien mi almohada. Bebo el té; espero a que unte la mermelada y la mantequilla en los panecillos. Tomo el Frenadol.

—Te sientes culpable, ¿eh?

—¿Quieres que te dé un masaje?

—¿Lo dices en serio?

—No. Era para ver la cara que ponías.

La cabeza me duele aún más al reírme. Me escurro lentamente hasta quedar otra vez tumbado.

—Pero ayer me ofreciste leerme algo.

Señalo el libro abierto y deslomado encima de la mesilla. Lo hojea sin perder la página por la que estaba abierto.

—Philip Roth, no lo conozco.

—Me gustaría que me presentases a Alejandro.

—¿Es bueno?

—No me estás haciendo caso.

—No. Porque dices tonterías, cariño.

Se da cuenta de lo que me acaba de llamar y por un momento creo que va a disculparse, pero empieza a leer para sí.

—¿Me lo presentas?

—¿Para qué?

—Yo creo que me ha escrito.

—¿Sólo lo crees?

—Y además me gustaría que me hablase de Clara. Y hablarle yo de ella.

Carina empieza a leer. Lo hace en tono pausado, bien modulado, entonando con gracia. Y su voz, quizá porque es consciente de leer para un enfermo, tiene el volumen justo. No me había dado cuenta hasta ahora de que tiene una voz bonita, ligeramente velada, sin ninguna estridencia. Se lo voy a decir, cuánto me gusta su voz, aunque siento la lengua hinchada, como si ocupase más espacio del habitual. La oigo describirme una tienda de relojero en Newark, y suena también precisa, como si supiese con exactitud de qué habla.

Cuando me despierto es noche cerrada. Carina se ha ido. El libro está de nuevo sobre la mesilla. Lamento no haberle dicho cuánto me gustaba su voz. Vuelvo a dormirme y no me despierto hasta bien entrada la mañana siguiente, creo que ya sin fiebre. Si no fuese un tópico tan horroroso, diría que la visita de Carina me ha parecido un sueño. Ya está: lo he dicho.

Mi hermana entra en mi casa tras darme un beso rápido. Le comenté por teléfono que había estado enfermo y, aunque insistí en que ya estaba recuperado, no se dejó disuadir de venir a visitarme. Inspecciona el salón como buscando una tarea que cumplir, casi ni se detiene antes de adentrarse en el pasillo.

—Las camas están hechas —le digo—. Y el armario ordenado.

—¿El baño?

—Reluciente.

—Que dónde está el baño. Me hago pis.

No la creo. Estoy seguro de que sus prisas no tenían que ver con una urgencia fisiológica. Y de que si no la hubiese frenado habría entrado en el dormitorio y se habría puesto a hacerme la cama, que por supuesto es un revoltijo de sábanas y de almohadas abolladas. Duermo mal. Sudo. Doy vueltas. No sólo recientemente, por el resfriado, sino en general. Nunca he sido de sueño fácil. Mi cama es testigo de mis malestares nocturnos, del acoso no de auténticos miedos o angustias, pero sí de imprecisas inquietudes. Cambio de postura, saco la almohada de debajo de mi cabeza, la vuelvo a poner, sudo, me canso, me molesta el peso de mi cuerpo. Así una y otra noche.

Mi hermana sale del baño y se dirige a la cocina. ¿No lo dije? Enseguida se oye el agua chocando contra el fondo del fregadero y ruido de cacharros. La dejo hacer. Mi hermana me quiere; me protege; su cuerpo rotundo y sin sofisticaciones, sus brazos remangados, su amplia risa de verdulera. Es hermoso tener una hermana tan de este mundo. No me casaría con ella porque sus movimientos ruidosos acabarían espantándome, me obligarían a buscar cobijo en algún rincón oscuro, y no aguantaría las voces que da a los niños, sus órdenes joviales y perentorias.

Sale de la cocina y se planta ante mí con los brazos en jarras. No se sienta casi nunca, conversa de pie, toma el café de pie, no es raro verla con un plato en la mano, comiendo mientras va de un sitio a otro, ordena, dispone, recoge, enmienda.

—¿Te cocino algo? ¿Quieres que te haga la compra? ¿Estás ya bien del todo? Tienes una cara de dibujos animados. Es un piso muy bonito.

—¿Cómo están los niños?

—Felices. Los niños son lo mejor que me ha pasado en mi vida. Deberías casarte, ser padre y más tarde abuelo. No hay otra cosa que valga la pena.

—¿Sigues con las pastillas?

—¿Te acuerdas cuando no las tomaba? Creo que no te lo he dicho, pero me veía como una especie de babosa; así de lenta, informe, sin rasgos, y eso que no estaba tan gorda como ahora; la tocas y se encoge, nada más, sigue ahí, expuesta y blanda. Oye, ¿no estarás insinuando que tomo pastillas por los niños? Cásate, en serio; la familia es lo único que a la larga puede hacer feliz a alguien.

—Pero tomas pastillas.

—Y si no tuviese familia, aunque las tomara, estaría babeando en un parque, sin saber si llueve o hace sol. Tú también deberías tomar algo. Lo llevamos en los genes. Mira papá.

—No sabemos nada de papá.

—No lo sabes tú, pero yo me pasé la adolescencia con él. Era como conversar con la lavadora. Pero de las antiguas, con un solo programa.

—Anda, siéntate un rato.

Se sienta, aún buscando en derredor una tarea que haya escapado a su atención.

—Uno de estos días no respondo. La voy a coger del cuello como un muñeco y la voy a zarandear hasta que se le caiga la cabeza.

—¿A quién?

—Y me dices que tomo pastillas. Pero tú no vives con ella. Como me vuelva a preguntar cuándo llega Clara la estrangulo con el cable de los auriculares. Me la voy a traer y te la dejo aquí, para que alegre tu existencia.

—Que cuándo llega Clara.

—¿Tú también? ¿Os habéis puesto de acuerdo para volverme loca? Si lo conseguís tenéis que cargar con los niños porque Martín es un inútil. No sabría ni limpiarles el culo.

—Digo que si pregunta cuándo llega Clara.

—Que Clara era muy cariñosa con ella, y que cuándo va a volver. Una y otra vez. Yo a veces le contesto que dentro de una hora, para ver si se tranquiliza. Y que tú la querías mucho, dice emocionada, la pobre. Que querías tanto a Clara. ¿Tú conoces a alguna Clara?

—Salimos juntos una temporada.

—Primera noticia. Como a ti las mujeres te duran lo que a mí los kleenex... Pues anda, hazme el favor y tráela una tarde a casa, a ver si conseguimos que se le pase la manía y me dé un par de días de descanso, hasta que la coja con otro tema.

—No va a poder ser. Clara está muerta, se mató en un accidente de coche hace unas semanas.

Es quizá una de las cosas que más me gustan de mi hermana, cuando abandona su disfraz, cuando deja de ser ese vendaval en el que la convierten los medicamentos y su ansia por huir de sí misma, cuando para de ordenar y reír, de recorrer la vida como un teniente adiestrando a una compañía de soldados torpes o perezosos, un momento como este, en el que los ojos parecen ablandársele, volverse aún más negros, dos pozos que absorben mi tristeza, la atraen hacia el fondo de ella misma, la hacen suya.

—No llamas —dice, y alarga una mano que no llega a acariciarme—. Se mata la chica con la que sales y no me lo cuentas, ni vienes a casa a buscar consuelo. Qué tonto eres, de verdad. Me gustaría zarandearte a ti también.

—¿Hasta que se me caiga la cabeza?

—Hasta que se te ponga en su sitio. Hermanito, eres un idiota. ¿La conocía? ¿Era aquella con la que te vimos una vez, ya ni recuerdo en qué calle?

Asiento. Mi hermana se levanta y se acomoda a mi lado. Me toma la mano, me revuelve el pelo, y si algo no lo remedia me sentará sobre sus rodillas y me estrujará como hace con sus hijos cuando le entra un ataque de cariño.

—Sí, ésa era Clara.

—Tenía el pelo corto, ¿verdad? Y era más joven que tú, bastante. Se lo dije a Martín, que tú buscabas novia en los patios de los colegios. Me cayó requetebién, callada pero alegre.

—Es verdad, callada pero alegre. Bueno, no siempre era tan callada. Podía parlotear durante horas cuando estaba de buen humor.

—Ya —dice—. Entonces tendré que convencer a mamá de que no va a venir. Menuda desilusión se va a llevar.

—Varias veces.

—Qué payaso eres. Se lo tendré que decir las que haga falta. Mira tú que acordarse de Clara, cuando se olvida de todo.

A mi hermana no se le ocurre preguntarme cuándo ha visto nuestra madre a Clara, cómo es que la echa de menos o sabe que era cariñosa. Nos quedamos callados un rato, yo con una mano entre las suyas, abstraídos como dos enamorados. «Pobre Clara», digo en voz alta, porque quisiera escuchar a mi hermana hacerme eco, oír su voz resignada, previa al suspiro, su compasión por Clara y por mí, por los dos amantes a los que separó un accidente de tráfico.

—Pobre Samuel —dice—. ¿Se lo has contado a Antonio?

—Hace meses que no hablo con él.

—Vaya familia. Como mis hijos salgan a nosotros, les rompo las narices. Pero hablarás con alguien, te desahogarás, dejarás que algún amigo te consuele.

—¿Sabes lo que me sucede?

—No.

—Era una pregunta retórica, no puedes saberlo.

—Pues no preguntes.

—Que no quiero que me consuelen. Hay una novela, no recuerdo de quién, un belga; la mujer del protagonista se muere y él se va a vivir a Brujas porque le parece un lugar tan triste que no le permitirá olvidar su propia tristeza. Yo tampoco quiero consolarme de la muerte de Clara, porque eso sería como desenamorarme, olvidar qué sentía cuando la deseaba o la echaba de menos. Yo también me iría a Brujas, pasearía junto a sus canales bajo la niebla y seguiría queriendo a Clara.

—Valiente idiotez. Hay pastillas para eso. Te tomas una y dejas de revolcarte en la tristeza. Siempre le digo a Martín que en realidad tú eres un intelectual, el único de la familia. Aunque trabajes con cemento y ladrillos y retretes.

—Cuando estás enamorado de alguien también eres infeliz. Porque no estáis juntos todo el rato, o porque la echas de menos en tal momento, o porque no puedes saber si te quiere como tú la quieres, en fin, todo esto suena muy cursi pero da igual: una de las cosas más hermosas del amor es la infelicidad que produce, porque te hace sentir con más intensidad quién eres y quién querrías ser.

Estoy improvisando. No sé si lo que digo es verdad porque no recuerdo haber sentido nada similar, al menos hasta ahora. Nunca pronuncio la palabra amor. Nunca he estado enamorado, salvo de una mujer a la que no he conocido. Nunca he conocido los dolores que enumero a mi hermana, que me contempla con una ceja levantada.

—Vaya bobada. Te lo juro. Qué manía de ser desgraciados tenéis los que pensáis.

—En el amor siempre hay algo de frustración.

—Porque no tienes hijos. Eso es lo que te digo, que en el amor a los hijos no cabe la languidez. Están ahí y los quieres y los cuidas y te sientes responsable de ellos y no tienes ni tiempo para pensar en ti misma, porque lo que te importan son tus niños. Eso es lo que da la felicidad.

—Y las pastillas.

—No es la cara, es el color. Un color de tebeo es lo que tienes.

—Ajá.

—Como cuando imitan el color carne pero sale demasiado blanquecino o demasiado naranja.

—¿En qué quedamos, naranja o blanquecino?

—Enfermizo. Me tengo que ir. Ven a casa este fin de semana. Se lo diré a los chicos. Y a mamá.

—Y a Martín.

—¿A Martín? ¿Para qué se lo voy a decir a él? Te esperamos, ¿vale? A comer o a cenar, lo que prefieras.

Es irreductible. Aborrece cualquier forma de melancolía. Seguro que los próximos días me llamará una y otra vez pensando que me hace un favor si me saca de mi ensimismamiento. *Brujas la muerta,* se llamaba la novela; si se la prestara a mi hermana echaría un vistazo a las primeras páginas, haría un gesto de desagrado, la olvidaría debajo de un cojín, se sentaría encima.

—Vale —le respondo, como podría haber respondido cualquier otra cosa o haberme quedado en silencio.

La loca del tercero se asoma de repente al descansillo cuando paso por delante de su puerta. Puede que sea casualidad, pero lo más probable es que haya estado espiando por la mirilla. La insomne que casi todas las noches redecora el piso cambiando de sitio los muebles, vaciando cajones y armarios, no importa cuántas veces los vecinos hayan llamado a la policía. Ella vive en otra dimensión en la que la policía y la comunidad de vecinos —a la que no paga desde hace años— son seres con los que cualquier contacto tiene algo de sueño o delirio. La acosan, pero es preferible no prestarles atención, taparse los oídos, hacerse la loca.

—Ladrón —me increpa—. Eso es lo que usted es, un ladrón. Usted se piensa que no me doy cuenta de las cosas.

Me detengo en mi descenso y le muestro las manos vacías.

—¿Qué he robado?

—Ahora mismo voy a tirar sus trastos a la calle. Ésta es una pensión decente. Pervertido.

En ese momento se abre la puerta de al lado y sale una mujer con un niño. No los he visto nunca; ella tiene aspecto nórdico y el niño, que se sujeta tambaleante a un cochecito que aún la madre no ha desplegado del todo, es tan blanco que las venas de su rostro recuerdan un mapa fluvial.

—Buenos días —dice la madre (¿por qué pienso que es la madre? Podría ser la canguro, o una amiga o una prima de la madre. El niño no se parece a ella salvo en lo rubicundo). La mujer trastornada la sujeta del brazo con cierta violencia.

—Como que me van a engañar a mí. Ustedes están juntos en esto. Mañana mismo se largan de esta casa.

La madre o lo que sea se zafa, pero el carrito y el niño aferrado a él le impiden marcharse a la velocidad que quisiera. Llamo al ascensor por ella.

—Ha habido un malentendido —digo a mi supuesta casera—. Todo volverá a su lugar. No hay misterio. Las cosas son como son y no hay nada que temer. Dios proveerá.

Eso parece calmar su furor, aunque la joven madre es ahora a mí a quien mira como evaluando si soy peligroso.

—Pero no lo digo ni una vez más.

La mujer se retira a su guarida sin darse la vuelta, como esos animales que viven en madrigueras y de vez en cuando asoman la cabeza para otear algún peligro, y retroceden sin haber acabado de salir del todo.

Abro la puerta del ascensor para la joven y el niño. Al pasar a mi lado dejan en el aire un aroma a polvos de talco. Se le traba el cochecito porque el niño no se suelta de él y aunque la mujer empuje y tire es difícil que ambos entren a la vez en el diminuto ascensor, pero acaban consiguiéndolo. Cierro y desciendo casi a la carrera las escaleras, y allí estoy yo en el bajo, abriéndoles la puerta del ascensor con una reverencia. El niño me señala riendo y dando tirones del carrito con la otra mano mientras lanza unos grititos de alegría; ella casi no levanta la cabeza, finge estar ocupada con cochecito y niño, deja que el pelo cubra su cara y ni siquiera se despide.

Se me había olvidado que es domingo. Los ruidos que llegan del final de la calle y el gentío que recorre la transversal me recuerdan que es día de Rastro. Casi no me sorprende descubrir, junto al bar de la esquina, como asomado a su cristalera, es decir, como si dicha cristalera fuera un escaparate en el que se exponen mercancías y él estuviese particularmente interesado en ellas, al encargado del almacén. Lleva un traje marrón con solapas que incluso a esta distancia resultan demasiado grandes, y por primera vez le veo sin gorra; tiene una calva en lo alto de la cabeza, como una tonsura, y ese descubrimiento le quita autoridad, lo vuelve menos amenazante. Abro la navaja que llevo en el bolsillo desde que lo descubrí vigilándome en mi calle —aunque dudo que sea capaz de defenderme a navajazos— y aguanto allí a la espera de que se atreva a mirarme de frente; de hecho, me propongo no abandonar yo tampoco mi puesto de vigía hasta que me dé a entender con un gesto que se encuentra en ese lugar por mí. ¿Se cree que voy a salir caminando a toda prisa en la dirección opuesta y volviendo nervioso la cabeza? Espero. Suena el tema de Paco de Lucía que se escucha todas las mañanas de domingo durante horas y horas. La gente sube por la travesera como una procesión sin santo, pegados unos a otros, pacientes, charlatanes. Pasa un grupo de chicas todas en pantalón corto y chanclas. Cuando el encargado se gira hacia mí creo sorprender en él un gesto de contrariedad. ¿Se había creído que no lo iba a descubrir? Te he pillado. Esta vez no le saludo ni hago gesto alguno. Meto las manos en los bolsillos y aguardo una reacción. No siento mucho miedo, nerviosismo sí. Porque es una situación que no sé cómo puede acabar. No llegaremos a las manos, supongo. Estará con algún compinche, su amigo el de la moto, me amenazarán, me afearán que no haya defendido sus intereses. Pero no creo de verdad que me vayan a agredir. Me acuerdo de Alejandro, su puñetazo infantil.

El encargado entra apresuradamente en el bar, como para refugiarse en él. Pero esta vez las cosas no se van a quedar a medias. Cuando llego, yo también me asomo a la cristalera; está lleno de gente; hablan a voces, muestran una alegría expansiva, se gritan de un extremo al otro de la barra; me invade la sensación de estar asistiendo a una obra de teatro en la que se representa al pueblo en fiestas; también los camareros hablan a voces, dejan ruidosamente platos y vasos sobre la barra de mármol, se desplazan con rapidez, sirven cañas, pinchos de tortilla, aceitunas, se gastan bromas entre sí, juegan a que se chocan o no se chocan en el estrecho pasillo tras la barra. El suelo está cubierto de servilletas, palillos, huesos de aceituna, trozos de pan pisoteados. Desde donde estoy no consigo distinguirlo entre ese gentío vociferante y alegre, así que entro en el bar. Entonces lo descubro en medio de un pequeño grupo y me doy cuenta por primera vez de su reducida estatura y, quizá por la calva, me parece más mayor que en el almacén, cercano a la jubilación. La gente que lo acompaña va también vestida como para asistir a una comunión o a una boda, las pobres ropas de obreros endomingados que recuerdan fotografías antiguas, de bisabuelos o tíos remotos muertos hace mucho. Una mujer de boca muy grande, con una anchura corporal que hace pensar en una mujer de pueblo, aún más baja que él, le está dando tirones de una manga como pidiéndole algo.

Él se ha percatado de mi presencia, me ha mirado con el rabillo del ojo y se ha girado algo más para darme la espalda, como un avestruz que esconde la cabeza en la arena y se cree a salvo; saca un billete de la chaqueta y lo levanta en el aire para llamar la atención de un camarero. ¡Tiembla! La mano en el aire tiembla. En el espejo situado tras la barra descubro su cara, una cara expresionista en la que la mandíbula inferior parece extrañamente desplazada, y los ojos se hunden en dos manchas oscuras. Cejas enormes, dos bruscas pinceladas. El mentón azulado. Una mano temblorosa de gigante en primer plano. Insiste con el billete en alto, pero nadie le hace caso. En ese bar es uno más, no es el encargado, no es el que decide y controla, nadie celebra sus bromas ni acepta que lo levante por los aires. La mujer sigue tirándole de la manga mientras con la otra jala de la mano de una adolescente como si la atrajese hacia él; varios de sus acompañantes ríen y bromean con voces ásperas, vulgares; uno de repente da palmas acompañando torpemente la música de guitarra, pero nadie le sigue, y una mujer le dice —es lo primero que oigo con claridad—: «Tú muchas palmas pero a los hombres...», y ahí se pierde su voz en una risotada de sus amigos o familiares y porque de pronto a mi lado una máquina tragaperras emite una melodía estridente.

La mujer vuelve a darle tirones, ahora con cierta violencia, porque él se niega a girarse e incluso se suelta rabioso de esa mano, dice algo así como: «Deja, coño, mujer», y me mira en el gran espejo antes de gritar: «¡Me cobra!», pero sigue sin hacerse oír, y para acabar con esa situación absurda, porque es absurdo estar parado a sus espaldas, sabiendo los dos que estamos apenas a tres metros uno de otro, avanzo hacia el grupo abriéndome paso entre otras personas, «disculpe, me permite», y la mujer ya le ha vuelto a coger de la manga y tira de ella y le dice no sé qué, y entonces él se gira, echa la mano libre a un bolsillo —yo aprieto la navaja en el mío—, saca un pañuelo y, sin levantar la cabeza, limpia las babas de la adolescente, que emite sonidos nasales y abre una boca inmensa y lacia. Le pasa varias veces el pañuelo por los labios, casi con rabia, como quien quita una mancha resistente de una pared, él con los dientes apretados, ella con la boca muy abierta, y es ella la que me mira y sonríe y me señala con el mentón mientras sigue emitiendo sus sonidos ininteligibles, y yo no sé cómo escapar de allí, cómo comenzar a dar pasos en otra dirección pues ya estoy plantado delante del hombre, que entrecierra los ojos y hace una mueca, se sonroja, mira al suelo, levanta por fin la vista, y ahora se han callado todos, o me lo parece, y se han vuelto hacia mí, allí parado contemplando a la joven mongólica y a su padre, como si esperasen a que pronuncie un discurso. «Hola, qué tal», es todo lo que digo, ya girándome. Imagino que todos me están mirando cuando salgo del bar.

Alejandro nos abre y hace un gesto con la mano hacia el interior evitando así estrechar la mía. Carina entra primero, yo detrás, y pasamos directamente al salón. Ella es la única que ha dicho hola. Alejandro es aún más pequeño de como lo recordaba. Atildado sería una buena palabra para describirlo, y si lo hago con más de una tengo que mencionar sus vaqueros de pitillo demasiado ajustados, los botines negros, la camisa blanca sin cuello, un bigote circunflejo que en otra cara y en una cabeza más grande podría resultar marcial. Es alguien a quien no puedes imaginar con las uñas demasiado largas o sucias, tampoco las de los pies aunque no se vean, o con pelusa en el cogote, o con pelos asomando de las orejas. Y sin embargo —y seguro que se morirá de rabia cuando se dé cuenta—, lleva pegados a la garganta dos trocitos de papel higiénico con los que ha querido cortar la sangre de las heridas que se ha hecho al afeitarse. Ya tenemos algo en común: los dos nos afeitamos a cuchilla.

Nos sentamos Carina y yo en dos butacas rectas de respaldo muy bajo y él se sienta en el sofá frente a nosotros, un sofá de cuero rojo que, salvo en su apariencia incómoda, no va a juego con las butacas ni con el resto de la decoración, si es que puede llamarse decoración a ese espacio casi vacío, de mesas de poliuretano transparente, una estantería de hilos de acero con pocos libros, lámparas minimalistas, una cómoda de plástico blanco; el salón tiene un no sé qué de interior de estación espacial en una película de los setenta. No me puedo imaginar aquí a Clara, ella, con tantas ganas de vivir, encerrada en este museo del diseño. Porque Clara seguro que pondría los pies encima de la mesa o tocaría el metacrilato con un dedo sucio de mermelada, o querría estar sentada en una silla que le permitiese arrellanarse. Clara preferiría sillones cómodos, mesas de materiales cálidos, colores en las paredes que produjesen alegría o excitación. Mi Clara no podía vivir en este lugar con este hombre de quien su cualidad más destacada parece ser la pulcritud.

—No entiendo qué quieres. No entiendo qué más quieres —es lo primero que me dice—. ¿Hay algo que no te dio tiempo a quitarme cuando Clara estaba viva y quieres llevártelo ahora? ¿Ese jarrón, esa fotografía? Por cierto, seguro que eres tú quien robó la foto. Te quedaste solo cuando nos fuimos del velatorio. Sería mucho pedir que me la devolvieses, ¿verdad? Tú no eres de los que dan o devuelven, sino de los que arramblan con todo. ¿Qué coño haces aquí? Eso, ¿a qué coño has venido?

Entre cada una de sus preguntas y acusaciones yo intento intervenir, pero él no quiere oírme, acelera el inicio de la siguiente frase para impedir que añada u objete, que le corte ese flujo entre rabioso y resignado.

—No están los gatos —es lo único que repongo cuando parece haber acabado su diatriba, al darme cuenta de que no hay pelos ni olor de gato en el apartamento.

—¿Qué gatos? Soy alérgico a los gatos.

—Clara tenía gatos.

—¿Cómo va a tener gatos si te digo que soy alérgico?

—Pero a veces se le pegaban pelos a la ropa y ella decía que eran de gato.

Carina pone gesto de interrogación, que replica el de Alejandro. Temo empezar a sudar de un momento a otro. ¿Por qué demonios he hecho esa pregunta imbécil? Quizá no ha sido una buena idea venir aquí.

—Eso es lo que yo pensaba, que no podías conocer a Clara. Que te la follabas sin hacerle ni una pregunta, y que aunque le hubieses preguntado y ella hubiese respondido no habrías entendido nada. Para ti ella era como masturbarte con un filete, salvo por la diferencia de temperatura.

No le pega ese lenguaje obsceno a su aspecto delicado, y sin embargo sale de su boca con naturalidad, como si fuese su manera habitual de expresarse. Carina cruza y descruza las rodillas, se coloca un mechón de pelo detrás de la oreja, cogida entre dos fuegos, sin siquiera la protección de la cortesía, que Alejandro no va a concedernos. Como yo, quisiera levantarse ya y despedirse, dar por zanjado este encuentro que sólo puede ser un desastre.

—En realidad, tú eras su camello. Le dabas la droga que te pedía sin preocuparte de las consecuencias, te forrabas con su adicción. No digas nada, cállate, porque en el momento que vuelvas a hablar te echo de aquí. Y a ti también, no sé para qué coño me lo has traído. Que quería hablar conmigo. ¿Te ha intentado follar a ti también? Ni me contestes. No hay más que verle. Aquí estás, increíble, con el hombre que más daño hacía a tu hermana.

Desde que empezó a hablar se le han ido hinchando las venas de la frente, y los tendones del cuello se marcan como en la papada de una iguana; y la cara, más que enrojecida, comienza a adoptar una tonalidad morada; podría empezar a realizarse en él una metamorfosis, el increíble Hulk mutando ante nuestros ojos en este salón minimalista de Chamberí, sus pantalones de pitillo reventarán por la presión de sus músculos, de la camisa blanca asomarán masas pectorales inimaginadas.

—Alejandro —dice Carina, y le agradezco tanto que intervenga. Que lo saque de esa rabia—. No te pongas así. Era yo también la que quería saber qué ha pasado. Que me contases un poco. Y verte. No has vuelto a llamar.

—¿Y ahora estás tú con él? Quiero decir...

—No.

—¿No?

—No, pero hemos hablado mucho de Clara.

Alejandro parece calmarse un poco. Mira a Carina y casi sonríe.

—Y qué sabe él de Clara —dice, y parece haberse olvidado de mi presencia—. Ella lo que quería era tranquilidad. Eso me dijo al principio, tranquilidad, respirar —exhala como si él mismo estuviese haciendo un ejercicio de relajación y se desinfla un poco, su frente baja unos centímetros—, «me caso contigo si me prometes que veremos la televisión por la noche comiendo patatas fritas, que nos levantaremos tarde los domingos, yo quiero una vida sin dramas, Alejandro». Y se lo prometí, que tendríamos una vida sin sobresaltos, y sin hijos, ésa fue su otra condición, que me pareció muy bien; yo trabajaría con mis muebles, ella haría lo que quisiera, buscarse un empleo o quedarse en casa, ver telenovelas o ir a la peluquería, a mí qué más me daba —ahora habla como quien recuerda, parece haberse olvidado de quién soy, e incluso se vuelve a veces hacia mí como para que corrobore sus palabras, para que entienda todo lo que ha perdido. Yo ni me muevo, para evitar que vuelva a cambiar de humor—. No sé de qué buscaba refugio, y cuando se lo pregunté no me dio una respuesta convincente. Pero en el fondo me daba igual. Ella quería paz y yo podía dársela.

»Luego cogió aquel trabajo en la tele, y al parecer le gustaba. Le vino bien salir un poco porque llevaba demasiado tiempo encerrada, pero cuando yo llegaba ella estaba siempre en casa, y había alquilado un DVD o íbamos al cine, o leíamos tumbados en el sofá, o hablábamos. Clara era una mujer que sabía hablar, que siempre tenía una opinión original, algo en lo que yo nunca habría pensado. Hasta que apareciste tú. Me di cuenta enseguida. Por detalles: dejó de preguntarme por las mañanas si había dormido bien; no me llamaba a la oficina; se olvidaba de las citas con amigos. Empezó a ponerse arisca. Pero sobre todo estaba desganada, como esos niños que cuando tienen que hacer los deberes dejan caer la cartera sobre la mesa mientras sueltan un resoplido. Así andaba por la casa, hablaba, hacía la cama, se cepillaba los dientes. Todo parecía para ella una obligación difícilmente soportable. Yo asistía impotente a la transformación, sin saber su causa. Cuando empecé a sospechar la razón, le propuse que nos mudásemos a otra ciudad. Pero ella ya se había rendido. Se dejaba caer, y había algo de triunfo en ello, como si se demostrase a sí misma que era lo que era. Y yo sabía que había algún culpable, que un chulo miserable la estaba usando sin importarle lo que hacía con ella.

De pronto se incorpora e intenta darme una bofetada, que esquivo echando la cabeza hacia atrás. Carina se protege la cara con las manos, aunque no ha amagado siquiera con atacarla a ella. Alejandro vuelve a sentarse y continúa como si sólo hubiese hecho una pausa para reflexionar.

—No me lo confesó por iniciativa propia, pero tampoco se empeñó en ocultarlo. «Te pasa algo», le dije. «Nada, no me pasa nada.» Pero después de negarlo un par de veces acabó por reconocerlo. «Se llama Samuel, ese algo», me dijo una tarde, sentada ahí, donde estás tú, casi desafiándome. Yo le pregunté si podía ayudarla. Y entonces me preguntó que por qué no teníamos un niño, que es cuando pensé que las cosas estaban muy mal. Un hijo, ella y yo. Ya veis. Ella nunca había querido y yo no soporto a los niños. ¿Os imagináis a un niño corriendo entre estos muebles, poniendo sus manazas en los sillones, pintando garabatos en las paredes? Lo habría hecho, por ella lo habría hecho, pero me lo decía para ofrecer una solución imposible, a lo mejor para provocar una pelea, así que le dije que no me parecía una buena solución. Habíamos estado tan bien, todo funcionaba, nunca había tenido una relación tan afectuosa con nadie, yo, digo. Pero mi sardinita atraía a los tiburones. No sé qué tenía. Los fue rechazando, uno por uno. Yo los veía, en las fiestas, en los bares, trazando círculos a su alrededor, rompiéndose los dientes contra su resistencia. Ella no les hacía caso. Sabía que si cedía se acababa su tranquilidad, nuestra vida apacible. Y contigo..., no me lo explico. Precisamente contigo. No tienes nada, nada. No hay más que verte. ¿De dónde sales? ¿Has tenido éxito alguna vez en la vida? ¿Qué coño podías darle tú, pringado de mierda? La atraías porque le hacías daño. Y fuiste tú quien la jodiste para siempre.

—Murió en un accidente. No la he matado yo.

—Claro que la has matado.

—Además, para que lo sepas, quiso vivir conmigo y le dije que no. O sea que si no estabais bien algo más habría. Pregúntate a ver qué es lo que necesitaba y no tenías tú.

Alejandro da una carcajada de una sola nota. Se pone las manos en las rodillas, clava los dedos en ellas.

—Para quien se lo crea. Que la rechazaste. Venga ya. Te arrastrabas por el suelo tras ella. Me lo contó, me contó que casi la perseguías, que habrías hecho cualquier cosa por conseguirla. Me lo contó como para hacerme daño, para que la dejase yo, para que la dejase hundirse.

—Te mintió. Clara te mintió.

Carina se levanta y va hacia la ventana con los brazos entrelazados con fuerza y pegados al cuerpo.

—Si conocieses a Clara sabrías que no mentía. Pero no tienes ni idea.

Carina pasea de un lado a otro. No nos mira, ni siquiera parece que nos escuche. Más bien parece esforzarse en no escucharnos.

—Piensa lo que te dé la gana. La quería un montón. Y pensé que tú y yo podíamos compartir...

—¿Compartir tú y yo? ¿Qué, tu mala baba, el daño que hiciste a Clara? ¿Quieres que te consuele, que te diga que no fue culpa tuya? Fue culpa tuya, cabrón. No se habría matado si no se hubiese sentido tan confusa. Además, ¿qué te dije antes? Que no abrieses la boca, te lo advertí, ¿no? —se levanta y yo me protejo la cara como antes Carina porque se alza con tanto impulso que parece querer abalanzarse sobre mí, pero sus pasos delgados, ingrávidos, un Jesucristo que camina sobre las aguas con miedo a mojarse, le llevan hasta la puerta: la abre y señala al exterior—. A la puta calle, los dos. Y tú, aunque seas su hermana, no quiero que vuelvas, ni que me llames. No quiero saber de ti ni de tus padres ni de nadie. Estáis muertos.

—Es Clara la que está muerta —digo. No voy a salir de esta casa como un perro al que no dejan dormir en el interior—. ¿Te enteras? Clara. Así que deja de enviarme mensajes como si estuviese viva.

No me hace caso, grita otra vez que la he matado yo, ese histérico cobarde que no quiere asumir su responsabilidad, que no se pregunta ni por un momento si esa prisión aséptica que había construido para Clara y él no había sido una forma egoísta de atraparla, de negar a la otra Clara, a la que no le convenía para su vida empalagosa, para sus pasitos pequeñitos y sus superficies brillantes. Él nunca había querido de verdad entenderla, asomarse a su rabia y su desesperación. Yo sí lo habría hecho. Yo habría compartido eso con ella. Clara, conmigo, habría podido ser ella misma, no esconderse.

Ahora sí me gustaría verlo retorcerse de rabia. Él sigue gritándome y Carina buscando un hueco entre nosotros por donde salir de la casa, y yo no sé ya ni lo que le digo, pero más o menos lo que acabo de escribir, que él nunca supo entenderla, que sólo quería domesticarla, y la rabia le sale por los ojos, por los puñitos apretados. Echo el peso de mi cuerpo sobre una pierna. Si se abalanza otra vez hacia mí le voy a dar una patada en las pelotas. Al pelele. Al maridito de Clara. Son dos o tres o cuatro segundos, pero me da tiempo a imaginar cómo después de patearle los huevos le cojo de ese cuello ridículo y me pongo a darle puñetazos en la boca hasta que se le saltan los dientes.

Da un paso en mi dirección. Nada más que un paso. Venga, da otro, sólo uno más y te vas a enterar, figurín. Entonces se le doblan las rodillas, pero no hacia delante, sino que dan la impresión de doblarse hacia un lado y, antes de que se caiga, llego a tiempo de tomarlo por las axilas y sujetarlo contra mí. Le habría roto el alma, pero ahora no puedo porque tengo que mantenerlo derecho para que no se caiga, apretado contra mi pecho. No sé si se ha desmayado; Carina enarca las cejas, como consultándome, por encima de sus hombros y yo alzaría los míos si los tuviese libres. Pero ha apoyado su cabeza de pájaro sobre mi clavícula, y respira pesadamente, no como quien duerme, sino como quien contiene una sucesión de suspiros. Rompe a llorar en mis brazos, con un llanto infantil, impotente, necesitado de alguien que lo oiga. Pesa tan poco, es tan ligero. Si no temiese ofenderle, lo levantaría hasta que sus pies no tocaran el suelo, y caminaría con él en brazos por la casa. Lo sujeto así un rato, sintiendo su llanto como si fuese el mío. Carina me pone una mano en el hombro, casi una caricia, me hace un gesto con la cabeza hacia la puerta. Voy soltando a Alejandro, poco a poco, asegurándome de que sus piernas lo sostienen. Me separo de él. Le pregunto si está bien.

—No volváis —dice—, por favor, no volváis —Carina le da un beso en la mejilla, que él recibe con la cabeza gacha. No la levanta hasta que empezamos a bajar las escaleras. No he podido averiguar si me ha escrito él con la identidad de Clara.

Cuando Samuel abre la puerta, señala la botella que llevo en la mano y me mira con la desconfianza de quien tiene ante sí a un vendedor a domicilio. Pero no me pregunta qué deseo. Me franquea el paso. El pasillo huele a tabaco y a alimentos en mal estado. No sé cuánto tiempo hará que no limpia y que no baja la basura; las superficies de los muebles están cubiertas de polvo allí donde no hay vasos o platos o papeles. Cierra la cocina antes de que pueda ver su interior. Él tampoco debe de haberse duchado en muchos días: el pelo grasiento se le pega al cuero cabelludo y al cuello. Va descalzo y camina con los dedos de los pies curvados hacia arriba, como si temiese pisar cristales, lo que le hace tambalearse un poco. Pero está sobrio.

—¿No estás yendo a trabajar?

—Internet.

El olor de su aliento recuerda a la cueva de una alimaña. Nos sentamos al mismo tiempo, él en el sofá, yo en un sillón, en los mismos lugares en los que habíamos estado sentados la primera noche. Toma un sacacorchos de la mesa, quita el tapón y se sirve en una copa que ya tenía un resto de vino. Aunque duda, se levanta y regresa con una copa limpia para mí.

—¿Cómo estás?

—Puff —responde—. Puff —y hace un gesto hacia el desorden que nos rodea como si me mostrase una réplica de su vida interior.

—Tu mujer no ha vuelto.

—¿Te he enseñado alguna foto de Clara?

Sin esperar mi respuesta abre un ordenador portátil: el escritorio es un mosaico con imágenes de ella. Reconozco las que le tomó en el baño, pero hay otras que no he visto nunca en calles y paisajes, en ropa de abrigo y en camisa, sonriente y seria, y también en algunas con Samuel, cogida a su cintura, apoyando la cabeza en su hombro, una con los ojos cerrados, otra mirando su perfil, otra con un gesto que a mí me parece de tristeza o cansancio y levantando una mano como si estuviese diciendo: no me fotografíes, ahora no.

—Era muy guapa.

—Ya da igual que la veas desnuda. Sí que era guapa. No me has dicho de qué la conoces. ¿Erais amigos?

—Nos vimos algunas veces. Salgo con su hermana.

—Ah, la chica con la que te vi una vez. En el ascensor, cuando os encontré, yo la miraba y pensaba, «joder, me estoy volviendo loco, ahora veo a Clara en todas partes». También es casualidad, ¿no?

—No veo la casualidad.

—O sea, que vivamos en el mismo edificio.

—Y que los dos nos llamemos Samuel.

—Guau, tío. Joder. Te estás quedando conmigo. Venga ya. ¿Samuel? Qué pasada —le enseño el DNI y se lanza a otra serie de exclamaciones—. ¿Qué signo del zodíaco chino eres?

—Cerdo, como tú, seguro.

Le entra una risa entrecortada con hipos que le hace verter algo de vino sobre el sofá, pero no parece preocuparle mucho. Se alisa el cabello con la otra mano. Su risa sonora me está poniendo nervioso. Por fin se calma.

—Lo dices por cómo tengo el piso. Era una broma, ¿no?

—No conozco mi signo del zodíaco chino.

—Así que con su hermana. Fue ella quien aconsejó a Clara que me dejase. Le decía que yo le hacía daño. Yo, imagínate. Una cosa es que no acabase de decidirme y otra que le hiciese daño. Yo la hacía feliz, chaval. Era su montaña rusa, donde gritaba y se desfogaba. Yo, daño. Mira, porque es tu novia, que si no te iba a decir lo que pienso de ella.

—Puedes decírmelo de todas maneras.

—Es una infeliz. Lleva sin estar con un hombre... Oye, lo vuestro es reciente, ¿no?

—Mucho.

—Ah, porque Clara estaba preocupada con su hermana. Se preguntaba si era lesbiana y por eso nunca aparecía con un amigo en las reuniones familiares, y nunca hablaba de su vida sentimental. ¿Sabes lo que me dijo Clara? «Mi hermana se ha resignado», eso me dijo, «mi hermana no ve la salida, como tú», o sea, como yo, porque Clara decía que yo me conformaba. «Como todos», le respondía yo. Y ella decía: «Eso, como todos». Y no sé mucho más de tu chica. Bueno, que al parecer no se llevaban muy bien. O no es eso, pero Clara hablaba de ella como se habla de un familiar que ha escogido el mal camino, aunque creo que tu novia tiene un buen puesto y esas cosas, pero yo creo que no se entendían. Mundos distintos. Dimensiones paralelas. Mí no comprender —dice con acento inglés—. Como mi mujer y yo.

—¿No va a volver?

—¡Pero si ya tiene a otro! La muy puta.

—Porque ya lo tenía cuando estaba contigo.

—Oye, tú te crees que lo sabes todo. ¿Conocías también a mi mujer?

—¿Cuánto hace que se fue? ¿Un mes? Ni siquiera.

—No me mires con esa cara. Un mes es mucho tiempo.

—Un mes y ya tiene a otro.

—Esas cosas suceden. El flechazo, pfiu, ves a alguien y te dices...

—En un mes. Imagínatelo: ella descubre que tienes una relación con otra mujer, se enfada, sufre, te deja. Y apenas se ha marchado, ya tiene ánimo para liarse con alguien. No digo que no pueda acostarse con otro, por despecho, o para probarse que es atractiva, o para concederse un placer en una época baja, pero por lo que me dices vive en pareja.

—Bueno, es que ella se fue del piso. No tenía dónde quedarse..., qué mal rollo. No sé de dónde has salido pero cada vez que apareces es con una mala noticia. ¿Yo qué te he hecho?

—Clara no tenía gatos.

—Pero si te digo... ¿Cómo que no tenía gatos?

—Su marido era alérgico. No podía tenerlos.

—Tío, yo voy de casa a la oficina y de la oficina a casa. Bueno, y esa tarde fui al hotel y me estuve dando un revolcón con Clara. ¿Vale? Entonces, tío listo, los pelos de los gatos. Explícamelo —cruzo las manos sobre el vientre y me quedo aparentemente pensativo, como si buscase la respuesta al acertijo—. ¿Lo ves? Lo que yo te diga.

—¿Te había hablado de sus gatos?

—No. Pero tampoco hablamos mucho de cosas privadas.

—De su hermana sí te habló.

—Joder, una hermana no es un puto gato.

—Imagínate la situación.

—Cuál.

—Llegas a casa después de estar con Clara, cuelgas tu abrigo. Al cabo de un ratito tu mujer llega con el abrigo en la mano y te lo enseña. Tú dices, ya con mal rollo porque sospechas que ha encontrado algo: «¿Qué pasa?». Ella quita del abrigo dos o tres cabellos largos de mujer. ¿Tú qué dices?

—Pues digo: «¿Qué pasa?».

—Eso ya lo has dicho.

—O sea, que digo: «Mujer, pero ¿tú estás tonta? Del perchero, o del abrigo de al lado en la cafetería, o de la secretaria, o de alguna compañera a la que he saludado con un beso».

—Justo. Ella te pregunta por unos cabellos de mujer y tú ya tienes la excusa preparada. Pongamos que te enseña pelos de gato. Qué dices. Qué dijiste.

—Me quedé cortado. Yo no sabía de dónde podían salir pelos de gato. Pensé en Clara, cómo no. Y en el hotel, los dos sobre la moqueta, pero no podía decir a mi mujer que me había estado revolcando en el suelo de la oficina. Sí, vale, no supe qué decir, me quedé en blanco, pero es casualidad, ¿no?, que pensara que eran de un gato de Clara, se me podría haber ocurrido una buena respuesta. Tampoco habría sido tan difícil... Oye, qué hija de puta. ¿Que me los puso mi mujer?

—Entonces confesaste, como te pilló con la guardia baja confesaste, te hizo una escena, tú le jurabas que no era más que algo pasajero, una aventura, lo típico, pero no la convenciste. Los días siguientes ella desempeñó el papel de sufriente, tú te sentías culpable. Le dijiste que romperías con Clara. Y ahí sí se da una coincidencia, la única. Clara te pide que te vayas con ella y tú le dices que no. Pero no le cuentas que tu mujer ha descubierto vuestra relación y que tienes que romperla. No es momento. Quieres retenerla, ver si todavía puedes jugar a dos bandas. Ganar tiempo.

—Pues sí, más o menos. Yo no quería perderla, que se cogiese un rebote y se largase, mi Clara, por eso no le dije que mi mujer me había pillado. Pero se largó de todas maneras —se queda en silencio, supongo que rememorando la escena. Tiene la mirada triste, los párpados pesados, la frente fruncida. Recuerda, me apuesto cualquier cosa, el momento en el que le dice a Clara que no puede dejar a su mujer; «por ahora», seguro que le dice, «es demasiado pronto, quizá más adelante...». Chasquea la lengua. Se da un golpe en la frente con la palma de la mano—. Pero qué hija de puta. ¿Que me los puso ella? ¿Me estás diciendo que me puso ella los pelos en el abrigo? ¡Que no, hombre, no puede ser tan retorcida! ¿No? ¿Sí? Qué cabrona, tío, qué mente más enferma. Ponerme pelos de gato y yo caigo en la trampa como un capullo. De Clara, me digo, del gato de Clara. Joder. Joder.

No le dijo la verdad ni a su mujer ni a Clara, quería apaciguar a una y dar largas a la otra. Ahí está, sentado en su sofá mugriento con sus ropas mugrientas y su pelo mugriento. Asimilando la nueva información. Me pregunto qué va a hacer ahora. Levanta las manos hacia el techo como pidiendo protección divina, se aporrea la cabeza sin mucha convicción, niega primero y después asiente, se echa más vino.

—Y luego, cuando tu mujer te dice que no puede seguir viviendo contigo, no le discutes nada. Aceptas todas sus condiciones.

—La mato. Lo tenía todo planeado. Me estaba poniendo los cuernos y encima soy yo el que se siente como una mierda. Y se lo lleva todo. Qué cerda, se lleva el coche.

—Tranquilo. Esas cosas pasan.

—Me pasan a mí, joder, a mí. Si te pasasen a ti yo también estaría así de tranquilo. Además, ¿te has propuesto joderme la vida? Yo estaba tan feliz sin que me vinieses a contar historias.

—Ya veo.

—Bueno, sí, vivo en la mierda, pero no es asunto tuyo. En serio, no tienes por qué venir a informarme de lo que no me importa.

No sé si me da más rabia o más lástima este hombre vencido, confuso, que intentaba bandearse mintiendo, entre una mujer y otra, poniendo gesto compungido mientras hacía sus cálculos y meditaba estrategias, y me lo imagino también en el trabajo, tan jovial como falso, haciendo lo posible por no molestar a nadie, por no meterse en conflictos, siempre con la buena respuesta en el buen momento, él, tan indiferente, tan de buen rollo, tan colega de todos.

—Quería darte una buena noticia —le digo.

—¿Que no tenía gatos? ¿Que mi mujer me engañaba? Muchas gracias.

—No, otra cosa.

No acaba de creérselo. Saca una goma de un bolsillo y se recoge el pelo en una cola de caballo. Ganando tiempo.

—Sólo si es buena, porque no estoy yo para más desgracias.

—Es muy buena. Clara no se suicidó. Fue un accidente. Tú no tuviste nada que ver.

—Joder. Menos mal. Puff, mira que me he dicho que no podía ser, y que de todas formas habría sido decisión suya, que no era culpa mía. Pero es que me la imaginaba tan desesperada como para querer chocarse contra un árbol y se me saltaban las lágrimas, tío, qué desconsuelo, imaginar a esa joven tan tierna, con esa alegría, deseando machacarse a cien por hora, querer que tu cuerpo quede aplastado entre hierros, ¿me entiendes? Vale, al final fue así, pero no es lo mismo, de verdad que no es lo mismo, porque eso son cosas que pasan y quizá ella ni se enteró del todo, no tuvo tiempo para pensar... ¿Y cómo lo sabes, quién te lo ha dicho?

—Su hermana.

—Vale. Otra vez su hermana. ¿Y qué sabe ella?

—Clara dejó una nota.

—Una nota se deja cuando va uno a suicidarse. No escribes en un papel: «No te preocupes, cariño, hoy no me voy a tirar de un puente».

—Fue una nota a su marido. Le decía que lo iba a dejar.

—Y yo que me lo creo. Hoy nadie deja una nota. Escribe un mail o un SMS. ¿En qué siglo te crees que estamos? Y me vas a decir que la escribió con pluma de ganso.

—Te estoy contando algo importante.

—A mí ya no me importa nada, te lo digo de verdad. Mira a tu alrededor. ¿Te parece que me importa algo?

—¿Quieres saber o no lo que ponía?

—Como si no diese ya igual. Pero vale, dime qué ponía.

—No es literal. Cito de memoria, de lo que me ha dicho Carina.

—Tienes la copa vacía. Ponte más. Yo me voy a ir a acostar. Estoy muerto de cansancio.

—Clara no se suicidó. ¿Me oyes?

—Cómo no te voy a oír. Me lo has dicho tres veces. O dos. Y me alegro un montón. Pero vete a tu casa. Yo ya no puedo más.

—En la nota le decía a Alejandro que lo dejaba. Y que aunque lo quería mucho, quedarse con él era como traicionarse.

—Ésa es mi Clarita.

—Porque ella no era esa mujer que él conocía. Ella era otra.

—Y tanto.

—Y, aunque ella misma no lo entendiese, se había enamorado de Samuel.

—De mí.

—De ti. Y que te iba a esperar. Que tú le habías dicho que no querías vivir con ella. Pero estaba enamorada, y tenía que ser fiel a sus deseos, no a su razón.

—Ésa es mi Clara —y lo repite aún una vez más—. Ésa es mi Clara.

—Y tras dejar esa nota, salió de casa. Y cogió el coche, aunque no sabemos adónde iba. Sólo sabemos que no se suicidó, porque pretendía esperarte. Esperar a que tú quisieses vivir con ella.

—Qué culebrón —dice, pero el tono ligero suena falso. Luego se queda con la boca abierta. Ahora me fijo en que alrededor de las comisuras tiene manchas blanquecinas. Y me fijo porque se relame varias veces, muy despacio, pero las manchas siguen allí. Tarda. Al parecer está buscando una buena frase en la que resumir lo que acaba de oír. Detrás de sus ojos por lo general cansinos hay ahora una actividad considerable. No sé por qué pienso en imágenes siderales que discurren a toda prisa, vertiginosos movimientos de astros y planetas, la expansión del universo a cámara rápida. «Guau», diría él si lo estuviese viendo, «qué tripi». Pero puede que detrás de sus ojos sólo haya vacío, la incapacidad para pensar y articular una sola frase. Tarda. No sé cuánto tiempo, pero yo asisto a su inmovilidad con la curiosidad de un científico ante un experimento que va a confirmar una teoría desarrollada durante años.

—¿De verdad iba a esperarme? —pregunta por fin—. ¿Se separaba de Alejandro por mí? Tío, Clara lo iba a dejar todo porque estaba enamorada de mí. Yo ahora habría podido...

Asiento.

—Eso es.

—Si no se hubiese matado, estaríamos juntos. Joder, me iba a esperar. Yo era su ilusión. Yo, ¿tú me ves? Yo, tío.

Se tumba de lado en el sofá. Como un niño con una rabieta, barre a patadas la mesa. Caen las copas y la botella. Yo no me muevo para esquivar el vino, que me salpica y se desparrama por el cristal y después por el suelo. Samuel se aprieta los ojos con los puños, los gira como un niño con sueño. Espero un buen rato, allí sentado, mientras murmura frases ininteligibles. De vez en cuando vuelve a barrer las cercanías con una patada que ahora sólo atina al aire. Al cabo de un rato se incorpora de nuevo. Se frota la cara con la palma de las manos y tira de los pómulos hacia abajo.

—Déjame solo, ¿vale?

Antes de salir, le pongo una mano en el hombro, que él se sacude molesto. Allí le dejo, a Samuel, al otro Samuel, imaginando ahora cómo podría haber sido su vida, barajando y descartando, lo sé, todas esas posibilidades que nunca se van a confirmar.

Entro en el despacho de José Manuel sin llamar, como hace él cuando viene al mío, y me siento en el sofá de cuero. Él no aparta la mirada de la pantalla.

—He estado enfermo. Por eso no he venido.

—Nadie se había dado cuenta de tu ausencia. A lo mejor es que ya nos habíamos acostumbrado.

—He tenido una época difícil.

—Y yo. Y la empresa. ¿Tú sabes lo que es cuadrarlo todo sin un administrador? Pero a ti te da igual. Tú haces lo que te apetece, sin preocuparte de los demás. Yo estoy aquí todo el día trabajando...

—Parecemos marido y mujer.

—¿Sabes que los kosovares han reducido en un quince por ciento la oferta? Dicen que la empresa está en peor estado de lo que les aseguramos.

—Y tienen razón. Hay muchos materiales en el almacén a los que hemos calculado el precio de mercado pero son invendibles.

—Gracias por avisarme.

Se levanta de su silla giratoria y acolchada de ejecutivo, una silla de respaldo alto de color burdeos que resopla y cruje cuando José Manuel se mueve, como en una película de Tati. Viene a sentarse al sofá, a mi lado, y yo me entrego a mi tarea favorita de levantar las escamas del cuero con la uña.

—¿Y si compro yo la empresa?

Había esperado una reacción fogosa, su risa forzada, una sucesión de cáspitas y narices y reperas, una incredulidad fingida e histriónica.

—He echado a cinco. Cinco de quince. Pero los kosovares dicen que sobran dos.

—¿Y qué piensa Genoveva?

—Aún no lo sabe.

—¿Y qué pienso yo?

—No sé cómo siendo tan listo le sacas tan poco provecho.

—Somos los que tenemos mayor antigüedad y los salarios más elevados, echarnos cuesta caro y quieren que nuestros despidos los pagues tú.

—Supongo que a ti te da igual. Si vendemos no te vas a quedar.

—Eso es lo que no saben ellos. Que no tendrían que echarme.

—O sea, que te hago un favor si te despido. Pues no pienso hacerlo.

—¿Y si te compro la empresa?

—No me jodas, Samuel.

—Has dicho una palabrota.

—También puedo mandarte a tomar por culo.

—Es una idea. Lo de comprar la empresa, no lo de tomar por culo.

Ahora sí, José Manuel se echa a reír. Y no suena nada forzado, sino que la risa parece subirle desde la planta de los pies en largas sacudidas, aunque con la cabeza niegue una y otra vez como si no se creyese tanta hilaridad.

—Pero ¿tú te ves...? Pero ¿de verdad...? Pero ¿tú has pensado...?

—Nadie me iba a aguantar en otra empresa.

—Eso es cierto. Espera, que voy a llamar a mi mujer para contárselo; le va a hacer muchísima gracia.

—Podrías quedarte como socio minoritario, al quince por ciento, como yo ahora. De esa forma sólo tendría que comprar el setenta. Aun así, tendré que empeñarme hasta las cejas.

—Lo estás diciendo en serio. O sea, lo has estado pensando de verdad.

—¿Sabías que el encargado del almacén tiene una hija mongólica?

—No me digas que haces esto porque te da pena el encargado.

—El encargado me da igual. Lo hago porque me parece una idea divertida. Rescatar una empresa. Suena importante. ¿Da sentido a tu vida ser empresario, crear puestos de trabajo, levantar el país?

José Manuel se acerca a la puerta, le pide a voces a Genoveva que nos traiga un whisky.

—O te parece pronto para beber.

—¿De dónde va a sacar un whisky Genoveva?

—Tiene una botella en su escritorio. Lo que no tenemos es hielo.

—Con diez empleados podríamos trabajar los próximos meses sin pérdidas. Nueve porque yo me quitaría el sueldo y la empresa no me pagaría la Seguridad Social.

—Me dijiste que la empresa no podía funcionar con menos empleados.

—A veces no pienso de verdad lo que digo. Lo que tenemos que hacer es reducir el material en almacén para alquilar una nave más pequeña y tener menos camiones parados: que lo que llegue salga inmediatamente. Como las líneas aéreas. Es decir, ellas ahorran teniendo los aviones menos tiempo en tierra; y nosotros debemos elaborar un plan para que nuestros proveedores nos traigan el material justo antes de que nosotros tengamos que entregarlo. *Just in time,* se llama eso —Genoveva entra con una bandeja en la que hay dos vasos y una botella. La deja sobre la mesa y no se decide a marcharse, como si aguardase una explicación—. Y tenemos que comprar un frigorífico. Si nos vamos a aficionar al whisky a estas horas, al menos necesitaremos hielo.

—No he dicho que sí. Te estoy escuchando.

Genoveva acaba por marcharse, aunque se le nota en los pasos cortos y lentos, en una apenas apuntada torsión del tronco, en el cuello ligeramente más largo de lo habitual, que desearía quedarse y averiguar qué lleva a sus jefes a tomar whisky a las diez y media de la mañana.

—Te preparo un plan en serio. De financiación y de logística. Las relaciones públicas son cosa tuya. Hablar con los proveedores, cambiar los que no se adapten, captar clientes. Y tenemos que hacer una transición a productos con más valor añadido. Más azulejo y menos ladrillo. Más cristal y menos plástico. Cuanto más caro, mejor.

—Pero eso aumenta la inversión inicial. Y estamos en crisis.

—Las crisis las pasan las clases bajas y, si vienen mal dadas, las medias. El consumo de productos de lujo se dispara en tiempos de crisis.

—Pero todo esto podríamos haberlo iniciado hace tiempo. Llevo un año intentando mejorar la productividad.

—Lo siento. Sólo era el administrador. Estoy empezando a pensar como socio.

—Ya eras socio antes.

—Pero poco. No lo había asumido. Ahora veo las cosas como capitalista.

—Eres un payaso.

—Hablo en serio.

—Me lo voy a pensar, ¿vale? Me lo voy a pensar, pero si digo que sí me quedaría con el cincuenta y uno por ciento. No puedo fiarme de tu transformación. Saulo que se cae del caballo —a José Manuel se le guiñan de repente los ojos, me examina como quien va a tasar un cuadro que cree una falsificación—. ¿Te has enamorado?

—Siempre estoy enamorado. Si no es de una es de otra.

—Porque si es eso vendo inmediatamente a los kosovares. Si la empresa depende de tu vida sentimental y del entusiasmo provocado por tu agitación hormonal no la conservo ni un segundo.

—Se llama Carina. Me he enamorado de una mujer que se llama Carina.

Me quedo yo mismo sorprendido. No sé si lo que acabo de decir es un descubrimiento o una invención. «Me he enamorado de Carina», he dicho, cuando lo habitual en mí habría sido decir «salgo con», «tengo una relación con», «estoy con». Pero suena bien, «me he enamorado de Carina», aunque no sé exactamente lo que significa y por eso no sé si es verdad.

José Manuel deja el vaso en la bandeja, coge la botella pero en lugar de echarse más whisky se la lleva al regazo. Desenrosca y enrosca varias veces el tapón. Reacciona por fin.

—No, hombre, no; y yo que me estaba ilusionando.

—Pero he salido con un montón de mujeres y nunca me había dado por trabajar. Y menos por asumir responsabilidades.

—Eso es verdad. Pero ¿por qué sales a estas alturas con esto? Podías haberlo pensado antes —se levanta. Coge la botella y los vasos y yo tengo que ayudarle a abrir la puerta. Sacude la cabeza como un padre preocupado—. Bueno, sácame las cuentas y hablamos —concede, aparentemente de mala gana—. Pero a los kosovares les sigo diciendo que vamos a vender. No voy a cambiar de la noche a la mañana por una ventolera tuya.

Es mentira, ya ha cambiado. Ya está haciendo planes e imaginando cómo sería mantener la empresa, se agarra a ella y acepta tan rápido pensar mi propuesta que me pregunto si de verdad quería realizar la venta, si no había montado una pantomima para obligarme a reaccionar.

Después de nuestra conversación bajo al almacén. Al principio me parece desierto. No veo a ninguno de los obreros en la nave, no hay camiones descargando ni carretillas en marcha. José Manuel habrá echado a los rumanos, que fueron contratados más recientemente, pero los otros deberían andar por ahí, perdiendo el tiempo como yo. De la oficina del almacén sale una música electrónica machacona. Dentro están el encargado y unos cuantos obreros, no todos. No sé qué estarían haciendo, probablemente nada, sentados unos alrededor de un pequeño escritorio de metal, otros de pie junto a la radio, como en esas escenas de película en las que una familia escucha por radio el avance del ejército aliado; pero la radio aquí es digital y lo que suena, música de discoteca.

—No se va a despedir a nadie más —les digo. En lugar de volverse hacia mí se vuelven hacia el encargado. Él levanta la vista pero no parece encontrar nada interesante en mi cara. Rebusca en un cajón y saca algo envuelto en papel de aluminio. Tiene otra vez la gorra de siempre tapándole la calva, y ese gesto entre aburrido e irritado de quien no desea ser molestado por intrusos.

—¿Y eso quién lo dice?

Se pasa una mano por la frente, como si hubiese hecho un esfuerzo reciente. Se encoge de hombros a destiempo, y dos ecuatorianos lo imitan.

—Yo. Vamos a transformar la empresa, no a venderla.

—Y nos vas a pedir que nos esforcemos, porque éste es el barco de todos y si se hunde nos hundimos todos. Porque ésta es nuestra empresa y formamos una gran familia.

Desenvuelve parsimoniosamente el previsible bocadillo de embutido, lo contempla unos segundos antes de llevárselo a la boca, le propina un bocado de gigante de cuento, de esos que en una mano aferran a un niño pataleando y en otra un árbol arrancado de raíz mientras atraviesan montes de una zancada. Sigue contemplando el resto del bocadillo, y a mí por encima de él.

—No, tan sólo quería informaros.

—Y vas a readmitir a los que habéis echado —masculla.

—Víctimas del sistema.

Me sonríe con los carrillos llenos, deglute con esfuerzo.

—Que lamentas en el alma.

—Tanto como tú.

El encargado da otro bocado feroz.

—Pero nosotros sí nos quedamos, entonces —interviene uno de los ecuatorianos parados junto a la radio.

—Vosotros podéis estar tranquilos.

—Gracias —responde el ecuatoriano, y no sé si el encargado asiente o tan sólo mueve las mandíbulas al masticar.

Carina me llama y me invita a tomar una cerveza en uno de los quioscos del Retiro. «Si no es demasiada naturaleza para ti —me dice—, con todos esos árboles, hierba, urracas, un estanque...». Le prometo no vomitar esta vez.

Hace un sol fresco de principios de otoño y podría empezar a describir ahora el color de las hojas de los plátanos y el reverbero del sol sobre las aguas verdosas del estanque... pero a quién le importan las hojas, el sol, las familias endomingadas, los barquilleros, el mundo fuera de este túnel que me lleva a donde está ya sentada Carina, hoy en vaqueros y con una chaqueta desgastada de cuero negro, zapatillas deportivas, como si haberse mostrado en chándal la hubiese relevado de la obligación de seguir llevando aquellos trajes de chaqueta que sólo te permiten pensar en una vida de oficinas, vagones de tren de clase preferente, aeropuertos, comidas de trabajo.

No sé si me busca los ojos o si contempla su reflejo en mis gafas de sol. Pido vermut, que es lo que está bebiendo ella. No estoy convencido de lo que voy a hacer, ni siquiera estoy seguro de que lo habría hecho si ella no me hubiese puesto una mano en la rodilla y preguntado:

—¿Te pasa algo? ¿Sigues enfermo?

—Tengo que contarte una cosa.

Quita la mano de mi rodilla, juguetea con el vaso. Contempla un rato a los paseantes, a ese perro que se escapa de la correa de su amo y corretea entre las mesas, a un niño que se esfuerza por montar en un patinete pero tiene que bajarse cada dos o tres pasos porque pierde el equilibrio.

—Si fuésemos una pareja pensaría que me vas a revelar que tienes una amante. Así empiezan esas conversaciones, ¿no?

—No sé. Sólo he tenido una amante.

—Y yo ninguno. Anda, vamos a dar un paseo mientras me lo cuentas.

Deja en la mesa el dinero de los vermuts. Yo apenas he tenido tiempo de probar el mío. Nos levantamos y se cuelga de mi brazo. Caminamos enlazados hasta el borde del estanque. Podría ser la chica que sale conmigo, así, con su brazo enganchado al mío, callada y a la vez cercana, podríamos estar paseando como todos los domingos, o sólo como este domingo en que hemos decidido acercarnos al Retiro después de tanto tiempo, y podríamos tener o no tener una historia de paseos por el Retiro, bancos predilectos, habernos besado en este mismo a cuyo lado pasamos, o haber tenido en él también discusiones, desencuentros, reconciliaciones. Podría ser que ésta no fuese la primera vez que nos apoyamos en la barandilla del estanque y, mientras miramos las barcas, y los grupos de adolescentes que se echan agua con los remos y se gritan de una barca a otra y se ríen y se insultan amistosamente, y establecen alianzas, complicidades, rivalidades, así, apoyados en la barandilla, habríamos hablado de lo que hablan todas las parejas recientes, de sí mismos, y esta conversación sólo sería una más.

Carina no suelta mi brazo, parece buscar el contacto con mi cuerpo, algún tipo de consuelo o alivio que le produce estar junto a mí.

—Empieza. Qué es lo que tienes que contarme.

Clara, según Samuel

—Como nunca lo has comentado, sospecho que Clara no te lo contó, y en realidad no me extraña porque es una de esas cosas que no habría deseado que tú supieses, esas que la hacían compararse contigo y sentir vergüenza por el resultado. No me dijo expresamente que no te lo contara, así que no creo traicionarla, y además, los muertos no tienen derechos, lo que uno calla o revela debe decidirse según el efecto que haga en los vivos. Y no creas que no me he preguntado más de una vez si debo o no decírtelo, y si he llegado a la conclusión de que sí, de que es algo que tengo que contarte, es sobre todo porque, igual que yo, sigues buscando a Clara, aún no la has enterrado, y no querrías hacerlo antes de convencerte de que sabes quién era tu hermana. Probablemente por eso estás conmigo, y algo parecido podría decirse de mí mismo, y ya te aviso de que hay muchas cosas que quiero preguntarte: quiero saber cómo te hablaba de mí —aunque, como dices, no lo hiciese con frecuencia—, si la notabas ilusionada o temerosa, si hubo defectos que a ella le molestasen especialmente, si de verdad creyó que algún día podríamos vivir juntos.

Carina no interrumpe mi larga introducción. Tampoco habla cuando hago una pausa. Tiene un aspecto plácido, satisfecho. Me gustaría mucho que hubiera comenzado a confiar en mí, a sentir que a mi lado puede bajar la guardia, relajarse, respirar.

—Seguro que te llamó la atención lo que nos dijo Alejandro, que Clara le pidió que tuviesen un hijo, y que a él le pareció que la propuesta demostraba que Clara estaba cayendo en la desesperación y por eso, aunque Alejandro no lo dijo así, intentaba agarrarse a algo sólido, creer en un proyecto que detuviese ese resbalarse hacia el fondo.

Ahora Carina se ha vuelto hacia mí. Ha abierto la boca como si fuese a hablar pero aguarda a que yo continúe. Creo que intuye lo que le voy a decir.

—Pero Alejandro no entendió a Clara, como en tantas cosas. Lo que Clara le estaba queriendo decir es que estaba embarazada.

—¿De ti?

—Eso me dijo ella. No puedo saberlo.

Carina me echa la mano a la cara y ya casi siento el arañazo, pero lo que hace es arrancarme las gafas de sol y tirarlas al estanque. Luego se lleva esa misma mano a la boca, como sorprendida por lo que acaba de hacer, y los dos contemplamos las gafas hundirse, más deprisa de lo que yo habría esperado, en las aguas verdosas.

—Pues me costaron un dineral. Armani, o Calvin Klein, o algo así.

Seguimos con la mirada fija en el lugar en el que desaparecieron las gafas, como si esperásemos verlas salir a flote. Y creo que Carina está a punto de echarse a reír, o a llorar, aún con la mano pegada a los labios, o a lo mejor es que el sol le da en los ojos y por eso los tiene entrecerrados. Como no parece que vaya a añadir nada, continúo la historia.

—Clara me dijo que el padre era yo, y ahora tengo que explicarte que fue entonces cuando me pidió que nos fuésemos a vivir juntos. Y yo en realidad no le dije que no quería vivir con ella, como te contó, sino que así no, que no podíamos irnos a vivir juntos como antes, cuando las parejas se casaban porque el hombre había dejado preñada a la chica. La decisión, que iba a poner patas arriba nuestras vidas, no podíamos tomarla por eso, sino porque verdaderamente lo queríamos, y ella hasta entonces siempre me había dado a entender que no lo quería, que estaba dispuesta a mantener esa relación de fin de semana conmigo pero nada más, y yo me había sentido más útil que deseado, un instrumento que ella empleaba para sacar un poco de sus goznes una vida demasiado bien encajada. Nunca protesté, es lo que ella quería, y yo lo aceptaba, pero no estaba dispuesto a irme con ella para ser el padre de su hijo o algo así.

—¿Estaba embarazada cuando tuvo el accidente?

—¿Quieres decir que si había abortado? No lo sé. Pasó un par de semanas sin llamarme, y ya no volvimos a hablar.

—Pero tú le pediste que abortara.

—Yo le pedí que se pensara si quería tenerlo.

—O a lo mejor era una prueba. Una de esas cosas que se le pasaban por la cabeza y no pensaba mucho en las consecuencias.

—Es que ella en realidad no quería ser madre.

—Tú tampoco tienes hijos.

—Pues no.

—¿Por qué?

—Porque no.

—¿Tu mujer o tú?

—Ella. Pero quizá no es que no los quisiese sino que no los quería conmigo. Yo qué sé. Ya te has dado cuenta de que no soy un genio con las mujeres.

—No, eso es verdad. Entonces, tú no estabas en contra de tenerlos.

—No sé, Carina. Nunca he vivido con nadie que de verdad lo desease y tampoco era algo que me hiciese particular ilusión.

—Prefieres beber bourbon en la terraza —Carina vuelve a acercar la mano a mi cara, pero esta vez lentamente, como para que comprenda que no tengo nada que temer. Me acaricia la mejilla, con un puchero sonriente en los labios, y aunque pienso que esa caricia podría hacérsela a un perro que llega jadeando y con la correa colgando a su lado, «a ver, ¿te has perdido, dónde está tu dueño?», me conforta sentir sus dedos sobre mi piel.

—Prefiero beber bourbon en la terraza, leer, salir, quedar con amigos. Hace no sé cuánto tiempo que no quedo con nadie. Ni con Fran, ni con Javier, ni con Alicia. Me gustaría presentártelos. Se pelean todo el tiempo.

—Pero tú no participas en las peleas, claro.

—Raras veces. Me vas conociendo.

—Te voy conociendo y si te digo la verdad no siempre me gustas.

—Por eso has tirado mis gafas al estanque.

—No sé por qué lo he hecho. En el fondo da igual que estuviese esperando un niño. Bien mirado, ¿por qué voy a sentir más la muerte de un feto que la de mi hermana?

—No, pero es más triste morir cuando esperas un niño. Un proyecto más interrumpido, te imaginas la ilusión...

—Además, no me creo lo del embarazo.

—¿Y por qué te iba yo a mentir?

—Sigue contándome.

—No sé cómo seguir si no te lo crees. Me dijo que estaba embarazada y que el niño era mío, me pidió que nos fuésemos a vivir juntos y le respondí que no. Y luego supongo que le propuso a Alejandro tener un hijo. Yo no pensaba que de verdad desease tenerlo, y sigo sin pensarlo. Una de sus locuras, una de esas formas que tenía de querer hacer un quiebro a la vida. Lo que no me encaja del todo es que quisiese cargar a Alejandro con un hijo que no era suyo, no le pega, Clara tendía a hacer las cosas de frente.

—Pero se encontraba contigo a escondidas.

Tiene razón. Es un punto débil de mi argumentación. Y ella lo señala como si estuviese pensando en voz alta sobre su hermana, quizá comprendiendo algo por primera vez. Me toma de nuevo del brazo y me aleja de la barandilla. Apenas hemos caminado unos segundos por el paseo, se nos acerca una gitana con una rama de romero en la mano; quiere echarnos la buenaventura: «Sois una pareja requeteguapa», nos dice. Rechazamos su oferta sin pararnos. «Vais a tener cuatro hijos, tan guapos como vosotros, ven aquí, rubia, que te leo las líneas de la mano.» «Que no.» «Vais a tener cuatro hijos, dos paralíticos y dos maricones.» Y se va tan digna como una emperatriz romana. Carina se ríe y se aprieta un poco más contra mí.

—Yo era su amante, pero en realidad Clara habría preferido que las cosas fuesen de otro modo, sin clandestinidad ni engaños. Eso, vivir de frente.

—No estaba embarazada. Me parece que os lo dijo, a los dos, para convencerse de que ninguno saltaría al fuego por ella, de que no había nada profundo de verdad que os uniese. Porque iba a abandonaros, para entonces ya estaba pensando en separarse de los dos. Y necesitaba estar segura. En realidad, Clara ya os había dejado.

A Carina le gustaría conservar esa idea de su hermana, a mí también: la chica independiente, la que quiere hacer las cosas hasta el fondo, la que va más lejos. Me imagino a Clara así, poniéndonos en esa disyuntiva, esperando nuestras respuestas aunque ella ya las sabe. Me la imagino asintiendo, pensando: «Os voy a dejar, la vida no es esto». Imaginamos los dos, estoy seguro, a esa chica que se va a vivir con okupas, que se escapa y busca, que corre y se arriesga, que está a punto de caer y se levanta, que no se resigna. La imaginamos y nos gusta, aunque ninguno de los dos esté hecho para ella. Porque no es verdad que yo sería ese hombre que la acompañaría durante caídas y recuperaciones, que soportaría vaivenes y desconciertos. Me gusta Clara, me gusta mucho, y quisiera que esa chica pecosa fuese mi amiga, que me contase sus aventuras y se riese de las historias siniestras de su pasado mientras tomamos una cerveza en mi terraza. Porque yo invitaría a Clara a venir a mi terraza, también en los malos tiempos, en esos que lleva el pelo y el humor como el ala de un cuervo, en los que no parece haber salida ni futuro, en los que resulta insoportable la idea de vivir así para siempre —así: sometida, sin ilusión, aunque sin grandes desgracias, sin entusiasmo y sin riesgo—. Yo la escucharía, no le daría consejos, me limitaría a estar con ella e intentar entender lo que siente. Mi casa sería para ella un refugio en el que esconderse y coger fuerzas para volver a saltar. Yo no le construiría una casita de muñecas, como Alejandro. Tan sólo una guarida, ese lugar para respirar, antes de continuar la carrera.

Atravesamos el Retiro; caminamos despacio, cada uno sumido en sus propios pensamientos, aunque estoy seguro de que los dos pensamos en Clara. Sin ponernos de acuerdo, continuamos andando por la calle Atocha. Ni ella me pregunta ni yo a ella. Sigue enganchada a mi brazo. El estruendo del tráfico, los chirridos de los frenos, las voces de la gente, los variados sonidos de los móviles, los gases de escape, los empujones y las prisas, la suciedad de los edificios, el calor enrarecido que sale de la boca del metro, la angosta acera en la calle de la Magdalena, las motos subiéndose a ella para sortear el embotellamiento, la yonqui que nos pide unas monedas para comer, el olor a calamares, los carteles medio arrancados que convocan a la huelga general, los quioscos de flores en la plaza de Tirso de Molina, el mendigo que todos los días extiende una mano mientras en la otra sujeta un cigarrillo encendido, los chinos a la puerta de sus tiendas, en pie, en cuclillas, solos, en parejas, ausentes, aburridos. No hablamos. Atravesamos la ciudad como si fuese el decorado de nuestras vidas. Nada nos concierne aunque a veces atraiga nuestra atención. Abro el portal. El ascensor está en el bajo, ni siquiera tenemos que esperar. Sube con la lentitud de siempre, y nosotros dentro, conscientes del momento, sin una duda —yo, al menos—, seguros de los movimientos que aún faltan: la puerta del ascensor que se abre, yo cedo el paso a Carina, saco las llaves del bolsillo, giro dos veces la de seguridad en la cerradura, empujo la puerta.

—Entra —digo. Y ella tiene los ojos más oscuros que le he visto nunca. Los ojos de quien se asoma a una cueva con temor pero convencido del siguiente paso. Atraviesa el umbral, no hay marcha atrás. Antes de llegar al salón se ha quitado los pendientes y las zapatillas. Deja la chaqueta de cuero en el respaldo de una silla. Arroja los pendientes sobre la mesa como quien lanza los dados, se gira, levanta las cejas.

—¿Me das un segundo?

—Claro.

Sus pasos se han vuelto lentos, aunque no me parece que titubee. Es como si a cada paso estuviese escuchando lo que le dice su cuerpo. Sus pies desnudos sobre el parquet, ese pequeño baile a cámara lenta, se sacude el cabello, aunque es demasiado corto para ser sacudido, desabrocha un botón de la blusa, abre la cremallera del pantalón, el giro de puntillas al llegar al baño, sus ojos aún oscuros, la sonrisa de quien recuerda. Es más alta que Clara, también algo más angulosa. También, por primera vez, me parece más guapa que su hermana. Yo me quito el reloj por hacer algo.

—Ahora vuelvo —dice y, antes de desaparecer en el baño—: No te vayas.

Y ahora estoy aquí tumbado, en la habitación de la terraza, mirando a través del ventanal un cielo del que todas las estrellas parecen haber sido barridas, un cielo imposible de color casi negro, recorrido regularmente por un haz de luz como procedente de un faro. No acierto a distinguir si son nubes las que ocultan las estrellas, pero no cabe otra explicación. Tengo los ojos entrecerrados, no me esfuerzo. Me gusta ese cielo oscuro y aguardo la siguiente pasada del foco. Carina duerme vuelta hacia la pared. Su espalda desnuda es más joven que ella; sólo sé expresarlo así; porque su mirada, su boca, incluso sus manos tienen una biografía, un pasado de deseos cumplidos y de deseos frustrados, mientras que su espalda parece protegida de todo, lisa, virgen.

Antes de quedarse dormida le he dicho que su piel huele a ropa recién planchada y se ha reído. Cuando está de pie, para reírse echa la cabeza ligeramente hacia atrás, pero hace un momento, tumbada boca arriba, ha arqueado el cuerpo en contracciones sucesivas. Tiene los dientes pequeños, Carina, casi no se ven cuando ríe.

Me gustan sus dientes demasiado pequeños, como me gustan sus otras imperfecciones; los pies, regordetes, que no pegan nada con sus piernas delgadas (¡igual que las manos de mi madre!), como si perteneciesen a otra persona o como si su cuerpo fuese uno de esos fraudes que abundaron un par de siglos atrás, cuando bromistas o aprovechados cosían partes de animales —una cola de pescado al vientre de un mono— para engañar a museos e instituciones científicas. Sus pies no deberían ser sus pies; sin embargo, cuando tomo uno en la mano me enternece, tengo la impresión de acceder a esa intimidad en la que no nos importa que otro nos vea tal como somos; tiene también algunas venas superficiales alrededor de los tobillos y no sé si puede llamarse imperfección o seña de identidad esa cicatriz de unos cinco centímetros de largo y medio de ancho, suave y con una textura distinta de la piel que la rodea, en el vientre; la habían operado de apendicitis cuando era una niña y la cicatriz creció con ella; la dibujo con el índice y, al tocar esa herida antigua y ya curada, siento lo mismo que cuando Carina me cuenta una historia de cuando era niña o adolescente, me asomo a su pasado, a esa chica que fue, imprescindible para haberse convertido en la mujer que es: con sus debilidades, sus fracasos, sus pequeñas o grandes desgracias. Me gusta su cicatriz porque me acerca a su historia, y es su historia la que le permite estar a mi lado dormida y desnuda. Respira despacio, casi ni se la oye.

Lo que sí se oyen son sirenas de ambulancia y de policía, como todas las noches. Pero si otras noches no les hago caso, ahora, mientras estoy tumbado al lado de Carina, con una mano sobre su costado, sintiendo leves movimientos de las entrañas, palpitaciones, pasajeros temblores o estremecimientos, me sugieren que allá fuera hay gente que ha tenido un ataque al corazón o ha sufrido una agresión, enfermeros que hacen la respiración artificial a un hombre para volverle a la vida, gente que se agrede y se amenaza, cortes, contusiones, tremendos dolores que no he conocido jamás, rabias que no alcanzo a imaginar, hombres que viven en la calle y no hablan con nadie y mean en las esquinas y no se lavan desde hace meses y pasan frío y calor y hambre, y a veces se emborrachan hasta vomitarse encima, y de pronto se caen y quedan volcados en medio de la acera, y muchos pasan a su lado más deprisa, pero alguien llama y llega un coche de policía o una ambulancia, y nadie quisiera en realidad tocarlo ni darse de verdad cuenta de que es un hombre, que quizá tuvo una infancia feliz, o al menos una madre que lo mecía y lo miraba preguntándose lo que haría en la vida ese niño sin cicatrices aparentes, pero a mí nada de eso me toca, nada me ha pasado que pueda llamar trágico, y todas esas vidas desgarradas de allá afuera, cinco pisos más abajo, lejos, son otro mundo en el que no habitamos Carina y yo.

Carina y yo.

Hace un rato me ha pedido que no haga las mismas cosas que hacía con Clara, y ante mi expresión confusa, me ha dicho: «No me hagas el amor, invéntalo para mí», lo que es quizá cursi o al menos una exigencia imposible, pero yo he asentido y he intentado imaginar que lo hago por primera vez. Así que he pasado un rato largo recorriendo despacio su cuerpo con la yema de los dedos, intentando sentir la maravilla de que esa piel responda a la caricia, y notar cómo su respiración se altera dependiendo del lugar que tocan mis dedos; si rozo su nuca se le pone carne de gallina. También he acariciado sus labios tras mojar los dedos en mi propia saliva: los párpados de Carina se han movido muy deprisa, como si soñara alguna de esas aventuras imposibles que, según me ha dicho, recuerda siempre al despertar.

Carina sueña, yo soy un hombre sin sueños. Así que, si algún día vivimos juntos, desearía que cada mañana me contase lo que ha soñado. «Te advierto que a veces son sueños muy violentos —me ha dicho—, sueños de hombre, en los que hay navajazos y disparos y la gente muere». «¿Y tú eres víctima o verdugo?» Se ha quedado pensando. Nunca hasta entonces había usado esas categorías. «A menudo huyo —responde—. No me suele pasar nada grave, es sólo que algo dramático o violento sucede a mi alrededor y yo tengo que escapar para que no me ocurra a mí también».

Y justo ahora Carina emite un suave quejido, una de sus manos se contrae varias veces, encoge una rodilla. Yo le pongo una mano en la espalda, que es como decirle «estoy aquí, resiste». Pero en lugar de aceptar mi ofrecimiento deja de manotear y agitarse, se despierta.

Carina se gira sobre el otro costado; aunque he cerrado los ojos sé que está estudiando mi cara. No nos conocemos. Es imposible conocer a la otra persona, aunque en algún momento seamos capaces de intuir lo que va a decir o está pensando. Hay siempre un rincón oscuro, esa parte que incluso después de muchos años seguiría sorprendiéndonos, quizá aterrándonos si la descubriéramos. En algún lugar de nosotros mismos estamos solos, nadie puede acompañarnos, pero no tenemos por qué descartar o minusvalorar ese territorio en el que es posible adentrarse de la mano de alguien, quizá ensanchándolo, conquistando a la maleza zonas sobre las que poder sembrar.

Nunca utilizo la palabra amor. Nunca leo novelas de amor. Durante un tiempo, cuando coqueteé con la idea de ser escritor, sin concretarla nunca por falta de fuerza de voluntad, imaginaba un libro de relatos que se titularía *El amor es un cuento*. Luego descubrí que ese título ya existía, que todo lo que uno pueda pensar sobre el amor ya está dicho, que es imposible contar una historia de amor, porque están todas contadas. Siempre he creído que el pensamiento es más original que la emoción; es más fácil pensar cosas nuevas que sentirlas. Los amores felices se parecen; los desgraciados también. Y sin embargo, ahora mismo siento algo que me resulta nuevo: nuevo en mi biografía personal, no original ni inusitado (inusitado, esta palabra le gustaría a Carina). El deseo de duración, no de que dure este instante, que la agradable sensación que siento al oír la respiración de Carina, al notar ahora su mano sobre mi muslo, esa expectación porque va a suceder algo, dure. No es eso. Pienso en la duración de mi relación con Carina. Que el tiempo pase y ella siga aquí, por supuesto una Carina cambiada, no idéntica a la que ya conozco. Alguien a quien tendré que irme adaptando, y ella a mí.

¿Cómo sería envejecer con Carina? ¿Seguirían gustándome sus imperfecciones? Cuando sus talones estén cubiertos de durezas y se agrieten, cuando haya arrugas alrededor de sus labios, cuando los dedos de sus manos se vuelvan leñosos, cuando la carne de los brazos cuelgue flácida, sin músculo. Cuando las manchas en la cara o en el pecho revelen el inevitable deterioro. Envejecer nos afea, no hay vuelta de hoja, y me pregunto si será posible a pesar de todo mirarse con deseo; o si el deseo será sustituido por otro sentimiento que ahora no conozco o no identifico. Siento curiosidad, es la primera vez, por la vida que se puede llevar con alguien que está a tu lado desde hace décadas. ¿Será eso conformarse, aferrarse a lo conocido por miedo a la soledad? ¿Renunciar a la pasión, al auténtico deseo? ¿O hay algo que compensa la pérdida aunque ahora ni se me ocurra lo que pueda ser? Pero me gustaría saberlo, como me gustaría saber cómo será Carina dentro de veinte años. Saber cómo se moverá, cómo pensará, cuáles de las cosas que ahora me gustan acabarán cansándome, cuáles aprenderé a apreciar.

Es algo que pregunto siempre a las mujeres que salen conmigo: «Dentro de diez años, ¿qué es lo que más te molestará de mí?». Y una de ellas, una chica que tenía una librería en Argüelles, con la que salí hasta que descubrimos que leíamos la vida de manera diferente, me respondió: «Esto». «¿Esto qué?», quise saber. «Que siempre pienses en el final, en el deterioro. Tienes un gusto morboso por lo que se desmorona.» No era tonta aquella chica.

—Eh —me dice Carina, y supongo que ahora me va a preguntar: ¿en qué piensas?

—Sí.

—¿Por qué no me cuentas algo?

—¿Qué quieres que te cuente?

—Algo que sea verdad.

Abro los ojos. Ella tiene un aspecto relajado, desde luego no el de quien está a punto de hacerte un reproche o te tiende una trampa.

—¿Piensas que otras veces no te cuento la verdad?

—No siempre.

—Nadie cuenta siempre la verdad.

Me pone la mano en el vientre. Juega con el vello dando suaves tirones. Lo peina con los dedos en direcciones cambiantes. Ha salido del sueño con las mejillas sonrosadas y parece algo más joven que hace unas horas, cuando estaba montada a horcajadas sobre mí, concentrada y a la vez con el gesto de quien encuentra algo inesperado y no sabe si alegrarse o preocuparse.

—Ni siquiera Clara. Eso ya lo hemos aprendido los dos.

—¿Has sido tú quien ha contestado por Clara?

—¿Por Clara?

—En Facebook. Le he pedido que sea mi amiga y me ha aceptado. Y me ha enviado un mensaje.

—Estás loco —dice sin énfasis, como podría haber dicho «tengo sueño» o «son las siete».

—Estoy loco por haberle escrito, pero no como para inventar que me ha respondido.

Se ríe meciéndose sobre la espalda. Entonces se incorpora, apoya la espalda contra la pared, da más tirones traviesos de mi vello púbico.

—¿Y qué te ha dicho?

—Has sido tú. Si no, no lo encontrarías gracioso.

—Dime qué te ha dicho.

—Que me echa mucho de menos. Y yo no me he atrevido a responderle.

—Qué cobarde. Deberías haberlo hecho. Seguro que se alegraría.

—Has sido tú.

—Cuéntame una historia. Sobre ti. Pero de verdad.

Me gustaría que Clara nos viese ahora, juntos, con el dedo de Carina trazando mis rasgos sobre mi cara, leyéndome en braille. Como me gustaría saber si cree que hacemos buena pareja: échanos la buenaventura, Clara, dinos si vamos a ser felices o desgraciados, o, más bien, cuánto de cada cosa. Dinos si acabaremos sintiéndonos acreedores del otro, arrepentidos de lo que invertimos, o si todo lo que nos cueste estar juntos habrá merecido la pena. Clara, míranos y dime si frunces el ceño o se te escapa la sonrisa.

—Una historia que sea cierta.

—Ajá.

Intercambiamos posiciones: ella se escurre sobre la espalda como si careciese de músculos hasta quedar tumbada y yo me siento y me apoyo contra la pared. Carina se gira y me da un mordisco suave en la cadera. Le pongo un dedo en la mejilla y también lo muerde.

—¿En serio que quieres conocer la verdad sobre mí?

—Ajá.

—Sería una historia muy larga.

—Tenemos todo el tiempo del mundo.

Deja de mordisquearme, se pone seria. Carraspea como si fuese ella a hablar. Me anima con los ojos, enarca las cejas. La verdad es que, por primera vez, no sé por dónde empezar.

—Vale, comenzaré por lo más importante —digo, y de nuevo siento el vértigo, cómo se dispara mi adrenalina. El deseo de abalanzarme hacia delante y que la velocidad de la caída me corte la respiración. Sin un discurso preparado, sin haber decidido qué contar y qué no, y sabiendo que esa decisión va a empujar mi vida por un camino que será difícil de cambiar en mucho tiempo. Me siento bien; estoy bien. Excitado. Alegre. Con Carina dispuesta a escucharme, con su cuerpo desnudo junto al mío. Tan seria, Carina, esperando a que le cuente la verdad de mi vida. Levanto la mirada hacia ese cielo negro. No veo murciélagos ni por supuesto vencejos. Cierro los ojos y ahora sí, ya no puedo posponerlo más, empiezo a contarle la historia de Samuel según Samuel.

XVI Premio Alfaguara de Novela 2013

El 20 de marzo de 2013 en Madrid, un jurado presidido por Manuel Rivas, e integrado por Annie Morvan, Antonio Ramírez, Jordi Puntí, José María Pozuelo, Xavier Velasco y Pilar Reyes (con voz pero sin voto) otorgó el **XVI Premio Alfaguara de Novela 2013** a ***Triángulo imperfecto*** de **Doppelgänger.**

Acta del Jurado

El Jurado del **XVI Premio Alfaguara de Novela 2013**, después de una deliberación en la que tuvo que pronunciarse sobre seis novelas seleccionadas entre las ochocientas dos presentadas, decidió otorgar por mayoría el **XVI Premio Alfaguara de Novela 2013**, dotado con ciento setenta y cinco mil dólares, a la novela titulada ***Triángulo imperfecto***, presentada bajo el seudónimo de **Doppelgänger**, cuyo título y autor, una vez abierta la plica, resultó ser ***La invención del amor***, de **José Ovejero.**

«El Jurado quiere destacar que se trata de una historia de amor nada convencional, sorprendente, que surge a partir de una impostura y del poder y las posibilidades del azar. La novela también revela la fuerza transformadora de la imaginación y su capacidad para construir nuevas existencias. La historia se desarrolla en una gran ciudad, Madrid, en un fondo de zozobra y quiebra personal y social.»

Premio Alfaguara de Novela

El Premio Alfaguara de Novela tiene la vocación de contribuir a que desaparezcan las fronteras nacionales y geográficas del idioma, para que toda la familia de los escritores y lectores de habla española sea una sola, a uno y otro lado del Atlántico. Como señaló Carlos Fuentes durante la proclamación del **I Premio Alfaguara de Novela,** todos los escritores de la lengua española tienen un mismo origen: el territorio de La Mancha en el que nace nuestra novela.

El Premio Alfaguara de Novela está dotado con ciento setenta y cinco mil dólares y una escultura del artista español Martín Chirino. El libro se publica simultáneamente en todo el ámbito de la lengua española.

Premios Alfaguara

Caracol Beach, Eliseo Alberto (1998)
Margarita, está linda la mar, Sergio Ramírez (1998)
Son de Mar, Manuel Vicent (1999)
Últimas noticias del paraíso, Clara Sánchez (2000)
La piel del cielo, Elena Poniatowska (2001)
El vuelo de la reina, Tomás Eloy Martínez (2002)
Diablo Guardián, Xavier Velasco (2003)
Delirio, Laura Restrepo (2004)
El turno del escriba, Graciela Montes y Ema Wolf (2005)
Abril rojo, Santiago Roncagliolo (2006)
Mira si yo te querré, Luis Leante (2007)
Chiquita, Antonio Orlando Rodríguez (2008)
El viajero del siglo, Andrés Neuman (2009)
El arte de la resurrección, Hernán Rivera Letelier (2010)
El ruido de las cosas al caer, Juan Gabriel Vásquez (2011)
Una misma noche, Leopoldo Brizuela (2012)
La invención del amor, José Ovejero (2013)

Otros Premios Alfaguara en Punto de Lectura

Una misma noche

El ruido de las cosas al caer

Otros Premios Alfaguara en Punto de Lectura

El arte de la resurrección

El viajero del siglo

Otros Premios Alfaguara en Punto de Lectura

PREMIO CERVANTES 2013

La piel del cielo